新发展书系

李 英 主编

潮起金义

金义新区发展三周年纪实

CHAOQI JINYI

JINYI XINQU

FAZHAN SAN ZHOUNIAN JISHI

中国市场出版社
China Market Press
·北京·

◎ 施光南音乐广场

序 PREFACE

潮起金义，风劲帆悬。

2020年初夏，浙江省金华市金东区又迎来了一个注定载入发展史册的日子。5月18日，浙江省第五个省级新区——金义新区，获得省政府同意设立批复。

金义新区的功能定位分别是金义都市区一体化发展新城区、浙江中西部崛起引领区、全省海陆开放大通道示范区、全国国际贸易综合发展先行区。2020年10月31日，浙江自由贸易试验区金义片区(金东)建设工作会议召开，意味着金东区全域进入“自贸区时间”，自贸片区的高地对金东全面开放。从此，开启了自贸区、金义新区和金东区“三区协同发展”新征程，金东区的发展迎来了新一轮科技革命和产业革命的机遇。金义新区仿佛一个新生儿呱呱坠地，这是继2001年设立金东区以来给金东人最好的回报，这是历届金东区领导班子和党员干部的智慧和结晶，这是广大金东人民开拓创新、砥砺奋进奠定的坚实基础和行动实践，这是“新时代、新征程、新金东”的再一次扬帆启航。

发展的画卷，总在接力奋斗中壮阔铺展；时代的华章，总在继往开来中镌刻永恒。2023年，是习近平总书记提出的“八八战略”“千万工程”实施20周年，也是金义新区设立三周年。20年来，尤其是新区设立三年多来，“八八战略”引领新区发生了系统性、重塑性的精彩蝶变。

20年来，我们深刻感悟“八八战略”蕴含的政治方向性，指引我们砥砺忠诚夯实政治之基；深刻感悟“八八战略”蕴含的实践变革性，指引我们激发赶超大志提升发展之道；深刻感悟“八八战略”蕴含的制度优越性，指引我们聚焦平稳大局创新县域之治；深刻感悟“八八战略”蕴含的民生普惠性，指引我们办好利民大事回应群众之盼；深刻感悟“八八战略”蕴含的自我革命性，指引我们把握从严大势恪守勤廉之本。

在金义新区设立三周年之际，我们举办了“八八战略”“千万工程”20周年暨金义新区三周年全国知名作家创作采风活动，来自全国和省内知名作家20余人，冒着酷暑，顶着骄阳，深入金义新区的园区、企业、农村、社区，感受金义新区这块土地的速度、高度和温度。他们以真实文字真诚记录，镌刻金义新区的发展足迹，反映金义新区华丽精彩的蝶变，展现金义新区的新风采、新成绩、新辉煌。《潮起金义——金义新区发展三周年纪实》正是这次采风活动的结晶和成果。这些作品以文学的手法，形象化地展现金义风采，具有较强的可读性、感染力和说服力。本书以人带事、以事论理、以理观象，很好地实现了现实真实与艺术表现的融合。这些作品既关注了新区主战场的园区、企业，又反映了“千万工程”引领下的农村、社区，还记录了金义新区土地上的名人文化，或记叙或抒情，或隐喻或象征，不同视角，精彩纷呈，令人感动，令人赞叹。

当前，金义新区正在坚定不移地深入践行“八八战略”，坚定不移地奏响“大干快上，以干促上，实干至上”的新区强音，奋力谱写“打造增长极，建设新中心”的精彩华章。本书是讴歌新时代、展现金义新区气象的美好献礼，也是对金义新区追逐梦想的美好祝愿。是回望，亦是期盼，深情而坚毅；是追寻，亦是担当，坚定而执着。我们有理由深信，金义新区将弘扬“崇美尚文，积道勇进”的人文精神，在新时代、新征程的时代洪流中，激流勇进，勇立潮头，再创辉煌，再谱新篇。一个崭新而充满希望的新区，一个崭新而明亮的未来，正在向我们敞开！

目录

浙中生态廊道

金义新区(金东)自贸展示厅
EXHIBITION HALL OF JINYI NEW AREA (JINDONG) PILOT FREE TRADE ZONE

◎ 金义新区（金东）自贸展示厅

土地的歌者

李晓东

浙江省金华市金东区，是艾青的故乡，也是施光南的故乡。一位大诗人、一位大作曲家，领域不同，但有一个共同点，都是土地的歌者。

1938年，抗战最艰难的时候，民族蒙难、人民蒙辱、文明蒙尘，艾青写出了《我爱这土地》："为什么我的眼里常含泪水，因为我对这土地爱得深沉"，用一只喉咙嘶哑的鸟自喻。鸟的歌喉通常是清亮、欢快的，"桐花万里关山路，雏凤清于老凤声"，但民族危亡时刻，鸟也哭哑了嗓子，唱出的不再是动听的歌曲，而是悲伤的河流和凛冽的风。但悲伤却不悲观，歌声中期盼的，依然是"来自林间的无比温柔的黎明"。在林语堂等人纷纷避居他国之际，艾青却决心"连羽毛也腐烂在土地里面"。艾青本来的专业是绘画，在上海和法国受过学院派严格专业的美术训练。写这首诗时，他的脑海里应该出现一只眼含泪水的鸟的形象。没有人见过鸟流泪，画出来，当属于现代派。如再表现出嘶哑的嗓音和冬天的背景，则更具后现代的意象。然而，这都不是艾青所在意或者属意的，他只想于危难之际发声，表达对这片正经受鞭挞与凌辱的土地无限的爱和责任。

施光南《在希望的田野上》创作于20世纪80年代初，改革开放为中华大地带来前所未有的活力、希望和喜悦。曲调欢快热情，采用民族唱法。歌词开篇明义："我们的家乡在希望的田野上"，"炊烟在新建的住房上飘荡，小河在美丽的村庄旁流淌"，"一片冬麦……那个一片高粱……"同样写北方，艾青“在北方，乞丐伸着永不缩回的手”，在施光南的歌里，新房、炊烟、小河、冬麦、高粱，无不欢欣鼓舞、一派繁荣。“我们世世代代在这美丽的田野上生活”，施光南欢乐的歌声歌唱的土地，和艾青嘶哑的喉咙歌唱的土地，是同一片土地。时代不同，情景殊异，歌声各抒胸臆，自是不同。

艾青故居，位于金东区傅村镇畈田蒋村。艾青本名蒋海澄，为何用“艾青”这个笔名，就我所见的资料，似无明确答案。然用此笔名时，诗人正在狱中，窗外漫天飞雪。当年，艾青被关押在上海马斯南路监狱。马斯南路，为纪念法国音乐家Massenet而命名。艾青留学法国学绘画，却“从欧罗巴带回一只芦笛”，吹奏出民族危亡时代忧郁而坚定的歌。Massenet逝世于1912年，如其天堂有灵，不知对20年后被囚于这条路上的后生同道如何言说？马斯南路，今天名思南路，名字化得巧妙而有诗意。法国梧桐的大叶子遮住夏日阳光，把街道变成了绿的长廊；秋天，落叶不扫，雨湿于地，平添许多萧条哀婉，让南国有了“秋风吹渭水，落叶满长安”之意。20多幢异国风情的老洋房，仿佛还留驻着昔日的富贵繁华，外墙的爬山虎，如婚礼上的新娘，绿色、黄色、红色，换几身衣服，越来越喜庆而有中国色彩。思南公馆里有“思南读书会”，上海市作家协会每周六在此举办面向市民的读书分享活动，成为这座国际大都市新的文化品牌。很少有人知道，90年前，一位青年在这里的狱里写下《大堰河——我的保姆》，我最喜欢的诗，我认为，她是迄今为止，中国新诗第一经典。

“大堰河，是我的保姆，她的名字，就是生她的村庄的名字”，大堰河的村子，和艾青的村子，应该是一个村子。诗里有句“为了他，常悄悄地走到村边的她的家里去”，一个四五岁的孩子，是不可能走到别的村子的，何况浙江水乡河流纵横，孩子自己走，也很危险。艾青歌咏土地，更歌颂土地上，甚至已经埋葬在土地下的，最普通的劳动人民，“写着一首呈给你的赞美诗，呈给你黄土下紫色的灵魂”。鲁迅《朝花夕拾》里有散文《阿长与山海经》，也写了自己的保姆，深情地说“仁厚黑暗的地母啊，愿在你的怀里永安她的灵魂”。

两位中国现代文学史上的大家，不约而同地把保姆和土地联系在一起，因为她们离土地最近，最能体现土地的精神。歌咏大地，必然要歌咏大地上的人民。正如施光南歌曲中唱的，我们世世代代在这田野上生活、劳动、奋斗，为她富裕、为她兴旺、为她打扮、为她梳妆、为她幸福、为她争光。

走进畈田蒋村，就进入艾青诗歌的走廊。白墙黛瓦的江南民居和石板铺成的街道，“艾青故里”的大字下，延伸出泛着金属光泽的地面，仿佛石上流淌的银色的河。艾青诗歌里，“河流”是重要意象。虽然“大堰河”不是河，但“这永远汹涌着我们的悲愤的河流”，“去问开化的大地，去问解冻的河流”，“使高树繁枝向它舞蹈，使河流带着狂歌向它奔去”，这些诗句，无不显示着河流在艾青心中的重要位置。这条银色的河，反射着太阳的光芒，印出艾青的诗句，有中文，也有英文。

路左侧的雕像，艾青披衣而坐，含着笑看着大家。“含着笑”，也是艾青的发明，比微笑还要“微”，有喜悦、也有悲伤，弘一

◎ 源东乡桃园盛景

◎ 艾青故居室内陈列

法师临终前写下的“悲欣交集”，大约可以描绘这种心理状态。艾青写大堰河，一连用了六个“她含着笑”，《礁石》的尾句是“含着微笑，看着海洋……”我在其他地方看到的艾青像，无论印在纸上、挂在墙上、塑成雕像，或者在手机、电脑里，艾青都含着标志性的笑。这笑，让人向上，却又看到眼中的泪水。有同时代著名诗人这样评价艾青，在具体的诗句或者意象上，我们未必没有艾青做得好，但内涵的深沉，艾青无人可及。而这深沉，我认为，最本质的，就是对土地爱得深沉。

艾青故居是典型的婺派建筑，外墙高直如城堡，岁月沧桑，白墙已被雨水淋出不少“屋漏痕”，不如周边的墙雪白，但这“旧”，反倒更有韵味，更见了“故居”的色泽。婺派建筑，照例大门很小，不若北方四合院高而阔的门。门头有字“耕读家风”，字近颜体，不知何人所写。艾青出生的房子抗战期间毁于日军炮火，现在我们所见，是后修的，字也应为同族人书。

畈田蒋村的“畈”，意为成片的田地，畈田，可谓同义复指。艾青虽然

“是地主的儿子”，家境优于乡邻，但本质上是根扎在土地上的，他是土地的儿子，是中国传统耕读家风滋养出来的土地的歌者。

如今，这片诞生了艾青和施光南的土地，双尖山下的金义新区，正日新月异地实现着他们的梦想。我在上海读书工作多年，同事同学朋友中，浙江人很多，沪浙相近，我常到浙江。我曾说，浙江十个市，金华不算最发达，却有两个出色的“儿子”，那就是世界小商品城义乌和拥有横店的东阳。由小带大，逆向思维，在这片希望的田野上，耕耘出别样的花朵。

杭州、宁波、温州三大资深发达地区，属于中心城区带动周边城市群，如太阳和八大行星的关系，县、县级市，包括新发育的镇级市，接受中心城区的辐射，接受光和热的滋养。金义新区，则如双星相互绕转，相互给予力量和能量。而力量和能量的展现，主要在连接带。具体而言，就是在金东区，即艾青、施光南的家乡和义乌市的连接带上，着力进行产业布局，拓展城市空间，美化市容环境。尤其难能可贵的是，金东区从设区开始，及今二十年建设，生态优先，始终如一，保护好“浙江之心”的绿水青山。

艾青在《复活的土地》里有诗句“河岸上/春天的脚步所经过的地方，/到处是繁花与茂草；/而从那边的丛林里/也传出了/忠心于季节的百鸟之/高亢的歌唱。/播种者啊/是应该播种的时候了，/为了我们肯辛勤地劳作/大地将孕育/金色的颗粒。”诗写于1937年7月6日沪杭线上，诗人没想到的是，第二天，卢沟桥事变爆发，日军全面侵略开始，民族危机现实地出现在中华大地上，美丽富饶的长江三角洲被战火蹂躏。80多年后读此诗，我忽然感觉，《复活的土地》仿佛是跨时空地写给今天的金义新区，写给双尖山的热土，写给今天的伟大变化与成就。

作者简介 李晓东，华东师范大学文学博士、副编审，中国作家协会社会联络部（权益保护办公室）主任。在《人民文学》《中国作家》《北京文学》《湘江文艺》《湖南文学》《黄河》等刊物发表散文多篇，并入藏年度选本。亦有理论文章和辞赋作品见于报章。出版散文集《天风水雅》（上海人民出版社2021年）。获丁玲文学奖、黄河文学奖、三毛散文奖等奖项。

在那属于今天属于未来的地方

梁鸿鹰

再次走进金华的前一夜，我做了一个清晰得让自己吃惊的梦，我梦到自己漫步于郁郁葱葱的金华市区，大雨初歇之后空气澄明，万物欢欣。我在这如同世外桃源般的所在，呼吸着花草的气息，任由一条两边遍布着榕树、梧桐和三角梅的大路引领着，不知不觉来到一座风格优雅的礼堂前，推门而进。我看到在宽阔明亮的舞台上，两排戴红领巾的男女少年身穿白衣黑裤，正在投入地朗诵着："假如我是一只鸟，/我也应该用嘶哑的喉咙歌唱：/这被暴风雨所打击着的土地，/这永远汹涌着我们的悲愤的河流，/这无止息地吹刮着的激怒的风，/和那来自林间的无比温柔的黎明……"

黎明，是艾青先生诗句里的重要意象。22岁的艾青在从巴黎到马赛的路上就写过一首名为《当黎明穿上白衣的时候》的诗，后来，他在国民党的牢狱里，在奔赴延安之后，在抗战的烽火中，都没有忘记吟诵黎明、日出和太阳，他以坚定而深情的诗句，不停顿地呼唤黎明，赞美太阳，讴歌希望，并用自己的行动与文字创造着未来。"一切知，俱于黎明中醒。"我在一阵吟诵声中醒来，赶忙响应黎明的召唤，打开一本艾青的诗集，一首又一首，仔细阅读起来。我想，我们作为艾青事业的追随者，应该立足当下，开辟未来，不辜负艾青那些文字所昭示和引领的一切。

2023年4月，因为参加首届艾青诗歌奖颁奖大会，我首次来到金华，走进曾经养育了艾青等文化大家的这块土地，与友人一起游览了被叶圣陶老人写进中学课本的“双龙洞”，感受了山、水、林、石之妙。我明白，在这“月月有花、季季有果”的诗意沃野里，生长着无数人的梦想，而在时代奋发的实践中，我想，又有多少珍贵的理想与希冀呢？王夫之说：“身之所历，目之所见，是铁门限。”时代的发展不断使每个写作者时时意识到自己的迟钝、落后和无趣，打破“铁门限”，必须从脚下开始，从现在开始。我在金华这片首次踏进的大地，心灵被触动，决心去探寻与发现。也许可以这样说，因为艾青，我更喜欢金华，因为金华，我想用更多的时间走近艾青，不单走进他那些被黎明照亮的文字所构成的世界，更是要去了解金华这块被黎明与阳光所照亮和点燃的土地，去感悟何以艾青对这片土地爱得深沉，艾青的伟大又是何以成就的。在那些获奖者的诗行里，我看到了在创业创新热土金华，伴随着更多生机勃勃黎明的，不仅有诗意，更有隐藏于诗意背后的伟大与平凡，而这一切，在短暂的金华停留之后，仍然时时吸引着我，令我梦牵魂绕。

时隔三个月后，我再次加入走进金华金东的作家队伍，去领略习近平总书记“八八战略”和“千万工程”提出二十周年以来这里所发生的巨变。在7月中下旬的一天，同样是一个阳光灿烂的时分，我与来自全国各地的作家一道，再次走进金华金东区傅村镇畈田蒋村艾青故居。艾青故居为五开两厢的楼房，大门上方挂着“艾青故居”的匾额，匾额右下边，立着艾青半身铜像，诗人目光炯炯，面容沧桑慈祥。艾青故居属典型的婺派建筑风格江南民居，始建于光绪年间，焚毁于日军侵华期间，抗战后才得以修复。故居的主体建筑为一进堂楼，左右两侧为厢房，迈入故居大门，便是中堂，右侧墙上挂着艾青父亲蒋忠樽亲自撰写的《蒋氏家训》：“一戒溺爱护短，要慈严相济。二戒重男轻女，要一视同仁。三戒粗暴任性，要说服疏导。”家训不长但易懂实在，突破旧思想，打破老观念，倡导男女平等，思想在当时较为开明。艾青于1910年3月27日出生于西厢房，名蒋正涵，号海澄，5岁前寄养在贫苦农妇大叶荷(即“大堰河”)家里，18岁那年考入杭州国立艺术院绘画系，次年留学法国巴黎，1932年回国，因参加革命文艺活动而被国民党抓捕入狱，1933年创作成名作《大堰河——我的保姆》时首次使用“艾青”这个笔名。艾青是“大地之子”，

他以“永远和人民群众在一起，了解他们灵魂的美”感到由衷自豪。他到延安后，毛泽东多次与他在延安窑洞里谈艺论文，仅1942年艾青就三次收到毛泽东的亲笔信。他根据毛泽东的观点，修改了《我对于目前文艺上几个问题的意见》，并参加延安文艺座谈会，现场聆听毛泽东讲话，促使他主动站在普通工农兵的立场上来创作，实现了由“阳春白雪”向“下里巴人”的转变。

倾听着讲解员对艾青的介绍，愈发感到那一间间老屋充满着灵性，仿佛每面墙壁，每个物件，都在向我们诉说着不单单属于过去，同样属于现在和未来的故事。我们在故居遇到了艾青保姆大堰河的孙女婿蒋祥荣，他曾做过村子里的基干民兵，当过村长，如今仍然照应着艾青故居。这位年近八旬的老人

◎ 金华之心

身体异常硬朗，在交谈中时时发出高亢爽朗的笑声。老人多次说起艾青与家乡的深厚感情。1973年，艾青曾经与妻儿一起，在家乡畈田蒋村住过一个多月，此间艾青四处走访，认真倾听乡亲们的心声，用情记录家乡发生的变化。艾青曾经感慨，家乡变得越来越美好，相信日后发展一定会走上快车道。而为谁而创作，如何为他们而创作是艾青一直思考的。艾青是“人民的诗人”，只有读懂艾青，才是对艾青最好的纪念。

如今，诗人艾青的故乡金华金东区确实早已经走上了发展的快车道，这里的变化远非日新月异可以概括。从蒋祥荣老人爽朗的笑声中，特别是从我们亲眼所见的金东人奋发进取的精神面貌中，我们一次次感受到生活于此的人们身上蕴藏着“耕读求真、实干创新、包容奋进”的品格。新时代的金东人不负先辈的期待，继承了共青团中央第一任书记施复亮、“诗坛泰斗”艾青、“人民音乐家”施光南、“永远的孩子王”鲁兵、中国山水画一代宗师黄宾虹、明朝“开国文臣之首”宋濂等一大批英才俊彦所开辟和积累的优良传统，让人文传统在新时代获得了新的含义，被赋予了新的更大能量。

金义新区（金东区）是高科技人口聚集的一处高地，更是有志科技青年筑梦的家园。在一个阳光正好的清晨，我与来自全国的作家一行兴致勃勃地走进位于金东开发区的畔星科技公司。大家了解到，活跃于这个公司里的科技英才，平均年龄在30岁左右，公司自2017年成立以来，立足自主研发，一直致力于推动氢能源多场景应用进程，可根据定制化需求，实现高性价比、体积小、质量轻的新型高性能氢燃料电池电堆系统生产，公司在周科、汪宏斌带领之下，在力争成为细分领域“赛道冠军”的路途上行稳致远，产品产生了重要影响，远销海外多国。

而像畔星科技公司这样富有朝气的企业，在金东有很多很多。离开金华之前，金东区委宣传部领导亲自在高铁货运站向我们介绍了有关金东中欧班列的始发情况。我们了解到，金东是国际枢纽城的“点睛处”，“义新欧”“义甬舟”班列从这里始发，目前开通运行的线路有22条，辐射了50多个国家160多个城市，开行量居全国第三，其中金义新区华东国际联运港开行数增长约50倍，占总开行班次的40%以上，相关贸易往来涉及汽车配件、电子元件等100余种货物，大宗商品进口货值更是年均增长300%以上。

所有这一切使我认识到，金东所创造的一切，属于现在，也属于未来，是生动的故事，更是美好的启示。这些创造着奇迹的人们，是属于曙光之神的骄子。在我看来，他们正像艾青所呼唤和表达的那样，一切都立足今天，又面向着未来，因为他们牢记着艾青诗句所昭示的一切：“今天，/奔走在太阳的路上，/我不再垂着头，/把手插在裤袋里了，/嘴也不再吹那寂寞的口哨，/不看天边的流云，/不彷徨在人行道。”在金义新区成长、工作和生活着的人们，是真正以创新、创造的激情和充实饱满的思想追随太阳步伐的人。所以，无论日还是夜，对于他们来说都属于永恒的黎明。时间的流逝也无法阻止或延缓他们前进的脚步，任何一种流动的生活，都不是与自己毫不相干的存在，只要是劳动，只要是创造，就有重要的意义，不管是如何微小的变化，只要是增添或修正，在新时代就都有自身的意义。金东的每个人所参与的一切创造，所追求的一切，属于今天，更属于未来。这难道不正是作家所迫切需要参与的生活吗？难道不是文学最鲜活的源泉吗？

此时，我想起诗人艾青曾经说过的一段话："艺术家离开了生活，像一棵树从泥土中拔出来，会枯死，像鱼离开了水，也活不了，像小孩子失去了奶，是要掉眼泪的。"再次回到金华金义新区的短短几天里，我更加深刻地意识到，这里是创新创造、宜居宜业的热土，这里有诗有曲、有山有水、有品有颜，在这艾青诗中深爱着的土地上，在这施光南曲中希望的田野里，各级干部群众正在加快构建"一轴两廊三片、倚山拥江揽湖"的城市发展格局，点上出彩、线上成景、面上提质，已经成功实现了从千年古城向希望新城，再向省级新区的华丽转身。相信"干在实处、走在前列、勇立潮头"的金东人，一定会不负"增长极、新中心"的使命，也一定能够为深化"八八战略"，不断创造属于未来的新业绩。

作者简介 梁鸿鹰，中国作协主席团委员，中国作协理论批评委员会副主任，中国报告文学学会常务副会长兼秘书长，《文艺报》原总编，享受国务院特殊津贴专家。主要从事文艺理论评论和文学创作，出版评论集《守望文学的天空》等六部，译作《阿西莫夫诠释人类万年》等四部，散文集《岁月的颗粒》，诗集《对天真的结局严阵以待》等。

多湖CBD的那碗拉面

贾梦玮

沈约是南朝齐梁时期的高官，文坛领袖，“四声八病”的探索者和创立者，也是汉语格律诗的开先河者。我第一次到金华，首先想到的人就是这位沈约。沈约任东阳（金华）太守，才真正把金华带进了中国文化的历史进程。那时的金华是怎样一种情形，沈约在太守任上的作为，历史上缺乏记载。明朝的金华人宋濂说沈约任太守后“民清讼简，号称无事”，至少说明沈约为官没有瞎折腾。他是文人士大夫，著名诗人，在太守任上建造了一座楼，名为“玄畅楼”。这是为了登高望远、把酒临风。南朝时期，山水文学兴起，有了这座楼，文人雅士们可以更好地看山看水，楼本身也成为金华大地景观重要的一部分。这座楼是沈约在金华最大的政绩，此后成了李清照所说的金华的“千古风流”之地。沈约本人曾写了八首诗歌咏玄畅楼，玄畅楼因此改称“八咏楼”。此后，李白、白居易、赵孟頫、李清照等历代名诗人登临八咏楼，留下大量诗篇。一千几百年来，八咏楼累坏累修，累毁累建，屹立至今。

此楼建于婺江北岸。东阳江、武义江在八咏楼前汇合为婺江，这里号称三江汇流。中国的河流基本是由西向东流淌，婺江却是西流，是一种“回溯”吧，此地最宜怀古。“江山留胜迹，我辈复登临。”第一次到金华，我一出高铁站，就一个人直奔八咏楼。登上此楼，我首先看到的是沈约塑像高大的后背——他临江而立，目光越过婺江，看向远方。那里，婺江的南岸，我蓦然看见的是一大片鳞次栉比的现代化的楼群，高矮胖瘦，每栋建筑各具风姿。怀古、望新，

◎ 多湖中央商务区

登上八咏楼，望新却一下子压过了怀古，那不远处矗起的“高新”世界，强行把我扯进了现代化的金华，甚至是高新技术产业指引的未来世界。人有怀旧的癖好，也有喜新的取向，我站在古老的“八咏楼”上，心却已飞向婺江对岸的新世界。现代商务区形态各异的建筑，高高低低，交互参差，在我心里奏出了旋律，应和着沈约平、上、去、入的格律，声、韵、调相配合，颇具律动之美。

后来我才知道，我站在八咏楼上远眺的这片楼宇，是金华新近规划建设的多湖商务区，最高的那栋楼，就是浙中商务中心。我后来入住的酒店居然就在商务中心的边上。

那天下起了小雨，江南的雨，打在八咏楼的灰瓦上，也淋在多湖CBD现代化高楼的玻璃幕墙上。八咏楼上远眺的多湖新城，我还是要用双脚走一走。江南烟雨之中，我边走边看。51车总部、新华保险大楼、多家银行大楼、燕尾洲公园、蝴蝶状的婺剧院和音乐厅、机场公园、高新科技产业园……我花了半天才走完，这片热土，确实让人精神振奋。我被淹没在现代化的高楼大厦之中。我也不得不承认，要看多湖CBD的全貌，要体会其韵律，江北的八咏楼仍是最佳地点。也许，由古代看向现代，我们才可以更好地理解现代。

我知道，顺治年间，南明兵部尚书朱大典曾固守金华抗清，因寡不敌众，又没有外援，朱大典在八咏楼集合家眷和亲信，点燃准备好的炸药，楼毁人亡，何等决绝壮烈。我还知道，多湖CBD的这片土地，曾被日本侵略者修成军用机场，成为继续侵略中国的基地之一。这些似乎都已走远，战争也从来没有远离人类，忧患意识也一直是中国人的日常意识。如今的中国，GDP已是世界第二。当今世界科技战、贸易战愈演愈烈，成为没有硝烟的庞大战场。这场“战争”短时间内不会分出胜负，将是一场超长战事。作为金华新城中心的金东地区，它的众多的高新技术企业，已经站到了这场“战争”的前沿。

离开多湖前的那天夜里，我从酒店出来，还是想在多湖再走一走、看一看。华灯璀璨，高档写字楼里灯火通明，内贸、外贸一定都在进行着。街上人头攒动，有些应该是刚下班，有的是出来逛逛街，也一定有像我这样的金华的客人。我看看手机，快夜里十点半了，居然感觉有点饿了。看到一家面馆，虽然里面没有客人，但灯都亮着。我走进去，看到老板娘正在清点当天的账目，我惴惴地问了一句：“还能为我下碗面吗？”老板娘放下手里的账簿，笑脸相迎，连声说：“可以，欢迎！”

我点了一份兰溪拉面，便在桌边坐下来等着。帮工显然是已经下班，老板娘亲自为我煮面。我问：“你们几点钟打烊？”她答：“没有客人的话，这会儿已经下班了。”许多中国的店家都这样：没有固定的下班时间，等没有客人了才下班。想起在西方的经历，那里的商店、餐馆到了下班时间，似乎是一秒钟都不会耽搁的。多少次，我看好了商店里的商品，到了第二天兴冲冲赶过去，却吃了闭门羹，原来是人家的休息日，他们是无论如何不会加班的。

老板娘应该是经常亲自下厨，熟练得很，不一会儿，一大碗热气腾腾的面就端到了我面前。汤料充足，有肚丝、芹菜、虾仁，等等，色香味俱全，用的应是鸡汤加鱼汤，十分鲜美，拉面的劲道也恰到好处，太完美了。我居然吃得满头大汗，心中大呼过瘾，完全不像一个吃了几天酒席的人。最后居然把所有的汤汁都喝完了。

这碗面居然只要20块钱。我抱歉地对老板娘笑笑："抱歉，耽误您下班了，太好吃了！"她温和地笑着说："好吃明天再来！"没有丝毫的不耐烦。

因乏诗才，我的金华之行没能给八咏楼和多湖CBD留下哪怕是一句诗，虽然心里有不少感慨，甚至思考。我承认我是一个没出息的人，离开金华后，我最不能忘怀的居然是多湖CBD的那碗拉面。中国人的竞争力，除了高新技术、人文思想外，传统的民间优势，比如勤劳、坚韧、宽厚，绝对不能丢，那也是我们的核心竞争力啊。

作者简介 贾梦玮，文学博士，现任《钟山》主编、《扬子江文学评论》主编，江苏省作家协会副主席、书记处书记、散文委员会主任。有散文随笔、文学评论若干见于报刊，结集出版的散文随笔集有《红颜挽歌》（岳麓书社1999年版）、《往日庭院》（百花文艺出版社2005年版）、《南都》（华文出版社2017年版）等。获多种文学创作、文学编辑、文学评论奖项。

金东的遇见

蒋　殊

遇见的喜悦，是行万里路的最大魅力。

三月份去湖南，才知雷锋是望城人；六月份去山东，方知焦裕禄是淄博人。

而七月份嗅着金华火腿味走进金东，却掉入意想不到的文化包围圈。

竟然，遇见他们。

艾青的土地

读书的人，没有不知道艾青的，除却《大堰河——我的保姆》不说，仅一句“为什么我的眼里常含泪水，因为我对这土地爱得深沉……”就会引起无数人的爱乡情、爱国情。

我是去过艾青的家的，当然先生早已不在人世。接待我的是他的夫人高瑛。记得一介绍，她便说，“你与艾青是同姓，咱一家人不说两家话。”

是的，艾青本名蒋海澄。与艾青的亲近感，被这一句话拉近。于是，我以家人的身份，在她北京的四合院中聊起家常，聊她与艾青的爱情，聊她与艾青的苦难，更聊她与艾青携手写下的诗。

可是，我忽略了，艾青是浙江金华人。

踏上这片土地时，距离到艾青家中已经过去六年。可是，艾青进驻心里，却是少时就开始的事。

如果说之前是读他的文，这次便来品他的人。

畈田蒋村艾青故居，留有他浓厚的气息与足印。艾青的家境，不能说不好；艾青的少时，却不能说美好。他在最需要爱的年龄，却被父母放弃，而理由竟然是那么不可思议，甚至有些愚昧——因算命得出艾青是父母的“克星”。于是，艾青成为一个乡村妇女的孩子。这是一个伟大的女人，已经有了五个孩子的她，还是要常常将小艾青揽在怀里，抚慰他，爱他，让他在最短的时间里找到“母亲”的怀抱。

是五年之后艾青命中“克星”的魔咒被解除了吗？总之五岁这年，他又被父母接回。可是，五年时光，艾青已经把大堰河认作他的亲娘。五岁的艾青，还是一个乳儿啊！他的情感世界却再一次被迫撕裂，回到生育了他却陌生到只能称呼“叔叔婶婶”的父母身边。

他的生命中，从此再无母亲。

一个保姆，以母亲的形象永恒定格在他心中，从此在他的童年与少年心中热烈而忧伤地翻滚。这浓烈、滚烫且唯一的母爱，终于在他23岁的年龄喷薄而出。

那是捂不住的爱。

一个保姆，从此流传百世。

多次想过，艾青的保姆，怎么会有一个如此大气磅礴的名字——大堰河？多年以后才知，大堰河并非一条河，保姆的名字也并不叫大堰河，而是“大叶荷”。

大叶荷，也并非艾青保姆的名字，而是一个村庄的名字。艾青的保姆太卑微，以至于别人只能用她村庄的名字来称呼她。

可是，大叶荷是幸运的，她的乳儿艾青，被她无私的乳汁养育成一名诗人。诗人心目中，他的保姆不只是一个大叶荷般纯净的女人，而是有着像河流一样宽广胸怀的伟人，于是诗人笔下，“大叶荷”便成为“大堰河”。

大堰河响亮啊，让一个普通而平凡的底层妇女，用一个名字盖过高山大河，流芳永恒。

躺在四块钱棺材里离开这个世界的苦难女子大叶荷一定不会想到，她会永恒流芳；她也必然不会想到，曾经地主家的儿子会在狱中为她写下赞美诗；更不会想到，那个曾经叫大叶荷的村庄从此也跟着她成为大堰河，被一代代人敬仰。

大堰河，也因此成为文学世界里与“莱茵河”“塞纳河”齐名的一条大河。

曾经一度以为，诗人艾青的土地是诗意的、浪漫的，却没想到是苦难的、沉重的，当然更是有浓烈而别样的爱的。

这片被艾青深爱过的土地，绕不开一个乡村女子——大堰河。

这是一个母亲对孩子的爱，也是一个孩子对母亲的感恩，更是一个文化人该有的良知与使命。

这便是土地的魅力，是文化的魅力，更是爱的魅力。

大堰河是幸运的，因了艾青；大堰河村是幸运的，因了一个女人。

此行最大的遗憾，就是因为时间短暂未能去往大堰河村，近距离感受大堰河的气息。然而站在金东这片土地，看着形形色色的人走过时，一张张神态安然、笑意盎然的脸还是让我想到大堰河。

庆幸，他们已经不是当年的大堰河。然而，他们怎么不是那个朴实而勤劳的大堰河？

艾青故居墙上，一条蒋氏家训吸引了我：一戒溺爱护短，要慈严相济。二戒重男轻女，要一视同仁。三戒粗暴任性，要说服疏导。

当时便想，艾青当年被父母强送给大堰河，算不算粗暴任性呢？

离开艾青故居时，同行者一定要我单独在大门口艾青的塑像前留个影，因为我们是同姓的一家人。

施光南的田野

大约是80年代中期的一个春日午后，一群少女散开在村中的杨树林中，听最会唱歌的青红载歌载舞演唱《假如你要认识我》。

那个时候，青红就是我们心中的女神。她眉毛弯弯，睫毛长长，脸蛋圆圆，眼睛并不大，却像会说话；个头并不高，却总有一群女孩子追着飞跑。

重要的是，她会唱歌。之前，她总是边走边唱《五哥放羊》。突然有一天，她神秘地在杨树林中开了口，“灿烂的鲜花春风里开……”天哪，那正是一个风和日丽的春天，柳叶碧绿，喜鹊鸣叫，花儿正在春风里盛开。这是什么神仙歌呢？歌词那么好，曲调那么好。年少的我们并不理解“青年突击队”的含义，只死死记住“假如你要认识我”这个诗意又浪漫的话题。

“假如你要认识我，请到青年突击队里来……”于是在那个春天，班里人人学会了这首歌。更有一些男生，“显眼包”一样对着某个女生唱不停，直到把人家唱红了脸，唱转了身。

在一群少男少女心中，抽象的“青年突击队”成了令人向往的地方。

当然，那个时候在少年中间风靡的还有《在希望的田野上》。生在乡村的人们，或许都看不到乡村的美，总觉得这里也是破烂的，那里也是不堪的。正是这首歌，改变了我们心中的看法，“炊烟在新建的住房上飘荡，小河在美丽的村庄旁流淌……”竟然，炊烟也是美景，小河流淌也可入歌声。还有那司空见惯的冬麦与高粱，以及弹琴的小伙与歌唱的姑娘。记得每每唱到这句的时候，总会羞涩地盼望着快些长大，长成可以与弹琴的小伙在田野中歌唱的大姑娘。于是每个人心里，都会由衷地赞叹自己的村庄，甚至有一次无意听到我的妈妈竟然边洗衣边哼唱“为它打扮，为它梳妆”。

猛烈啊，来自一首歌的力量！可那时候年龄小，并不去管谁写的词，谁谱的曲，更多的是关注谁在演唱。也因此，关牧村这个名字与形象被我们深深记住。随着年龄的增大，随着这些歌曲的永恒流传，施光南这个名字慢慢嵌进心里。

◎ 源东乡东叶村施复亮、施光南雕像

一直到2023年夏天踏上金东这片土地之前，都不知道施光南这位“时代歌手”是这片土地上的人；也不知道，这么优美而让人过耳难忘的旋律，来自这片土地的孕育。

这是一片与我生活的北方完全不同的田野，又是与金东其他土地有些区别的田野。因了有施光南，歌声与微笑都似乎飘荡在空气里。

施光南音乐广场上，一串串音符肆意飞扬。听吧，热情的《祝酒歌》，欢快的《打起手鼓唱起歌》，优美的《月光下的凤尾竹》，深沉的《多情的土地》，愉悦的《吐鲁番的葡萄熟了》……一曲接一曲，一首接一首，诉说着施光南的故事，跃动在金东的田野。

这歌声飞扬的田野中，突然走出两个人，一个叫施复亮，早在1920年便在上海与陈独秀等人发起组织共产主义小组,不久去日本成为东京共产主义小组负责人，1922年在中国社会主义青年团第一次全国代表大会上当选团中央书记，从此一生为党的事业作贡献。一个叫钟复光，黄埔军校第一代女兵，曾任军校女生队教导员，抗日英雄赵一曼就是她的学生。

没错，是施光南的父母。光辉而荣耀的一家人，像一个一个音符，又像一朵一朵花瓣，镌刻在这片希望的田野上。

鲁兵的村庄

与艾青和施光南不同，鲁兵这个名字是第一次听说。

想去看他，是因为儿童文学，更因为自己近年来也开始创作儿童文学作品。

走近才知道，那个影响了几代读者的《小蝌蚪找妈妈》的创作者就是他。在小孩子心中，那是怎样迷人的一个故事啊，青蛙妈妈产下卵后离开，卵变成小蝌蚪。小蝌蚪快乐行进，却听到小鸡喊妈妈。妈妈是个陌生却亲切的词汇，自己的妈妈是谁，在哪里？于是在好心的虾公公描述下，小蝌蚪们一路出发寻找妈妈。路途中，它们错把金鱼、螃蟹、乌龟、鲩鱼当作妈妈，一番周折后终于顺利找到自己的青蛙妈妈。

不知道为什么，这个故事让我想到童年的艾青。

艾青，是不是如那些小蝌蚪一样始终在找妈妈？

因了这个故事，小蝌蚪在我心目中变得动人。少时，每路经村中那条小溪，总要看看溪水中的小蝌蚪，总要看看它们的身边有没有一个青蛙妈妈。如果没有，便鼓动小蝌蚪们去寻找，一群小伙伴们也便跟着一群小蝌蚪着急，追赶着它们蜿蜒的身躯，跟着在水中找妈妈。甚至把远处一只青蛙不由分说抓过来，放进小蝌蚪中间逼着它当一回妈妈才肯罢休。

营造出如此温暖而励志故事的人，就是鲁兵。

鲁兵出生的村庄，叫琐园村。原名锁园，据说形状像一把锁又有菜园而得名,这个有着440多年历史的村庄是第五批“中国传统村落”，也是第二批“国家森林乡村”。令人想不到的是，村庄现存24座明末清初古建筑，比如旌节石牌坊、严氏宗祠、务本堂、怀德堂、聚义厅等，也是金华地区规模最大的古建筑群之一。

一个村庄，有一两处古建筑已是了不起的事，而这个村庄竟然有24座。

庞大的古建筑群集聚在这个叫作琐园的村庄，接受着人来人往的瞻仰。

这些古建，风格均是婺派，高高的白墙，青色的砖瓦，还有马头墙，每一处都像一幅淡淡的水墨画。

突然回想，之前去到的艾青故居畈田蒋村，也存有古建筑32幢，除却最具代表性的艾青故居外，还有礼耕堂、诚乐堂、后诚堂、鹿鹤堂、集庆堂等众多江南风格传统古民居。

一查方知，金东最早的历史可追溯到春秋，那时候叫越国。

历史没有走远，历史给这片土地留下一串串痕迹。

琐园村中最大的姓是严姓，最大的宗祠为严氏宗祠，四进，通面宽20米，深近63米，每进均有天井，两侧均建有厢房相连。站在祠堂内仰望天井，想象着当年严家男男女女在此穿行，眼前竟似有影影绰绰的人物在晃动。

与艾青一样，鲁兵是笔名，他不姓鲁，姓严，本名严光化。曾参加过浙东游击队、之后参加了抗美援朝的他，转业后进入少年儿童出版社。他卸下一

◎ 永远的孩子王——鲁兵

身铠甲，掏出一颗童心，与孩子为伍。生前创作与编辑了大量童话、寓言、儿歌，给这片叫作琐园的土地留下童话般的财富。

走进琐园村那天，我在村中看到一眼池塘。当我试图跑近找到一些蝌蚪，再看看它们身边有没有一个青蛙妈妈时，人们急促地喊："上车了，去岭下！"

朱熹的岭下

瞬间喜欢上松溪的岭下朱村，是想起那句歌词"岭上开遍映山红"。于是，我放开视线，尝试从这个叫岭下的地方找到一种花，进入视野的却是一棵古老的香樟树。

它高高耸立在村庄一处高地。当地人说，当年整个村庄都那么高。村里还盛传着一个典故，乾隆下江南途经这里时，被官员以地势高翻不过去而劝返。

今天一行人行走在岭下坡阳老街上，遥想当年繁华旧模样。这条街，因街边有条坡阳岭而得名。古街全长四百多米，据说曾是婺州、衢州、严州(今杭州建德)和处州(今丽水)、台州、温州六州之间上通下达的必经之路，是当年浙东与浙南的官道及贸易通道，也是贸易中心与物资中转站，在方圆几十公里名气都很大。而今，老街随着光阴几度变迁，繁华不再，韵味仍存。

最先吸引我的，是村中墙上竟然镶嵌着一本又一本"书"，蓝白相间的封皮。停步细看，吃了一惊，那是一个一个电路箱。"书"的封面，是四个字："朱子家训"！

一路走来，厚重的文化底蕴已经让我对这片土地有了足够的敬畏之心。墙上这四个字，莫非……一问，果然，村庄与朱熹有关。

据说，当地人通过光绪戊申年重修的一部《松溪朱氏宗谱》，坐实了这件事。从宗谱记载中可知，金华松溪岭下之始迁祖为朱熹第九世孙千七公。千七公先居金邑履正坊，后因避元末兵燹迁居松溪祝家湾，葬诗后山村凤凰山。其第三子思温迁居岭下横山沿，合葬杨埠塘角，后裔主要在岭下朱、雅桑

◎ 岭下镇坡阳古街豆腐宴

园村……

而岭下朱还有一处可作一证，便是位于岭下朱前园路50号古宅石门上部的四个古砖雕刻字——“考亭衍绪”。四字中的“考亭”，系朱熹晚年著述讲学之地。当年，朱熹创立了考亭学派，考亭书院也成为南宋时全国最有影响的书院之一。《松溪朱氏宗谱》中除了存有《考亭书院》一诗，还有康熙年间族人朱时化写岭下当地《紫阳书堂》一诗，其中一句是“休夸韦相箧中经，家学心源接考亭”。

种种痕迹表明，松溪岭下一带自元朝末年迁居以来，一直是朱熹后裔聚居之地。

其实，岭下朱村到底是不是与朱熹有关，并不重要。重要的是一直到今天，这里都保存着朱熹的痕迹，传承着朱熹的思想。

朱熹已经在这里，一直在这里，就够了。

走在坡阳老街上，脚下的鹅卵石小径透着古意，恍惚中也成为曾经的人。前方，一位老人从门里探出半个身子，沧桑的一张脸与高大的木门以及门上的“同泰”牌匾那么契合。从前，这里是一座酒坊，供养着来往客商的味蕾。而今贸易不在，老酒坊依然静候在原处，守护着曾经的辉煌。

一路走过，“乡贤馆”“逸品阁”“衡庐”等旧迹挂在一家家门头，“观音阁”“大王庙”从身边相继闪过。村中央，一处碉堡一样的建筑引起我们的兴趣，正研究时，一位中年妇女主动过来解释，说是“种子仓”。旁边的场地，就是曾经的打谷场。那个年代，要将打好的谷子就近装入这个仓库中。她一边解释，还一边示范谷子从哪个部位流出。

“可惜了，现在只剩下这一个。”这样一处已经失去用途的老物件，竟然引起一个农家妇女的惋惜。

顺着她的声音抬头，墙上空白处是一段朱子家训：“诗书不可不读，礼义不可不知。子孙不可不教，童仆不可不恤。斯文不可不敬，患难不可不扶。”

根源在此。

晚来散步，想寻一丝夏风，却又是一条古街，巧遇李清照。

彼时正有一束光，照在她当年登临过的八咏楼上，金色无边。

千古风流八咏楼，

江山留与后人愁。

水通南国三千里，

气压江城十四州。

这便是当时的八咏楼，气势恢宏。然而李清照并非来游玩，而是避难。已是五十多岁的女子，面对丈夫逝去，灾难逼近，必然是悲苦满腹，凄凉无比。

因此从八咏楼推窗，眼前的双溪江水并没有让向来醉心于山水的李清照欢喜，她甚至无力更无心移步到一步之遥的江水畔，只是忧伤地写下：

风住尘香花已尽，日晚倦梳头。物是人非事事休，欲语泪先流。

闻说双溪春尚好，也拟泛轻舟。只恐双溪舴艋舟，载不动许多愁。

双溪春好。她正在双溪的春天，却连泛一叶轻舟的力气都没有。载不动啊，心中一腔无处发泄的怨愁。

一行眼泪悄然落下，一股力量却悄然升腾。今天的金东，经济繁盛。然而繁盛的金东没有甩开历史，依然借助文化的力量前行。今天的金东人，都已经化身为艾青的家人，施光南的邻居，鲁兵的亲朋。他们日日打扫庭院，修剪花卉，再烹饪美食，欢喜地迎接着八方宾朋。

作者简介 蒋殊，中国冶金作协副主席，太原市作家协会副主席，《映像》杂志执行主编。在《人民日报》《光明日报》《人民文学》《小说选刊》《中国作家》等国内大型文学刊物发表作品若干。著有《阳光下的蜀葵》《重回1937》《再回 1949》《坚守 1921》《天使的模样》《少年时遇见你》《红星杨》等十部作品。《寻找史铁生》等10篇散文入选多家出版社出版的中国年度散文选，《无人拣拾的柴禾》等8 篇散文入选初、高中语文试卷；散文《故乡的秋夜》收入 2014 年苏教版高中语文读本。曾获“赵树理文学奖”、《小说选刊》年度大奖，连续三届获“长征文艺奖”。

金东走笔

杨静龙

随《中国作家》创作采风团赴浙江金东，在盛夏火热的天气里，感受到了当地人民火热的创造力，当我踏着《在希望的田野上》熟悉的旋律，来到“人民音乐家”施光南故居，来到釉色闪耀的婺州窑，来到“佛手之乡”北山口，来到现代高新园区，除了“火热”之外，大脑里又跳出一个词来：希望。

那可真是一片火热而大有希望的土地……

婺州瓷，一张崭新的老名片

7月18日，“朱泥淬火，草本生辉——婺州窑古今工艺集萃展”在浙江博物馆隆重开幕，这场展览在业界引起了热烈反响。

这一天正是创作采风团来到金东报到的日子，在宾馆甫一入住，毛协生就兴冲冲地赶来见我。毛是我大学上下铺的同学，现在金华市艾青中学教语文，是当地的“名师”。闲聊之中，他翻看采风活动手册，提出了一个建议，采访婺州瓷。虽然采风活动日程里没有这个安排，但“婺州瓷是我们金华簇簇新的老名片，很有采访宣传价值，你一定要去看一看写一写……”毛协生怂恿着我，然后说起了婺州窑古今工艺集萃展，说起婺州窑陶瓷烧制技艺传承人郑志法，终于激发起我采访的欲望。

趁着集体活动的空隙，我们驱车前往金东区仙桥镇花木城郑志法的婺州瓷工作室。那是一幢样式典雅的两层建筑，大门前几只老旧的石槽、石臼里，几丛水生绿植在骄阳下绿茵茵的，长得正旺盛。

工作室一楼，放着两排陈列柜，里面满满当当摆放着各种造型的婺州窑瓷器，釉色闪耀，熠熠生辉。这些婺州瓷大多是郑志法自己满意的作品，其中不少作品获过国家级和省级奖项。里间的工作台上放着几件偌大的瓷罐，我见它们的釉色略显枯涩，与陈列柜里的瓷器不同，郑志法解释说这些东西刚进过一窑，还得再进窑里烧第二次，两次施釉法正是婺州窑乳浊釉瓷的独特工艺。这几件大罐，便是郑志法近期构思创作的一批新作品。

喝茶时，郑志法聊起婺州瓷的历史演变，聊起自己与婺州瓷的不解之缘。郑志法不是一个喜欢自我夸耀的人，他一边断断续续地述说着，一边往我手机里发一些照片和文字说明，老同学毛协生对当地人文历史颇有研究，在一旁不时做着解释说明,一幅关于婺州瓷前世今生的悠长画卷在我脑海里渐渐明晰起来。

据传，婺州窑始于东汉，盛于唐宋，主要分布于浙江金衢地区（衢州原属金华，金华古称婺州）。婺州窑属浙江青瓷窑系，相比越窑、龙泉窑的细腻精致，它显得粗犷朴实和低调，在大型器物的烧造、褐斑的运用、乳浊釉瓷的烧制等方面颇有建树，在陶瓷史中具有独特的地位。茶人陆羽在《茶经》“茶之器”一节里说：“（茶）碗，越州上，鼎州次，婺州次……”把婺州瓷器高高地放在全国第三的位置上。明清以降，因为种种原因，婺州瓷逐渐淡出了人们的生活。直到20世纪末，经考古发掘了大量窑址，才将沉寂数百年的婺州瓷重新带入人们视野，金衢地区的有识匠人也产生了恢复婺州窑的宏愿，在他们的积极努力下，婺州窑终于日渐复兴。

在这些优秀的匠人中，中国工艺美术大师陈新华无疑是一位值得一提的人物，陈新华传承发展婺州窑原始瓷的釉色，调配出了温润古朴的草木灰釉，奠定了当代婺州窑的釉色基调。当代婺州窑即以草木灰釉为基调，继承发扬化妆土、乳浊釉、褐彩、堆塑四大传统工艺，取得了成功，而陈新华在其中发挥了莫大的作用。

在陈新华众多弟子中，郑志法可谓是一位佼佼者。

郑志法1993年开始拜陈新华为师，白天学雕塑，晚上画素描。开始几年，师徒们主要从事建筑装修的石膏板线雕塑制作。“市场上的石膏板线都是用模具浇制的，我们是自己亲手雕塑石膏板线，赢得了客户们的交口赞誉……”郑志法不无得意地说。正是这些为以后他们顺利转向婺州瓷研究和烧造，作好了艺术上和经济上的充足准备。

成功的路上没有捷径，荣誉总是给那些有准备的人。郑志法现在是中国民间文艺家协会会员、浙江省陶瓷艺术大师、金华市工艺美术大师、金华市非物质文化遗产“婺州窑陶瓷烧制技艺”代表性传承人，多次荣获国家和省市级金银铜奖，荣膺全国美术陶瓷现场技艺大赛前三名。

这次浙江省博物馆主办的“朱泥淬火，草本生辉——婺州窑古今工艺集萃展”，共展出省内多家博物馆珍藏的文物83件/组，展出当代婺州窑陶瓷烧制技艺传承人的优秀作品34件/组，陈新华和郑志法师徒均有多件精品入展。

郑志法入展的婺州窑乳浊釉作品有如意尊、鱼耳瓶、渣斗、笔洗、香炉和窑变釉美人肩等七件，其中乳浊釉如意尊口沿至颈部的釉色渐变自然，肩部、上腹部为深浅交融的天蓝色乳浊釉，颈部饰鼓钉纹一周，两侧饰如意造型双耳，象征事事顺心如意。作品精美典雅，雍容大气，得到了专家和群众的好评，浙江《潮新闻》在报道中特意点评了这件作品。

“这些肯定都是你自己比较满意的作品吧？”我问道。

郑志法笑了起来，答案也就在他的笑容里了。

只可惜，现在它们远在浙江博物馆展厅里，我是无缘见识了。

嗨，佛手之乡看直播

一走进村子，我就惊异于三三两两种植于沿街农家院墙外的佛手树了，一棵棵低矮的绿树上长满造型可爱的佛手果。时值盛夏，佛手还未成熟，是平日里少见的青果，别有一番风景。

采风团一行人在村街上走着，抬头看时，又被架设在两边农家屋墙上的路灯吸引了。灯架形如枝条，路灯是逼真的金色佛手，因为造型生动，恍惚之中，给人一种佛手树的枝果在风中飘拂之感，让我惊叹不已。

当我在一处墙面上看到汪道涵先生题写的“金华山口佛手”书匾，这才明白无误地知道自己已经来到著名的“佛手之乡”——金东区赤松镇北山口村。

北山口村坐落于金华市北山澧壶山脉前沿，唐朝末年建村，距今有1000多年历史，其中佛手种植的历史也已达600余年，是闻名遐迩的佛手产业特色村。当地提供的资料显示，赤松镇北山口村曾先后荣获“中国佛手之乡”“中国农业精品村”“国家森林乡村”等荣誉，入选全省第一批未来乡村建设试点村。现在，全村佛手种植面积约1200亩，亩产收入达10多万元，全村一半以上村民从事佛手相关产业，年产值高达1.5亿元。佛手已从单一品种发展成多种品种，年鲜果产量提高至1000多吨。产品销售方式更是出现了翻天覆地的变化，从原先街头叫卖、地摊销售到现在的电商销售、直播带货和旅游销售，形成了完整的三产融合链，特别是抓住直播热潮，北山口村设置专业直播间12个，打造直播账号73个，佛手旺季平均每个电商每天可以销售300 ~ 500单，2022年全年仅直播销售额就超8000多万元。同时，北山口村每年10月举

◎ 为佛手代言

办“佛手文化节”，成为央视《走进乡村看小康》栏目高点赞关注的大型文旅活动，每年游客量近30万人次，带动旅游收入4800多万元。此外，北山口村还推出以佛手为主题的系列文创产品，开发佛手青果清供、带枝水插等新型应用场景，将佛手的销售时间从每年9月延长至全年。

俗话说，好山好水孕仙果。赤松镇北山口村的仙山秀水孕育出神奇的佛手树果，被世人誉为“果中仙品、世间奇卉、药中之王”，经千百年的演变进化，佛手的果实已经失去果的内容，只留下果的外形，似花非花，似果非果，早成了一种形而上的稀有神奇物种，因形似观音玉手，或仿佛力士拳头，故取名佛手，仙果禅意的味道十分浓郁，令人平添了一分敬意。

据当地民间传说，金华佛手是当年唐僧从西天佛国祈求来的，是一种普度众生的圣物。传说还说北山口村一带乃是道家文化的栖息和传播地，是黄大仙成仙得道的地方，黄大仙还以佛手为药，救治过村民们的顽疾，这一传说在东晋葛洪的《神仙传》中有记载，是有据可查的 。佛手早已深深融入当地民俗民风之中，作为一种吉祥之物，入诗入画，更寄托着人们对多福多寿、吉祥如意的美好祈愿。

这一思想甚至影响了许多文人名流，写出许多关于佛手的诗文，其中以宋代杨巽斋的《佛手花》诗最有名：“丹葩点漆细馨浮，苍叶轻排指样柔。香果净瓶安顿了，还能摩顶济人不。”形象生动，而又禅意浓郁。

过往的历史和传说，都会给后代子孙带来福祉，赤松镇北山口村的村民们知道这个道理，他们珍惜前辈祖先们留下来的丰富遗产，珍惜北山口仙山秀水带给他们的宝贵财富，他们更珍惜这个火热而充满希望的时代给予他们的无穷机遇。

佛手每年“夏初生白花，六月成实，至冬黄熟”，生长周期稳定而缓慢，像一个在漫漫长途上跋涉的大德尊者，不舒不疾，步履坚定。

而当今的北山口人懂得机遇与挑战同在这个道理，懂得向时间要效益、向创新务实要发展的道理。

在北山口村采风，给我印象深刻并让我决意要记下来的一件事是一个现场直播销售场景。

那是村里开设的十几个佛手专业销售直播间之一，在金佛手文化礼堂一楼。金东区宣传部领导站在文化礼堂门口，招手让我们过去，然后又做了一个“嘘”的动作，让我们噤声，我们迷惑不解，推门进去，才发现一位20岁左右的漂亮女孩正在做着直播。

虽然平时在手机上见过直播带货，但我们大多还是第一次来到直播现场，纷纷拿出手机拍了起来。

我们的到来并没有影响漂亮女孩做直播，她继续认真地做着自己的工作，手持两枚佛手青果，沉着从容地面对直播镜头述说着，口齿清晰，嗓音甜美，笑靥似花。

她的声音在直播间里轻轻地飘浮着：

“大家可以看一下主播手中这一对佛手，一个是150克，刚好3两重，另一个是140克，三两不到一点点。我们这里近50米的价格。如果你喜欢的话，不要50米了，35米你就带回家。如果大家喜欢两只一起拍，也是可以的，原价70米，我们就不要那么多了，如果大家喜欢的话，如果宝贝你觉得价格有点小贵的话，那么主播还能给你放一点小漏，70米不仅能带回这两只佛手，还能再带……”

我用手机录下这个难得一见的场景，晚上在宾馆里回放。我不知道主播说的“米”是什么意思，一搜百度，竟然是个网络用语，相当于人民币中的元，50“米”也就是50元的意思。

我不由得笑了，心想今天该有多少人会买下直播手中展示的那样一对佛手呢？

要不是热情的北山口村民们已经送了一枚佛手青果，我是一定会买的。

菜鸟，北港不夏的邮件

“在这个变化的时代，物流、数字化为基础性向智能化迭代。

“数智化物流将会引起哪些改变？也许因为数智，一方社区就能更有温情，一个商户就能快速运转，一笔生意就能更有保障。菜鸟网络的愿景，致力于实现中国范围内24小时必达，全球范围内72小时必达。菜鸟已搭建了快递、仓配、末端、农村、跨境五张物流网络。线上线下的深度融合，辅以数智物流、大数据、云计算，菜鸟网络首个线下实体电商园向所有人宣告，纯电商时代即将远去，‘数字化’结合‘新零售’才是未来之王。

“为了更好地帮助中小企业搭乘互联网快车，实现快速成长，一个为中小企业量身打造的区域电商产业赋能基地——菜鸟·金华电商产业园应运而生。

“作为阿里巴巴生态下首个自建自运营的电商产业园，依托阿里巴巴和菜鸟网络核心资源，创新（人才服务、培训服务、生态服务、供应链服务、商圈服务）五大服务体系和校园化运营模式，通过整合社会和高校资源，帮助电商解决招人难、留人难的痛点，开设电商职业技能培训，帮助企业孵化电商团队，提升电商运营能力，引入电商产业上下游生产服务资源，帮助企业实现转型升级。组织供销对接会，帮助货源工厂及电商企业快速对接，植入阿里组织文化基因，创新班级化运营模式，打造专属电商社群。

“在这里，电商人不再孤军奋战；在这里，电商人可以‘快乐工作，认真生活’；在这里，电商人学会了分享与互助。菜鸟·金华电商产业园作为阿里巴巴线下落地窗口、区域电商成长平台和传统制造业转型升级基地，通过产品和服务双轮驱动，以服务更广大中小企业为使命，着力打造良性的电商产业生态圈。”

一行人来到位于金东区鞋塘街道的菜鸟·金华电商产业园区，站在一楼大屏幕前观看园区的宣传片。短短三分多钟时间的宣传片，打消了我采访前的顾虑，觉得自己这次应该“看懂了，听明白了”。

说实话，前几天参观金东自贸中心和高新园区，我并没有完全看懂听明白，对于我这个大半生从事文化工作与文字打交道的人来说，对日新月异、迅猛发展的现代高新技术确实有深深的隔膜，这样的状况其实在同行的作家朋友中普遍存在，只是程度不同罢了。

在无法回避的情况下，就决定采访一个相对熟的点，我选择了“菜鸟”。在现代新兴行业中，“菜鸟”是离我们日常生活最近的。

看完宣传片，我们来到会议室。先由园区副总徐群峰介绍情况，然后是座谈，畲族作家山哈问了一个问题，“菜鸟”如何做到“中国范围内24小时必达，全球范围内72小时必达”，正是我心中的疑问。

徐总微笑着，几句话就轻松地解答了这个问题。

对“菜鸟”来说，这是一个早有预估、早有筹划布置的事情，算不得什么问题：他们在全国各地、在世界各地都设有仓配、末端，各种各样的货物可随时随地就近调配。

目前，菜鸟·金华电商产业园区的业务领域早已不止于货物快递，他们创新五大服务体系，服务广大中小企业，正努力把园区打造成传统制造业转型升级基地、区域电商成长平台和良性电商产业生态圈……

这些内容在那个园区的宣传片子里都有，我向徐总索要宣传片的电子版，他十分爽快地答应了。

当天晚上，我在宾馆里打开电脑，发现一个署名北港不夏的邮件已静静地躺在邮箱里，正是那个宣传片。

按理说这并非急事，过三天五天再发很正常。

我看了邮件的发送时间，是下午4:08时，距离我们离开园区不到三小时。

果然是菜鸟速度！

作者简介 杨静龙，浙江宁波人，中国作协会员，历任浙江省作协主席团委员、湖州市文联副主席、湖州市作协主席、湖州市关工委副主任，在《当代》《钟山》《花城》《中国作家》《江南》《诗刊》《星星》《诗潮》等期刊发表作品近百万字，小说多次由《小说选刊》《中华文学选刊》转载并选入国内多种年度选本，多次获浙江省优秀文学作品奖，短篇小说《遍地青菜》被提名为第五届鲁迅文学奖备选篇目。曾获武陵杯世界华语微型小说年度奖和中国微型小说年度奖。

金东三章

胡竹峰

赤松的佛手

佛手的格怕是还在佛首之上，阿弥陀佛，恕我不恭敬了。

佛首的格也高，见过不少魏晋唐宋元明的佛首，石刻、泥塑、木雕、彩绘，各有奇妙，面容端庄和善，目光低垂，微微含笑，线条柔美饱满，如大光明，有大天地，是大法相，见大慈悲。

佛手的格怕是还在佛首之上，十分人力不及一分自然。佛首十分人力，佛手十分自然。人间巧艺夺天工，然天工开物，物华天宝，天宝何其多哉，人力再强，也不过巧取一二豪夺三四而已。

佛手的格怕是还在佛首之上，阿弥陀佛，也未必不恭敬。佛首是佛，佛手也是佛，佛脚还是佛……不必为手足着相，也不必为首足着相。

雨夜，焚香，读书，怀古，玩物，看看书桌净水供养的佛手，又安详又端庄，斯时寂静。前几日去金华，有幸在赤松的北山口一睹佛手园。第一次看到活色生香的佛手，未免稀奇，大好彩头，佛手，福寿。赤松的佛手更好在可见骨相，骨相比皮相高，皮相比肉相高。虽说不能着相，实在佛手模样吉美，拈花微笑，嫣然妩媚，又落落大方，甫一入眼，就多了恬静与淡然。

由赤松的地名不禁想起赤松子。赤松子为上古仙人，身兼雨师广布甘霖，据说当年张良从其游，避开了那“狡兔死、走狗烹，飞鸟尽，良弓藏”的命运。《太平寰宇记》说赤松子在金华山以火自烧而化，升天处为赤松涧，山上有赤松祠、赤松涧。

赤松子位列仙班，差不多近乎佛吧。他的故乡出佛手，也可谓得其所哉。赤松镇与双龙洞距离颇近，手捧两枚佛手，一时觉得得了佛家的关怀，得了赤松子的仙气，也得了神龙的周全。人到中年，如履薄冰，肉身始朽，多一些护佑不坏。

佛手可馔可药，暑气蒸腾，在瓦房下饮佛手茶，吃晾制的佛手干果。风从窗口吹过，暑气也从身体里走远了。佛手茶金光灿灿，像夕阳照过大雄宝殿的屋顶。

佛手旬月不坏，净水清供，皮囊渐老，一日日光华，一日日灿烂。眼看它一日日颜色泛黄，乃至金黄，终于修成正果。看看佛手，真觉得金华，金光闪闪，富贵荣华。古人说，人生荣华富贵，转眼成空，不可认为实相。《红楼梦》第一一八回中，薛宝钗对贾宝玉道，论起荣华富贵，原不过过眼烟云，但自古圣贤，以人品根柢为重。汉人王符说得更透彻，所谓贤人君子者，非必高位厚禄富贵荣华之谓也。人性里却总有贪恋荣华富贵的一面，文章生活，不过萝卜白菜，偶然得到几枚佛手，陋室平添几分荣华富贵气，此亦快哉事也喜庆事也。

友人善丹青，好画佛手，枯墨淡墨勾线，染藤黄，点赭石，晕胭脂，纸上顿时摇曳出风情。见过八大山人、李复堂、陈师曾、齐白石诸贤纸本佛手，金华的木本佛手恐怕格还在纸本之上，阿弥陀佛，恕我又不恭敬了。

二〇二三年七月二十三日，合肥

方元鹍在凉棚听夜话笔而存之

鹍，传说像鹤，古瑞禽之一种。

鹤者，隐逸也，吉祥也，脱俗也，高洁也……宋人林逋隐居西湖孤山，以湖山为伴，植梅养鹤，终身不娶不仕，相传二十余年足不及城市，以布衣终身，人谓梅妻鹤子。前人讽刺陈眉公，翩然一只云间鹤，飞去飞来宰相衙。在宰相衙飞来飞去也不过堂上客而已，帮闲或者清客，无非棋琴书画，无非弹唱吹拉，无非饼上芝麻，佐料而已。

方元鹍的名字或许有命运，人如鹤，多了文气，士气，怕是不利于仕途。那日在金华金东区图书馆，看见复刻影印的几本方元鹍著作，《凉棚夜话》《凉棚夜话续编》《铁船乐府》《铁船诗钞》。《凉棚夜话》的名字颇好，有一股清凉夏夜之气。方元鹍行文也清凉，《凉棚夜话》《凉棚夜话续编》体仿《聊斋》，只是绝少长文，多为小品笔记而已。书前有序，有冰雪文章意思：

一岁之月，夏月为闲，酷暑挥汗，事无可作故也；一日之夜，夏夜尤闲，晚凉露坐，人不遽睡故也。予客雍奴官署，凡五阅月，无可消闲，书帙纵横，秃中书伴余慵卧而已。六月徂暑，凉棚过屋，与厅槐交荫。晚饭扪腹，呼童设木榻、涤茗碗，幕中宾三三两两至，间述异闻，以资嗢噱，余笔而存之，日得四五焉。无何，秋飚振林，凉棚撤去，诸君告，輠炙尽，遂编次为四卷。好事者携以付梓，而病其寥寥，复为续编二卷。乌有先生、亡是公，于于而来矣，仍以《凉棚夜话》名之，从初志也。总之，消闲遣兴，无当著书，其事其文，存而不论可也。嘉庆己未三月朔日，铁槎道人方元鹍书于海萍书屋。

文章里说“好事者携以付梓”，不过自娱自夸自得而已，《凉棚夜话》与续编的刊行都是著书人离世二十年后的事情了。悲夫。

《聊斋志异》风行后，世间有不少仿本，纪昀、袁枚那样的大名士也忍不住效尤作《阅微草堂笔记》《子不语》，我们安徽人宣鼎《夜雨秋灯录》亦属其类，旧年读过一遍，思想平庸，文笔酸腐，难望诸家项背。

方元鹍落墨比蒲松龄浅白，一字一句言之有物，轻松可喜，跌宕时拍案惊奇，劝世说道之心兔起鹘落，玲珑意思尤在袁枚、宣鼎诸人之上，行文也比《聊斋志异》敞亮。譬如开篇第一章《龚道士》，言辞简洁，寥寥几字勾动人心：

龚道士，不知何许人也。旧寓江西白鹤观中，冬夏披一衲，发垂至踝，束以金圈，视其貌，常如四十许。人善医及卜，但不轻售其术，人遇急疾，以情恳，为置数味药，剪发寸许疗之，无不立愈……

后来读方元鹍的诗词，果然有俚俗趣味。旧文人里，我偏爱言辞诙谐，不失民间心性的一类。最喜欢那首《铁铮铮》：

膝如铁，立不屈；
口如铁，骂不绝；
头如铁，拗不折。
断我膝，百炼骨；
抉我口，三寸舌；
斫我头，一腔血；
铁铮铮，呜呼铁。

金华的先生，世人大多知道艾青、施光南、吴晗、冯雪峰诸位，方元鹍声名不显，书上说他少时即耽于诗词吟咏，一生不改，数十年悲忧愉乐。乾隆五十四年中举，嘉庆六年进士，在工部任职，兼顺天乡试同考官。时人称其貌冷、心冷、室冷，官不冷而自冷，性情孤洁，不耐官事，暇则扃户长吟，门径萧然，有工部四君子之称。如今他诗词文章之门，依旧萧然如老梅。

◎ 绿宝湖——金东区施光南音乐广场　王建华摄

在金华的金东，遇见方元鹍，好一段斯文，好一段书缘。

琐园回想严子陵

金东琐园，是严子陵后裔聚居地。

琐园离富春江不远，离婺江更近。严子陵六十一世孙严守仁，明朝万历年迁居于此。严氏宗祠有两进大门，范仲淹写的“山高水长”牌匾赫然在目。

也的确山高水长，古风浩荡。在村里穿堂过弄，处处仿佛都有“先生之风”，迎面的老人，瘦出了骨相，弯着腰，施施然路过马头墙。一厢情愿地，觉得那人身上有严子陵的风范。想象中的严子陵也应该如此吧，少食肉相。

琐园古村，又恬淡又自然，更有一脉相承的斯文。村民有家训五十六条，相传经严子陵口述，后世完善而成。家训开门见山，一心向善：

心吉百事皆吉；

不善之心起则一身不及安。

大道在焉。

严子陵家训，戒贪、戒奢、戒骄、戒躁、好善、严直、谨虚、容扬、长厚、质朴、俭约，严氏琐园一脉，前后出过四十多位太学生。

严子陵是东汉人，少有高名，光武帝刘秀少时与其交好。刘秀即位后，多次延聘他入朝为官，但严子陵甘愿隐姓埋名，不以富贵前程为意。史书说二人重逢一节有风光月霁之美——刘秀车驾到了，严子陵安卧不起。刘秀只得去卧所，手伸向被子，轻抚严子陵肚腹咄咄问：“不能入仕我么？”严子陵佯睡不应，良久，方才张目熟视说：“唐尧大德，授天下以巢父，人家尚洗耳不听。人各有志，何至相迫乎？”刘秀只好叹息而去，后有手书寄心：

古大有为之君，必有不召之臣，朕何敢臣子陵哉。惟此鸿业，若涉春冰，譬之疮痏，须杖而行。若绮里不少高皇，奈何子陵少朕也。箕山颍水之风，非朕所敢望。

古代有为之君，总有不能随意召唤的臣子，子陵非寻常人。然国家大业未兴，我如履春日薄冰，好似身患疮伤，须依杖而行。绮里季避秦乱，隐商山，却毅然辅佐汉太祖高皇，奈何你不愿入朝。隐迹山水，非我所敢想。汉人文风铺张扬厉、华丽壮大，光武手书短峭家常，情深义重，宛然风致，读来比那些宏大的辞赋熨心。

后来刘秀又请严子陵北上洛阳，优礼有加。一日，太史惊慌失色赶来奏告，说夜观星象，客星冲犯帝座。刘秀呵呵一笑，原来昨夜两人抵足而眠，熟睡中严子陵把脚搁在他肚皮上。刘秀让严子陵任谏议大夫，专掌议论。人家性本山河鱼水，哪里肯从，只想悠游终老隐居桐庐富春江畔，流连富春山水。

富春江是一弯隐逸之水，清澈浩荡。富春山居更是无数隐士向往所在，严子陵在此不求闻达，黄公望也在此纵情笔墨。距江岸不远处，还有和靖先生如鹤一般的身影出没在西湖孤山的梅枝花影下，又潇洒又恬淡。范蠡当年也到这里隐居，泛舟湖上，养鱼晒网。富春江岸富春山，一代代高士，布衣粗服，耕读传家。也有人脱下纱帽，来此散发弄舟，与山水为伴，同鱼虾嬉戏。

有些隐是为了显，有人讥其谋隐谋官两无成，道破隐事。清代蒋士铨刺陈眉公“翩然一只云中鹤，飞去飞来宰相衙”。文士诗翁，自称钓徒樵子，或许也偶尔手执钓竿或身背柴刀，大抵却只是赏鉴山水、作诗、游玩。严子陵连诗文也没有留下，隐了身骨也隐了精神。

孔子认为隐者有三类：像伯夷、叔齐那样，不降其志，不辱其身；像柳下惠、少连那样，降志辱身，但言行在礼合情；像夷逸、虞仲那样，索性逃世隐居。夫子周游列国，知其不可为而为之，却也神往避世隐居，修身修德的士人。

武王克商后，天下宗周，伯夷、叔齐耻食周粟，心灰意懒、惭愧懊丧而退隐首阳山，采集野菜果腹。柳下惠多谋善断，不事逢迎，可谓大隐于朝。太伯、虞仲文身断发，退贤让位，避祸而隐。严子陵却是天生不受羁勒，深知人生之难，难在事人，一辈子逃世隐居，以山水琴棋自娱，享受渔樵闲话的日常。卒以身殉，舍身赴难，当然更为浩荡。清净自守，不染污泥的贤人也大不容易。想到严子陵，心系天下忧乐的范仲淹也不禁慕其人而咏其风。以节高之，万世皆高。以名位权势高之，身死则灭。

大雨滂沱，风吹得草庐摇摇欲坠，山洪暴发之际，严子陵想不想脱下蓑衣、羊裘，一走了之，离开阴冷的江湖？冬日凄寒，鸟兽躲在树梢石洞冬眠休养，偶尔三五只麻雀来门前嬉闹，他大概也会忆及洛阳庙堂与刘秀相聚的时光。据说旧时守节的妇人，黑夜里，孤灯下，实在寂寞难耐了，将一碗豆泼在地下，然后一粒粒拾起。俗念如豆，微弱的灯照不见抱朴见素的心性，云山江水苍苍泱泱，一行白鹭飞上了青天。

没有熠熠生辉的灿烂，但安妥平缓，严子陵得享八十一岁高龄。几十年风云激荡于胸，青山依旧在，几度夕阳红，幡不动，心也不动，像江上渔火守着贫寒岁月，不离不弃不明不灭，是慰藉离人过客的暖色。

俗世皆知严子陵，或许也不知严子陵。是狂生、是高士、是山人、是樵夫、是钓徒、是磊落光明赤条条来去无牵挂的人，赤条条来去无牵挂，烟蓑雨笠随缘化，轻身向茫茫江湖，山风清波经年淘洗，胸次再无郁结。《南史》上说隐士用宇宙而成心，借风云以为气。亦如孟子说的，浩然之正气。

凡俗世界不过火劫后的余灰，形骸只是一个皮囊，最终归葬山水，回归自然。以天地之大，蝼蚁与雀鸢，不分彼此，浪迹江湖，行卧自适，还有什么比山居的秋月春风来得惬意。最怕关在权欲中，欲看山光不自由。

严子陵走得很远了，在琐园，遇见那么多严家人。他们面目恬静，他们枯荣自守，他们布衣磊落，严子陵并没有走远。

在琐园，兜头遇见严子陵，何尝不是和内心另一个自我握手言欢。

作者简介 胡竹峰，安徽省作家协会副主席。出版有五卷本“胡竹峰作品”及《中国文章》《民国的腔调》《空杯集》《墨团花册》《茶饭引》《雪下了一夜》《惜字亭下》《黑老虎集》等作品集三十余种。曾获孙犁散文奖双年奖、丁玲文学奖、紫金·人民文学之星散文奖、奎虚图书奖、刘勰散文奖、丰子恺散文奖、林语堂散文奖、滇池文学奖、三毛散文奖、红豆文学奖等多种奖项。部分作品被译介为多种文字。

亲爱的佛手

山　哈

见到佛手的时候，心里还是忍不住悸动了一下。

这是一年当中最热的日子，七月，而我们又在最热的时间，来到中国经济最热的地方之一：金义新区。

新区成立前，金义新区一直叫金东区，顾名思义，这是一处连接金华和义乌的区域。

遇上中伏，骄阳似火，仿佛只要谁不小心擦一把火，就能把天地点燃。

一群人，准确地说，一群来自全国的作家，奔走在金义火热的乡村、田野；奔走在企业、流水线，奔走在“浙江之心”——金华大地，用眼睛和脚步一寸寸丈量这块“希望的田野”（施光南的歌曲）。

车去赤松镇北山口村，路上，每个人都分得一只佛手。佛手是南方的物种，北方作家难得一见，有几个人兴奋地尖叫起来，一个打扮时尚、精致的女作家，在摇晃的车厢里，不断伸出娟秀的五指，与佛手惊喜地比画着……我呢，望着窗外的山水人家，佛手捧在手心里，双手摩挲着，那佛手如花，散发出幽幽的清香，阵阵扑面，直抵心腑。

或许是季节还早吧，佛手还是青的，泛着沉稳的墨绿色，举在脸边就好似佛的纤纤手指，正温柔地抚摸着我的脸颊。

一

记得第一次见佛手，同样惊奇：这世上，怎么会有如此可爱的尤物呢？

那是我24岁上，也是我平生第一次拜见后来的丈母娘。

还记得，那是个秋天的黄昏，也是佛手一天中香气最为浓郁的时段，佛手呢，种在陶盘里，和一株君子兰一起，紧紧挨着14寸的彩色电视机。这是1986年，彩色电视机还是个新潮的玩意儿，不过，满屏雪花的电视机那天放着什么，早忘记了，但佛手却一直记得，金黄的，好似如来之手，向我召唤。

丈母娘姓邵，其实，她早知道我和她闺女有往来了，也早暗地里把我查了个底朝天，只是碍于情面，从来没有挑明。我呢，还是刚进十里坪劳改农场不久，懵懵懂懂小警察一个，暗地里打着人家女儿的主意，见了她娘，自然如贼一样，心虚三分；另外，工作上和她也没什么交集，不用直面。所以，初恋的半年时间里，每次遇见她，都悄悄地绕着走。

劳改农场也不大，常常是低头不见抬头见。成家后，一次席间，丈母娘往我碗里夹红烧肉，一边还笑话我：你每次叫“邵老师”

◎ 黄大仙宫景区

的时候，声音都是颤抖的，我还以为你有口吃的毛病呢，还好，还好。

叫邵老师是我跟着别人叫的，原先，丈母娘在劳改农场的子弟学校当老师，二十几年下来，整个农场的子弟差不多全是她的学生，所以她每回走在路上，“邵老师”“邵老师”的叫声如自行车的铃声一般一路总是响个不停。

后来，邵老师成了犯人的老师。

20世纪80年代末期，劳改农场要走现代化监狱的路子，兴起了“三课教育”（政治课，文化课，技能课），上上下下极度重视师资力量的配比，组织决定，忍痛把邵老师从子弟学校调到了机械厂，负责犯人的“三课教育”。

我是见过她上课的，那是在机械厂的礼堂，下面的犯人都穿着橙红色的上衣，于是红压压一片，邵老师呢，站在黑板前，单单的，个子又极高，又瘦，警服显得松松垮垮。她在黑板上画着机械原理图，一遍遍大声解说着。后来得知，她上课的课本是自己编写的，是省劳改局邀请她编写，专供犯人“三课教育”使用的教材，还记得叫《农业机械》，正规出版物。

现在回忆起来，那些年见邵老师心里总“慌得一批”，除心虚外，还有她不言自威的表情。

渐渐地，熟了，也认了门，知道她是极善良的人，一件小事足可佐证：邵老师人瘦，却很健康，但她跑场部医院却是最多的，她配的药五花八门，都给了“犯人学生”。所以年纪小些的犯人，见了她都叫“邵妈妈。”

第一次上门，我妻子躲在里屋，不时探头，偷偷看我，偷偷捂着嘴吃吃笑着。她打量着局势的发展，生怕父母不同意这门婚事，而我呢，搓着手，坐在沙发上，局促不安，也不知从哪开口，忽然就无话找话：这就是佛手啊，我们大山里从来没见过。

邵老师把佛手端到我跟前，指了指同排沙发坐着、一直抽着烟、话不多、闷葫芦一般的未来岳父胡工说：他是金华人，佛手就是他家带来的。

佛手到了跟前，香气更浓郁了，我大口大口吸着，佛手给了我巨大的力量，一时间，胆也壮了，气也粗了，说话也利索了。

“我要和你女儿结婚！”话一脱口，自己也被吓了一跳。

邵老师估计也被吓了一跳，这毛头，第一次上门，剧本也不是这么编的，刚开头，就直接演到结尾了。她瞪大了双眼：你拿什么结婚？

我顿时涨红了脸，24岁那年，我刚从部队退伍到劳改农场当警察，工资低不说，还要赡养残疾的母亲，一时语塞，还真不知道怎么回答这个问题。

“好了好了，”胡工弹了弹手里的烟灰，打破僵局，“你们的事刚开始，还早着呢。”

胡工收下我奉上的“大重九”，说了句：“谢谢了，”起身，挥了挥手，“佛手，喜欢就送你。”

哪敢拿人家金贵的佛手啊，忐忑不安地起身，出门的时候，还不忘回头敬了个礼。或许，正是那个我最习惯不过的敬礼，让他们觉得，这个家伙是可以托付女儿终身的那个人。

二

私下里，我说得最多的一句话就是：三千块讨个老婆，二百五生个儿子。

其实，“三千块讨个老婆”还是我母亲卖了龙泉旧屋才得的。

我出身贫寒，半生拮据，邵老师自然一开始就清楚的，劳改农场不大，想打听个人还不是分分钟的事？至于她为什么不介意我穷，除了女儿执意外，当然还看重人品和发展前景。

婚前，我对邵老师说：我母亲残疾，这辈子就靠我赡养了，现在为了我结婚，把房子也卖了，以后就得跟我一起生活。

邵老师见状，除了摇头，更多的是无奈。谁不想女儿嫁入豪门呢？选择的却偏偏是个穷小子。话虽这么说，暗地里，她却总悄悄给媳妇儿塞钱，补贴置办电器家具结婚一应费用。

领完证，看看生米也煮成熟饭，我也很自觉，称呼从“邵老师”改成了“妈”，其实我这人吧，也没别的优点，就是嘴甜，这点，倒正合了丈母娘的心意，妈前妈后一通叫唤，丈母娘早已是骨头都听酥了，别说不介意我是个穷小子，估计给个土豪女婿也不换了。

回头看看，置办婚礼的过程辛苦而快乐，我得先回龙泉大山，采运木头，拉回农场开板，再请木工上门打家具，做沙发。当年，结婚流行“三件套”：彩电冰箱洗衣机。置办“三件套”，光有钱还不行，还得凭票，我呢，别说不能搞到票，就是有票也不行，兜里没钱哪，婚前，早已先劝说妻子同意，花1500元买了台确善能单反相机，指望着用相机挣回“三件套”。

好在80年代的劳改农场，干部结婚还保留着朴素传统，婚房是公家分的，家具是自己打的，锅盘瓢盆也花不了几个钱，闹洞房呢，也简单，喝完喜酒，双方亲友上门看一看婚房，摸一摸被褥，喝杯喜茶就散了。

倒是结婚那天，金华来了一大拨妻子的姑嫂舅姨、堂表兄弟姐妹，那个年代，大家条件都一般，婚礼送被子送开水瓶送酒……送啥的都有，但印象最深的还是佛手，收了两盆齐膝高的佛手，应该是多年栽了，沉甸甸、金灿灿的佛手挂满了枝头。

我把佛手放到电视柜上，于是，佛手豪气地霸占着本来属于彩电的那个位置。

后来得知，金华人年节随礼有送佛手的习俗，佛手的“佛”谐音“福”，有送吉祥如意、送祝福的意思了。

结婚送佛手，倒也应景，更别说，我甚是喜欢，新日子四处弥漫着温馨的清香。

三

日子过得飞快，眨眼间，儿子就5岁了。

1994年，劳改支队（农场）正忙着改监狱呢，从名称上看，算是基本与国际接上轨了，也是那年，工作一辈子的丈母娘也退休赋闲了。

劳改农场两句话很扎心，也很现实，一句话是自己说的：劳改干部献终生，献了自己献子孙。另一句话是犯人说的：我们有期，你们是无期。

新中国的劳改干部来自五湖四海，有南下干部，有部队转业干部，有城市知识青年……岳父母算大学生，新中国培养的一代知识青年。1958年，他们从南京农业机械化学校毕业后，先分配到浙江省农业厅，兜兜转转又被组织安排到离杭州200公里外的不毛之地。和那个年代大多数劳改干部一样，住茅草屋，吃玉米南瓜饭，和犯人一起生产劳动……

如果我没有后来的调动，估计这辈子也和岳父母一样。

儿子出生后的第三年，我奔波在借调、调动的艰辛道路上。20世纪90年代，基层民警上升的通道异常艰难，走出固有生态圈是件特别困难的事，好在我有摄影和新闻报道的专长，又创办过几年农场报纸，从借调到调动，一路走得磕磕碰碰，最后从省局到省厅，终于在1997年的秋天，完成了全家落户杭州的美好愿望。

举家告别监狱的时候，小货车拉满了瓶瓶罐罐，丢了许多，却丢不下一盘佛手，那佛手，自然是丈母娘送的。

佛手是出奇的难栽，出了年，佛手就干枯了，又舍不得丢，所以一直立在书桌一角。

说来，佛手是个很奇特的植物，一旦离开金华的水土、空气，很难在他处生长，好似离开金华，佛手的形是走了，魂却留在当地。

好在佛手如大漠的胡杨：生而不死，死而不倒，倒而不朽。即使干枯了，也会一直散发着特有的香气，香气清幽而绵长，就一直陪我读书，陪我度过一个又一个漫长而寂冷的清夜。

渐渐地，通信也被电话所替代，每次拨通丈母娘的电话，我都会大声喊：丈母娘同志好！电话那头，顿时传来“咯咯咯、咯咯咯”，笑岔了气的开怀大笑。

丈母娘告诉我，她的退休生活很精彩，开始上老年大学了，学书法，学绘画，学写诗作词，学电子琴，学打门球。

都说母亲在，家就在。

又过了几年，岳父胡工也退休赋闲了，终究是要落叶归根的，他们选择在金华买了房，于是，我们归家的路也从监狱转道金华，那是后话。

丈母娘兄弟姐妹多，除长兄外，排行里是大姐，听岳父说，尽管是大姐，却一点不输长兄，兄弟姐妹谁家有事，莫不找她诉苦、解困，这不，退休还没过上几年清闲日子，上海的小妹与人合伙在浦东机场开了个咖啡馆，缺个管家主事，小妹打电话求大姐帮忙，丈母娘呢，想也没想，就拖着行李帮忙去了。

也该那年有事，那年是我全家第一次跟团去澳洲旅行，正好在浦东机场出港。行前，我对媳妇说，跟团旅行，咱们不乱花钱买东西啊。

登机前，全家在丈母娘的咖啡店里喝了咖啡，吃了店里最贵的早餐，转到后厨，见媳妇和丈母娘在数钱，原来，媳妇又背着我换了一万美元的现钞。自尊心极强的我，顿时火从中来，坚持不许换美元，而媳妇和丈母娘坚持要“穷家富路”，多带点钱，有备无患。

当时也是气头上，丢了几句狠话，心里却是无比苦楚，觉得女婿终归是女婿，哪有儿子值得信任与托付，从此，和丈母娘隔了一层，电话也少了，亲热劲也淡了，连多年掌勺的年饭也丢了，肚皮和人心似乎都隔了一层。

其实，还是自己心眼小，隔了层肚皮的还是自己，丈母娘还是那个丈母娘，从别处听来，人前人后一直夸女婿积极、上进、能干，似乎我是天下最好的女婿。但意识到这些，已是天人两隔后。

2014年11月，我刚从印度旅行回来，没来得及整理照片，半夜接到小舅子哭泣的电话：妈妈走了！

不啻晴天霹雳，炸得我浑身打了一个激灵，一直好好的，怎么突然就走了？

连夜全家从杭州赶到金华，人正打算从医院转送太平间，丈母娘像是睡着，紧锁着双眼，我轻轻握住她冰凉的手，轻轻说：妈，我来迟了……

从医生处得知，前天半夜，丈母娘胃痛急诊入院，最后，却死于凶险的心脏夹层血管破裂，当然，医生误诊也负有一定的责任，那是后话。

人死不能复生，但去世的是自己最近、最亲的人，就如生生剥去自己的一层皮肉。

出殡那天，来了几车亲友，也来了几车警察同事，组织的人读完悼词，人渐渐散去……

我拉着儿子，跪在丈母娘的脚跟，我对儿子说：儿子，以后再见不到外婆了，磕几个头吧，告别一下。

儿子跪下了，我也跪下了，我重重地磕下第一个响头，黑色的花岗岩碰撞出脆脆的响声……

我轻声说：妈，你一直好好的，前几天还刚通了电话，怎么不告别一声自己就走了呢。我是，我是真不敢相信这是真的啊！妈，你要走，也得走慢一点啊，再慢一点……妈，谢谢你这辈子大恩大德，如果有来生，我还愿意做你的女婿……

长歌当哭，那一刻，忽然觉得世上的一切都放下了，原来，谁和谁都是一场悲欣交集。

岳母的墓地在金东，是生产队的集体墓地，挨挨挤挤着她夫家的先人，所以，每次祭奠，纸钱和香烛都要分几处烧。墓地南面朝湖，阳光充足，祭奠也有送菊花或佛手的，但我总觉得佛手她会更喜欢。

路过的人，谁会想到，这里躺着一个曾经活生生的、爱打扮、爱笑、爱唱歌、弹得一手好琴的好警察。

岳母走后，岳父搬到了澧浦镇的四季枫景，于是，我就成了澧浦的女婿。

四

北山口村干净得如洗过一般，陪同的金东区委宣传部领导笑着说：在金东，随便走进哪个村庄，地上都和脸一样干净。

是啊，浙江这几十年下来，五水共治，乡村整治……所有的农村，无论是环境还是村民的个人素质都发生了质的变化。文明、洁净的观念已深入人心，成为乡村的风儿、空气、雾水……

我还是注意到北山口村有最为独特的景观：行道绿植，在别处或许是玫瑰、月季或冬青，在北山口村，却是一行行、一株株名贵的佛手。

那些佛手，和我手里的一模一样，都散发着阵阵馨香。

村文旅会客厅的直播间内，当我看到一株翠绿的佛手最低卖到五十元时，几乎惊得我合不拢嘴，天哪，一株佛手五十元，那整个村子，光人行道的佛手，得用多少个五十元铺就啊。这哪是佛手绿化？简直是钱在铺路。

北山口村，佛手栽种面积超过1200亩，全村一半以上村民都从事佛手的种植、加工、销售和盆景等产业。目前，已经沿着北山口、大源、雅里等产业特色村串点成线，打造出一条极具特色的乡村产业发展共富带。

予人玫瑰，手有余香。共富的话题如展伸开去，怕是一时半会也刹不住车，不如闻闻佛手吧，世间美好，佛手与共。也因为佛手，惦记起一些过往的细节。

亲爱的佛手。

作者简介 山哈，中国作家协会会员，浙江省作家协会全委会委员，浙江省报告文学创委会委员。1982年起从事散文、小说、报告文学、影视剧本等多种文体创作。已出版包括长篇报告文学《江南一怪》，中篇小说集《追捕》，散文摄影集《青藏风》等数百万字作品，担任电视片《援手》，电视剧《天地良心》编剧。作品曾获司法部“金剑文化工程”一、二、三等奖，《民族文学》杂志年度奖等奖项。

艾青的文学故乡以及其他

陈崇正

一

诗人艾青的故乡在浙江金华的金东区，一个叫畈田蒋村的地方。

艾青第一次认真回望故乡，应该是在1933年1月，那天早上竟然下起了大雪，雪花飘进了铁窗，让他想起故乡，也想起那个叫大堰河的乳母。那时他还没过23周岁的生日，年关临近，而自己却身陷囹圄，生死未卜。入狱已满四个月，距离六年的刑期还很遥远（实际上三年后出狱），狱中臭气熏天，信息断绝，时光突然的留白令人不安。他大概会想起巴黎，想起半年前与鲁迅先生的那次会面，想起美术和诗歌的创作，想起自己尚未完全打开的人生，还有朋友和亲人……如果说没有悲伤，那也是不真实的。人在狱中，没有理由不生出绝望之感，想起生死之事。比如与艾青差不多时间被捕的作家洪灵菲就没有那么好的运气，入狱第二年就壮烈牺牲了。是的，23岁的艾青，心头激荡着回忆种种，他真实地梦回三百公里之外的故里，那个双尖山下盛产佛手的小村庄，悲从中来不可断绝，他想到那个去世已近十年的乳母大堰河，想到眼前的这场雪大概也会覆盖她的坟头："大堰河，今天我看到雪使我想起了你：/你的被雪压着的草盖的坟墓，/你的关闭了的故居檐头的枯死的瓦菲，/你的被典押了的一丈平方的园地，/你的门前的长了青苔的石椅。"就这样，这天早上的雪，成为百年新诗史上最有名的大雪之一，将画家蒋海澄变成诗人艾青，雪作为一个孤绝而深情的意象也在艾青的诗歌中不断出现。

“今天我看到雪使我想起了你。”这个简单的句子容易被忽视，却成为撬开《大堰河——我的保姆》这首诗的一把钥匙。

诗歌写作当然需要激情，但是过于激烈的情感也会构成对诗意的损毁。故此最好的诗歌只会在最恰当的创作时机诞生，早来和迟到都不可能获得最佳的状态。四个月的牢狱生活，也许就是为了等待一场雪。在金华，下雪也并非时常可见，即使在上海，雪也是偶然之物，会成为深刻记忆中的特例。也正因为如此，这一场清晨的雪下得恰到好处，刚好调动了诗人最敏感的神经，刚好下在最柔软的地方。那里立着艾青的乳母，那个叫大堰河的苦难的女人。

正如西班牙作家安德烈斯·巴尔瓦所说：“我身上有两样东西不容嘲讽：野性和童真。”也许，更多时候，一个人的野性和童真往往并存在一个地方，最柔软也最坚强。历史对于一个诗人必要的锻造也在这个时候发生，艾青可贵地经受住了考验，他没有顾影自怜，也没有慷慨激昂，相反，《大堰河——我的保姆》的写作让他完成了自己精神成长的一次“借力”，让他从自我陈述中得到升华——受难的不仅仅是自己，更有万千比自己更难的人们，需要向他们感恩。

◎ 第一届“艾青诗歌奖”颁奖典礼暨艾青诗歌周音乐诗享会

艾青在狱中时，曹禺的《雷雨》刚好上演；艾青奔赴延安时，穆旦正写下了《赞美》。我们看到了艾青，也看到了艾青的同代人，在民族的苦难之中，小心翼翼地托举起盛满才华的容器。每个时代都会有自己的书写范式和美学配方，但诗作为洞穿所有艺术门类的媒介，一直保持了神秘的熔点。而这一次，在一场大雪之中，诗人艾青敞开了记忆的门户，向我们讲述一位来自故乡的女人。

二

由此必然带出的另一个经典问题，则是作家诗人与他的故乡究竟是什么样的关系。

对我们现在的很多人来说，故乡已经变成一个略显奢侈的词汇。更多的人从乡土走出，去往城市读书或工作，从此便几乎断了根。对于生活在大城市的大部分人，故乡是一个陌生的词汇，只存在于模糊的记忆里，或者有些人，连童年的记忆都没能留下。但在二十世纪漫长的时间里，大部分人终其一生都生活在一张完整的亲情网络里，那时候的人们十之八九不识字，无法看书写信，在田间碌碌劳作，终其一生都没有离开自己生活的那片土地。像艾青这样能够远渡重洋去读书，能出去看世界，其实是非常新潮的一族。即便艾青后来在回忆为何能够去巴黎留学时说的是“骗我父亲说外国留学回来可赚大钱”，但回头看看却也可以明白地看到，假若艾青没有到法国去（也就不会认识李又然、孙伏园等朋友），他的人生轨迹应该截然不同。诚然，这些中国留学生中也不乏被鲁迅先生讽刺的堕落之徒，碌碌无为混日子，但更应该看到那时候活跃在文坛的作家诗人，几乎都有着开阔的国际视野，大部分人也有留洋经历。大概只有真正看到世界，看到那时的中国与世界的差距，才会更激发华夏荣辱的使命感和爱国心。从鲁迅到艾青，莫不如是。

或者可以这么去理解，没有故乡与终生困于故乡，其实是等价的，文学故乡并不能在其中成立。文学故乡之所以能够形成，必须同时具备故乡生活和回望故乡两个因素，也就是说，必须能够保留故乡生活那种非常鲜活的记忆，同时也可以时时回乡，更能够在距离上抽离开来审视自己的家乡。艾青对他的故土无疑有着深厚的感情。根据艾青的弟弟蒋海涛的回忆：“我记起了他离开牢狱重新获得自由后，同我们一起在本村祠堂前池塘里洗澡、戏水，他在池塘里低吟：‘起来！饥寒交迫的奴隶……’这是我第一次听到《国际歌》。他教我下围棋，那黑白棋子还是用马粪纸剪的，有时下得竟忘记了吃饭。他还同我们到村子附近的西周高背一带游览、写生，或者到风光绮丽的山坡上、池塘边观赏，沐浴在大自然的波光色海里。”

这样的描述让我们看到一个既熟悉又陌生的中国乡村。如今在畈田蒋村，依然可以看到农田和池塘，但哪一个是艾青洗过澡的池塘大概已不可考。在村子里行走，更多是感慨于当年的气派，高高的马头墙，宽宽窄窄的石板路，到处都透露出江南曾经的富庶与安宁。在相当长的时间里，这里必然是缓慢的，是可以近乎永恒的。如果不是一种来自世界眼光的重新审度，如果没有外力来打破铁屋，故乡的一切都是理所当然的。这里拥有一套能让人安稳度日的体系，生老病死都能获得既定的程序认定。也可能只有艾青会去想，大堰河曾经在尿桶里溺毙了自己的女婴，而用乳汁哺育了作为地主儿子的自己。这种在原有体系中没有多少新闻价值的事，在诗人艾青这里，却能成为必须为亏欠忏悔的根源。或许也只有在狱中，一个失衡的文学故乡才会出现，对大堰河的怀念、愧疚、感恩等复杂的情感才会出现。这是壬申年腊月十九的清晨，诗人艾青在狱中看见漫天大雪，他又必须开始写诗了。

三

如果诗人艾青有朋友圈，除了延安那四年的好友们，还有齐白石，巴勃罗·聂鲁达应该是会给他频繁点赞的好朋友。他们仅仅数次的会面却结下深厚的友谊。艾青在诗里说他们都喜欢大海，但应该说，他们都热爱漂泊。聂鲁达与祖国智利复杂的关系，他的激情和逃亡，他对祖国的热爱，他在诗歌中坦露出来的真，让我们能够把他与艾青联系起来。“无论你走得多么远，你的心总和我连在一起；祖国更重于生命，是我们的母亲，我们的土地。”如果将这样的情感和艾青的《我爱这土地》并置，那么诗人炽热燃烧的内心之火，便会在诗歌中得到应有的理解和回应。

早年在法国留学时，艾青被提醒中国人在法国不能说中国话，厚实的故乡与土地自此在诗人的心中复活。激情的爱恋和绝望之歌响起，诗人注定是为爱而生的人，他们爱世界上的公平和正义，也爱生育自己的土地，这种深沉的情感浑然天成无法被剥夺。即便大雪纷纷，即便海洋阻隔，来自文学故乡的召唤让诗人有了更多来自内心深处的抉择。也只有在异国他乡，才能明白自己的家乡故土并非理所当然，而是可以有另外一番面目。

“为什么我的眼里常含泪水？因为我对这土地爱得深沉……”

有了这样的句子，蒋忠樽老爷子当年一千鹰洋盘缠的投资便没有打水漂。艾青最终用自己作为一个诗人的诗歌生命延续了蒋家的辉煌。也正是因为艾青，我们会重新认识这个叫畈田蒋村的小村落；也因为艾青，这样一个放在江南万千村落里容易被忽视的村子变得如此耀眼。

在真善美三个维度之中，艾青无疑选择了真——对自己真诚，对世界真诚，服从内心的召唤，顺应自我的表达。纵观诗人艾青的一生，很多往事我们无法复现，很多遭际也并不能让所有人感同身受，隔着时光的帘幕，我们只能看到一颗影影绰绰的诗心，历尽千劫而依然勇敢地相信世界可以有“真”的一面。也许我们永远也无法读懂艾青，但却能清楚看到那个落雪的清晨，有一股来自诗歌内部的气流曾经吹拂过一个村庄，吹落那个叫大堰河的女人坟头一簇枯草。

作者简介 陈崇正，现任广州市文艺报刊社副社长，广州市作家协会副主席兼秘书长。著有长篇小说《美人城手记》《悬浮术》，小说集《黑镜分身术》《半步村叙事》，诗集《时光积木》等。曾获广东有为文学奖、红棉文学奖、华语科幻文学大赛银奖等奖项，入选广东省青年文化英才。

叶村媳妇钟复光

陈富强

在金华叶村，我进入一个门楣上写有“半耕半读”的侧门，就进入了施复亮故居。

对于大多数人来说，施复亮的名字是陌生的，但如果说起音乐家施光南，很多人似乎都听说过，再退一步，即使不知道施光南的名字，但只要《吐鲁番的葡萄熟了》《在希望的田野上》《月光下的凤尾竹》旋律响起，就会跟着哼唱起来。而这几首在中国传播极其广泛的歌曲，正是施光南的作品。

施复亮参与建党，是中共早期重要的政治活动家，担任第一任共青团中央书记。而他的夫人钟复光，也是高山仰止之人。在施复亮，同时也是施光南故居，我看到几张可以证明钟复光究竟有多了不起的照片。一张是1925年在北平香山碧云寺，钟复光与宋庆龄守在孙中山灵柩旁边。那时她还是上海大学的在校学生，因组织妇女运动，到北平参加全国妇女组织大会，被选为执行委员，就在此时，孙中山逝世，钟复光是治丧委员会委员，负责接待外国的吊唁者，所以她为孙中山守灵；第二张照片，钟复光一身戎装、英姿飒爽，她是黄埔军校的女教官，著名抗日女英雄赵一曼就是她在武汉分校的学生；第三张是新中国成立后她与贺子珍在上海；第四张是粉碎“四人帮”后，在全国妇联会议上与邓颖超的合影，当时，钟复光是全国妇联领导人之一。

钟复光与施复亮双双身着戎装的一张合影，是他们在中央军事政治学校，即黄埔军校武汉分校任教时的留影。相比之下，戴着眼镜的施复亮温文尔雅，显得有点书生气，反而是钟复光，紧束腰带，戴着军帽，而且军帽还稍稍有些歪斜，她打着绑腿，显得格外英武。其时，施复亮是黄埔军校武汉分校政治部主任，而钟复光则是女生队指导员，负责女生队的训练管理工作。

施复亮原名施存统，他为什么要改名，据说和钟复光有关。为表达他对钟爱的女孩的情意，他特意将名字改为“施复亮”。曾经，钟复光与他探讨“如何创造自己、如何有益社会”的问题，施存统专门刻了一枚“复光复亮”的图章进行回答，并作了一首打油诗：“复光复亮，宗旨一样，携手并肩，还怕哪桩？”

1945年9月5日，在重庆谈判的毛泽东主席在曾家岩接见妇女界人士，当主席和钟复光握手时，她自报家门：“主席，您好！我是钟复光。”毛主席端详着她，关切地问：“存统好吗？”听到主席问候丈夫，她的眼泪夺眶而出，回答：“好！好！”

从主席与钟复亮的这段对话中，可以看出施复亮在党内的地位。在故居内的史料陈列中，有一段历史令人敬畏。中国第一个共产主义小组在上海渔阳里6号陈独秀寓所诞生时，拟订了“党纲草案”，着手创建中国共产党。这个小组有5 名成员，他们分别是陈独秀、施存统、俞秀松、李汉俊、陈公培。这就是5 名中国共产党创始人和最早的党员。

在故居内，有一张照片引起了我的注意。照片上的一对年轻人，我看着颇有一些眼熟，一看说明，是李硕勋烈士和他的妻子赵君陶。这张照片，我曾经在《李鹏回忆录》里看到过。李鹏正是李赵的儿子。而令我吃惊的是，李硕勋与赵君陶喜结连理，媒人居然是钟复光。

原来，钟复光与赵君陶是上海大学同学。那是1924年，经向警予和邓中夏介绍，钟复光加入中国共产党。而她的公开身份则是上海大学学生。而此时，赵君陶恰好在上海大学读书。李硕勋与赵君陶也是在上海大学终成眷属。

说起来，赵君陶也是满门忠烈，她的五哥赵世炎，三姐赵世兰，都是十分著名的革命志士。

施复亮故居内李硕勋和赵君陶的合影，是他们的结婚照片。从照片上看，赵君陶相貌端庄，温柔文雅，坐在一张大椅子上，李硕勋身材修长，刚强坚毅，坐在赵君陶之旁的椅子扶手上。据说赵君陶非常喜欢这张照片，一直将这张照片珍藏在身边。在《李鹏回忆录》一书中，他也选用了父母的这张照片。

施复亮故居内，关于钟复光介绍李赵相识相恋相知，只有李赵结婚照下的一句话："1926年，经钟复光介绍相识的李硕勋与赵君陶在上海大学喜结连理"，而《李鹏回忆录》则有比较详细的记载。

1925年3月，李硕勋在上海大学读书。当时的上海大学是中共参与创办的一所学校，培养出了大批党的干部，著名共产党人瞿秋白、张太雷等都曾在这里任教。有一位同学叫阳翰笙，他患有胃病，组织上安排他和李硕勋、刘昭黎、雷晓晖等几位同学一同到杭州养病并补习功课。他们四人在西湖边的葛岭山上租了一套四间屋子的平房，自己动手做饭和料理日常生活事务。

西湖边的葛岭一带，有不少人文古迹。我曾在葛岭寻找过这套平房，但无果，有可能是年代久远，已改建，另外，《李鹏回忆录》中并未写明具体地址，也给我的寻找增加了难度。还有一个可能，是这四位同学当时入租时，并未透露身份，加上他们与瞿秋白、张太雷不是同辈人，影响也不大，等到他们离开时，那些痕迹自然也就消失了。

话说杭州风景秀丽，气候宜人，阳翰笙的病一天天好了起来。李硕勋随身带了许多关于马列主义的哲学和社会科学书籍，在那里苦心阅读钻研。有一天，雷晓晖碰到一个叫钟复光的同学，就邀请她来西湖的住处。过了几天，钟复光来到了葛岭山上的住处，和她一起来的还有一位20岁左右的女学生。钟复光介绍说：这个女孩子叫赵世萱，是赵世炎的妹妹，从北京来到上海，准备明年报考上海大学。赵世萱就是赵君陶。就这样，李硕勋和赵君陶相识了。以后他们同时就读于上海大学社会学系。他们经过相识、相知，互相萌发了爱慕之心，在次年8月结为终身伴侣。

李鹏还在回忆录中特别提到，他的母亲非常喜欢杭州。李鹏认为，这不仅仅是因为西湖秀丽的风光，还有她对父亲的无尽怀念。即使晚年的赵君陶身体已经十分虚弱，但她还是想回杭州再看一看那令人牵肠挂肚的地方。1982

◎ 施光南故里——源东乡东叶村

年，她终于如愿以偿，在西湖边上的一家休养所度过了一个多月的时光。

从《李鹏回忆录》中可以清楚地看到，钟复光为李硕勋和赵君陶结为秦晋之好立了头功，按照民间的规矩，是可以坐上主桌，喝一杯喜酒，吃一粒喜糖的。

钟复光就读的上海大学，前身是东南高等专科师范学校，学校的主要领导人是邓中夏。钟复光入学时，教学楼还在改造，钟复光就被安排住在兴业里1号向警予的家里。钟复光读的是社会系，瞿秋白为系主任。系里很多教授都是革命前辈和德高望重的人士，如张太雷、蒋光慈、施存统、李季、李达、周建人、蔡和森、肖楚女、恽代英等，而施存统此时是钟复光的老师，所以说，他们也属于师生恋。

向警予和邓中夏都是中共早期重要政治人物，如果要说履历，单从向邓两人作为钟复光的入党介绍人来看，钟复光就是一个光芒四射的人。钟复光还见过李大钊，这也是令许多钟复光同时代的青年才俊十分羡慕的。那是1925

年，钟复光、向警予、刘清扬等被上海女界国民会议促成会选为出席全国国民会议的代表，到北京参加国民会议。三八妇女节这天，赵世炎把钟复光带到苏联大使馆参加活动，在这里，钟复光第一次见到了中国共产党创始人之一李大钊。

钟复光此次北上，和她在北京香山为孙中山先生守灵是同一年。当时，和钟复光一起为孙中山守灵的，还有邓颖超等。治丧活动结束后，向警予发来指示，要求她们趁全国各地的妇女代表都在北平的机会，成立中国妇女界联合会。经过20多天的努力，中国妇女界联合会正式宣告成立，钟复光被公推为临时主席。虽然是临时主席，也足以证明钟复光当时在党内，是有一定影响力且获得充分信任的。

施复亮故居内展陈的史料以施复亮的政治生涯为主，有关钟复光的内容并不是太多，我们能看到的，大多是钟复光与施复亮或家人的合影。但如果打开中国近现代史之门，就会发现，钟复光曾经是一个自带光芒且照亮别人的黄埔教官，一个可以光宗耀祖的不凡女子，一个金华叶村的媳妇。

1989年，钟复光86周岁之际，黄埔军校同学会为她写下一首赞诗：

少年胆气凌云，投笔革命超群。踏过秦陇雪山，延水岸边耕耘。育成天下桃李，园丁半生辛勤。仆仆七十尘世，国事历尽苦心。黄埔女中之瑞，巾帼英雄闪辉。

作者简介 陈富强，教授级高级政工师，中国作家协会会员、中国电力作家协会副主席，浙江省作家协会全委会委员，浙江省作协报告文学创委会委员。在国内外报刊发表文学作品500余万字。多篇散文入选多种教辅和全国各省市初高中语文试卷及高考模拟试卷。主要作品有《中国亮了》《中国电力工业简史》《万物无尽》等。获第四届特区文学中篇小说奖，首届全国工业文学大奖赛长篇报告文学奖，全国报纸副刊作品金奖，四次获浙江省优秀文学作品奖。《能源工业革命》入选浙江省文化精品工程和《人民日报》推荐书单“2019年度值得一读的30本好书”。

在艾青故里，我看到了煤

陈富强

古代诗人写煤的诗不少，苏轼写过“书窗拾轻煤，佛帐扫余馥”，陆游写过“红螺杯小倾花露，紫玉池深贮麝煤”，黄庭坚亦有“晴窗影落石泓处，松煤浅染饱霜兔”之句，能把煤写得如此轻盈灵动有意境，可能与当时的生存环境有关，因为煤在日常生活中扮演了重要角色。

即使到了20世纪七八十年代，煤在广大的乡村，依旧是主要的生活必需品。我年少的时候，家里用的是简易煤炉，需要用木柴作为引火介质，点燃木柴，搁上煤球，煤开始慢慢燃烧。每天早上，村子里炊烟四起，其实就是家家户户的煤炉开始工作了。后来，随着煤气的普及，煤炉才渐渐退出家庭。

煤推动了火车的前进。青年时代一次南下旅行，在经过十多个小时的行程后，抵达目的地，我发现，我的白衬衫上已沾满了煤屑。

作为最主要的化石能源，煤在发电厂中所占的份额，无出其右。列宁说，煤是工业的粮食。没有这种粮食，工业就会瘫痪，各国的大工业就会崩溃瓦解，就会退到原始野蛮状态。这是真理，至少在第一次工业革命时期。

而我更喜欢把煤比作“移动的气候”，“大自然的宝石”。在至少两亿九千万年前，煤开始在地底下形成。人类对煤的使用，改变了生活的形态，也开始影响地球的气候。

古诗里的煤，充满了诗情画意，而现实中的煤，也依旧闪耀光芒。比如我在诗人艾青故乡畈田蒋村，就看到了艾青写的煤。

从村口通往艾青故居的道路，被命名为艾青大道。在艾青大道中间，设置有一处平台，仿佛一卷展开的书，写满艾青的诗，其中有一首《煤的对话》吸引我停下脚步：

你住在哪里?
我住在万年的深山里
我住在万年的岩石里
你的年纪——
我的年纪比山的更大
比岩石的更大
你从什么时候沉默的?
从恐龙统治了森林的年代
从地壳第一次震动的年代
你已死在过深的怨愤里了么?
死？不，不，我还活着——
请给我以火，给我以火！

艾青说，“诗人必须比一般人更具体地把握事物的外形与本质”，“诗人使各种分离着的事物寻找形象的联系”。而这首诗，显然是诗人创作观的一次完美实践。

艾青诗歌进入读者眼眸的，《煤的对话》或许不算耀眼，但诗人以质朴的语言，揭示了煤的本质，以及煤在燃烧时产生的烈焰，其力量足以改变世界。

艾青故居之大，超乎我的想象。事实上，我在读《大堰河——我的保姆》时就猜想，能让诗人儿时就拥有保姆的家庭，肯定不是等闲之家。令人欣慰的是，这处白墙黛瓦的江南建筑被完好地保存下来。建筑的设计，体现了典型的江南风格。从宽敞的堂屋，可见一方天空，想来也是诗人童年的夜晚最喜欢仰望星空的地方。

在天井里，一只硕大的水缸，荷花开得正好。水缸边上的正中间，是一组两人雕塑，他们的背景照壁，有鲜明的陕北窑洞元素。他俩站着，相谈甚欢。从贴近地面的说明牌上看，一位是艾青，另一位则是毛泽东，他们见面谈话的内容主要是关于文艺方面的一些问题。而毛主席身边，有一张方桌，奇的是，方桌一角垫着一小块瓦片。据说这块瓦片是毛主席放的，因为方桌搁置处不稳，垫一块瓦片就稳了。这样的面谈，有两次。不久，著名的延安文艺座谈会召开了。

我的住处毗邻杭州植物园，去植物园，通常是穿过小区的一扇门，经过一大片竹林，沿着一条水系，可达植物园入口，而此处，就是画坛巨匠林风眠旧居。因为近在咫尺，我已经不记得去过多少次林风眠旧居，但却不知，林风眠的学生中，有一个年轻人叫艾青。

那是1928年秋，艾青在杭州西湖艺术学院的第一个学期结束了，校长林风眠看到他的画稿，一边端详着一边说："你在这学不到什么，你到国外去吧。"

次年春节过后，19岁的艾青乘坐法国邮轮远行。三年的留学生涯，虽然物资缺乏，但他在精神上十分富足。1932年1月，艾青回国，回到了阔别三年的家乡。那时，他的乳母大堰河已经去世。艾青在家里待了不到一个月，便在同学的介绍下来到上海，加入了"中国左翼美术家联盟"，并牵头组建了"春地美术研究所"，引起当局注意，将他和十余名美术青年逮捕入狱。也就是这次坐牢，艾青写下了《大堰河——我的保姆》。

在艾青故居，我见到一位老人，他说他是大堰河的孙女婿，叫蒋祥荣。这有点出乎我的意料。我们进入故居参观时，老蒋刚从外面赶来，全身都被汗水濡湿了。老人看上去精神矍铄，身体硬朗。他说已年整八十，平时就是艾青故居的管理员。我让同行的作家陆原替我和老蒋拍了一张合影。估计平时邀请拍合影的人不少，满脸沧桑的老蒋表情十分自然。

虽然已与老蒋合过影，我还是有些将信将疑，向金华作家李英求证，李英说，老蒋就是大堰河的孙女婿。我又上网检索，发现《钱江晚报》上有一篇报道提到了蒋祥荣，他的确是大堰河的孙女婿。艾青原名蒋正涵，显然，蒋祥荣与他都是畈田蒋村人。

◎ 艾青故里——傅村镇畈田蒋村

我在艾青故居见到的蒋祥荣，不仅让我想到艾青最为著名的诗作《大堰河——我的保姆》，也让我想起《煤的对话》。煤的品质，与蜡烛有异曲同工之处，都是燃烧自己，照亮别人。大堰河的身上，也具备煤的特质，她或许没有想到，在她去世以后，她的乳儿，会以一首诗歌，让她在人间永生。

多情的土地上，缅怀从未停止

许　彤

1990年夏，我嫁给了一位英姿勃发的消防部队防火参谋，他的老家在金华县傅村镇（古称金华孝善里）振兴街44号，进入镇街的第一幢楼房便是他家。多少年过去了，我对公婆生活了一辈子的老家日渐了解。2001年初，经国务院批准，金华县变成金东区。2020年9月，金东区成为中国（浙江）自由贸易试验区金义片区的组成部分，简称“金义新区”。2017年国庆长假，我回金东看望公婆，突然发现，傅村镇凭借艾青故乡开始打造“诗歌小镇”。心情顿时愉悦，寻找诗意生活，不用去远方只需去婆家了。

30多年倏忽而过。一路走来，全面、系统、深入地了解金东，则是在2023年7月中旬，我随《中国作家》杂志社组织的纪念“八八战略”“千万工程”20周年暨金义新区三周年作家采风活动之际。

金华，我来了无数次的地方，金东，公婆生活了一辈子的家乡，这回我又来了。7月18日下午，当新疆作家熊久红在广袤的新疆大地感叹“金华是多么的偏僻”之后，我们一行便走进了“浙江之心”，看金华，走金东，读金义。

金华，古称婺州，因地处金星与婺女两星争华之处而得名，千万年的静好时光，在两星相依争辉间流逝。八婺大地上，一代代金华人努力争先，谱写出日益繁荣和幸福的华美篇章。

放眼世界城市发展史，你会发现，金东是个独一无二的存在：这里是千年府治之所在，建县史超过了1800年；又是奋进现代都市区之“未来新中心”，拥有自贸试验区、国贸综改试验区、跨境电商综试区、金义综保区、金义新区等一批重大平台，是一座在20多年里崛起的未来之城——无论何时，拼搏与奋斗、传承与发扬，“崇文尚美，积道勇进”的精神气质，始终在千年文脉里流淌。

金义新区（金东区），可谓物华天宝、人杰地灵。这里是明朝开国文臣之首宋濂、诗坛泰斗艾青、战地记者雷烨、儿童文学作家鲁兵、人民音乐家施光南的故乡，黄大仙文化名扬海外，木版年画留香岁月，10万亩的盆景花木竞秀，10万亩的优质水果飘香，月月有花海，季季飘果香，金华火腿“香沉善至”，金华府酒千年传承。金东还有婺剧、金华道情、婺州窑等70余项非遗传承，是集红色文化、诗歌文化、耕读文化于一体的研学圣地。

连日来，我们走马观花，宏观、局部，细节、现场，感受“浙江之心”的脉动、律动和跳动。目之所及，尽是美景，耳之所闻，皆是歌声。作为金东媳妇的我，行进在宋濂的潜溪、艾青的家乡、光南的故里、鲁兵的润泽堂，遥想新闻前辈雷烨短暂却光辉的一生，夜色中令人沉迷的古子城、八咏楼，阳光下欣欣向荣的自贸区、科技园、菜鸟金谷电商园……这片火热又多情的希望田野，令我既熟悉又陌生，既亲切又兴奋。

有一种缅怀，从未停止。这一次，我又与古今诸位文化巨擘的灵魂邂逅，我试图找到他们与金东这片土地之间的神奇密码。于是，那些故事，那些记忆，那些温暖，那些感动，那些巨变，又回来了，又展现了，且深深地感染着我——

一、潜溪不语述宋濂（1310—1381）

翻开金华地图发现，金华人的母亲山位于市区北部，是人们熟悉的金华山。

金东人心中的奇山，则是积道山。“阿郎金东人，看弗着积道山是要哭的咧！”自小生活在积道山麓的小山村里，金东区委宣传部副部长严旭烽至今记得，父母长辈常常叮咛，只要找到这座山，就意味着找到自己的家，永远不会迷路。

金东人的母亲山是双尖山。它是一座奇拔的山，“像一条金带，缠住你的腰身”，又宛如“古代的骑兵，披挂着弓箭，骑着紫铜色的骏马，在天边驰骋”……1954年春季，为光明和希望而奔波不歇的艾青，终于回到阔别16年的家乡。在那个春风沉醉的夜晚，他写下了《双尖山》一诗。它又是一座奇妙的山，据称它是浙江省的轴心点，以其为圆心，250公里为半径，画上一个圆圈，就可将整个浙江的地理版图纳入。这，也是“浙江之心”的一个佐证。

从双尖山西南的法华尖、山东北的华金尖，倾泻而下两股水流，越过村庄，流经山林，滋润田野，最终在傅村镇溪口村相汇，成为潜溪的源头。默默流淌的潜溪，诉说着岁月沧桑，串联起千年文脉。都说金东的文化一半在潜溪流淌，孕育了金东文韵，养育了诸多的仁人志士。

傅村镇曾经有个潜溪村，是元末明初著名的政治家、文学家、史学家和思想家宋濂的老家，他的四世祖宋柏于宋宁宗嘉定年间初迁至此地。“潜溪”是宋濂的号，书斋的木匾也刻着“潜溪”二字。他在《萝山迁居志》中提及：“余世居金华孝善里之潜溪，其地在县东七十里禅定院侧。”他的家乡就在潜溪，往西便可远眺双尖山。附近有座始建于南朝梁武帝大同二年的禅定寺，正是宋濂儿时读书之所。

沧海桑田，明洪武年间，有着几百年历史的潜溪村，因一场洪水湮没在历史的长河中。千百年来，禅定古寺的钟声始终深沉幽远，穿越时空。而宋濂跌宕起伏的一生，连同其博大精深的《潜溪集》流传至今，如影视大片接连不断地浮现在我的眼前。

元武宗至大三年十月十三日（1310年11月4日），宋濂出生，足足早产了两个月。所幸有祖母金氏和母亲陈氏的悉心照料，幼年多病的宋濂才得以顺利度过童年。

小宋濂聪慧伶俐，记忆力超强，6岁开始发蒙，一天读完唐人李瀚编著的《蒙求》，9岁就能作诗，“神童”之誉并非妄得虚名。

宋濂十分珍惜上天赐予的非凡天分，发愤读书，誓志成为有用之才。怎奈家境贫寒，无钱买书，他只好向别人借书，亲手抄录后在约定日期内奉还。

一次，宋濂从朋友家借到一本书，爱到手不释卷，便决定把它抄下来，可还书的期限快到了，他只好连夜抄书。时值隆冬腊月，屋里寒气逼人，砚池中的水都冻成了坚冰，手指更是冻得僵硬冰冷，但宋濂仍不减慢埋头抄书的节奏。

母亲心疼地说："都大半夜了，又这么冷，还是等到天亮再抄吧！人家有很多书，又不是非要等着看这本书的。"宋濂却说："不管人家等不等这本书看，到期限就要还，这是个信用问题，也是尊重别人的表现。如果说话做事不讲信用，失信于人，怎么可能得到别人的尊重？"

第二天，宋濂如期将所借的书还给了朋友。朋友很感动，指着几大柜子的藏书说："你随便挑，随便借去看吧！"

这情景，便是我们中学语文所学宋濂《送东阳马生序》中的经典片段："余幼时即嗜学。家贫，无从致书以观，每假借于藏书之家，手自笔录，计日以还。天大寒，砚冰坚，手指不可屈伸，弗之怠。录毕，走送之，不敢稍逾约。以是人多以书假余，余因得遍观群书。"700余年来，贫寒少年宋濂勤学苦读的身影，如同史载的悬梁刺股、凿壁偷光、囊萤映雪等故事，激励了无数寒门学子。

宋濂和东阳马君则同为浙江老乡。后世绝大多数人都是从此名篇认识宋濂的。自明朝至今，宋濂精神成为万千学子的精神标配。我说段并非题外话的话，印证这种精神在当代的传承：30多年前，《人民日报》头版曾报道浙江东阳"百名博士汇一市，千位教授同故乡"的盛况，让浙中小城东阳声名鹊起；30多年后，这个数字扩大了10倍，达到"十百千万"的规模，即有东阳籍院士14名，高校校长、科研院所领导100多名，博士1300多名，教授1万多名。

从寒门书生到旷世文臣，宋濂一生充满励志传奇。他信守诺言，刻苦学习，《明史·宋濂传》记载："自少至老，未尝一日去书卷，于学无所不通。"执著苦读的经历让他学富五车，成为朱元璋眼中的"开国文臣之首"，受到信任与重用。他曾受业于闻人梦吉、吴莱等当时的名儒大师，因精通《五经》被尊为“五经”师，被聘为太子朱标讲经，他任总裁奉命主修《元史》210卷，甚至朝廷的礼仪多由其制定。最终官至翰林学士承旨、知制诰，与高启、刘基并称“明初诗文三大家”，又与章溢、刘基、叶琛并称为“浙东四先生”。

作为一代廉吏，宋濂“欲治其国者，先齐其家；以孝悌为本，以忠信为主；以廉洁为先，以诚信为要”的家规，为后世广泛流传，他留给宋氏后人的修身、勤学、清廉、劝善、处世等家风家训，寄托着对子孙后代的殷切期望，激励着一代代后人守正规直、诗书传家。他廉洁为官、不为金钱折腰的浩然正气，早已融入潜溪的文化血脉，其精神品格融入山川河流，成为金东人用之不竭的精神养分。

近年来，以元代至明初的方凤、黄溍、柳贯、吴莱、宋濂、方孝孺等文史大家组成的“婺州文学集团”进入人们视野，婺州作家群的研究受到业界高

◎ 金东区人文博览中心

度瞩目。如今，金华作家不忘初心、赓续前贤,不断谱写新的文学篇章。作家队伍不断扩大,在小说、儿童文学、报告文学等领域均有不俗表现,诸多作家屡获多个奖项,文学婺军影响力日渐扩大。古与今交相辉映，文学的星空绽放出更加璀璨的光芒。

宋濂离开这个世界已经640多年。岁月的潮水湮灭了潜溪村旧时的痕迹，历史的记忆只留存于典籍名篇之中。然而，自明代以来，对他的研究与纪念从未停止，他勤学开放的精神世界一直影响着后世。当代人应该怎样传承宋濂文化？ 2014年6月底，金华举办了浙师大古典文献学黄灵庚教授辑校、人民文学出版社出版的《宋濂全集》新书首发式。这部皇皇巨著共5卷、249万字，新增佚诗文650余篇，被称为迄今为止辑录最全的版本。最近我又听说，黄教授编注的《宋濂全集笺注》(入选2021—2035年国家古籍工作规划重点出版项目)，明年即将出版问世。黄教授皓首穷经，对现存宋濂2178篇诗文进行全面“笺注”，这部研究明代思想、文学所需的重要参考文献值得期待。

我从《金东区“文化名人品牌创新提升年”实施方案》中得知许多可喜的信息，金东正着手实施文艺精品创优工程，举办第三届“宋濂杯”文化精品征集大赛。金东还制定《名人故居保护利用工作的实施意见》，深入挖掘和系统阐释名人故居所蕴含的文化内涵和时代价值，盘活金东名人故居文化资源。同时，金东实施名人故居“六化”工程，制定名人故居名录，推进宋濂、雷烨等新一批名人故居修缮和保护利用工作。宋濂家乡傅村镇在文化旅游三年规划中，还将重点重修宋濂故居，待时机成熟建成宋濂纪念馆。

公元1500年前后，宋濂胞兄后裔从傅村迁至六七公里远的义乌上溪，在沿华村结庐驻足、繁衍生息。如今，宋濂家风的挖掘正融入沿华和美乡村的建设。村庄昔日的山前空地上，拔地而起的宋濂塑像与文化长廊等，邀人穿过百年时光隧道，遥忆那个写出“以中有足乐者，不知口体之奉不若人也”的勤奋读书人，那个喊出“宁可忍饿而死，不可苟利而生”的一代廉吏，不由得肃然起敬。

二、诗意流淌忆艾青（1910—1996）

潜溪之水，孕育和滋养了宋濂、艾青等一大批文化名人。这段仅5公里长的溪水，流淌着不竭的文化基因，成为值得后人致敬的“潜溪文脉”。

1910年3月27日，艾青（原名蒋海澄）出生于金东傅村镇畈田蒋村一个地主家庭。母亲生他经历48小时难产，有人算命说他“克父母”。一出生，他就成了不受欢迎的孩子，被托付给村里的贫苦农妇大叶荷收养到5岁。这位奶妈、保姆兼养母对其视如己出，万分疼爱。她没有名字，自幼被卖到畈田蒋村当童养媳，只因她是附近大叶荷村的人，人们就叫她“大叶荷”。艾青在诗中写道：“大堰河，是我的保姆/她的名字就是生她的村庄的名字。”她饱受了“四十几年的人事生活的凌辱”，得到的却是“数不尽的奴隶的凄苦”。她心地善良，勤劳朴实，性格坚强，是旧中国的赤贫农妇的典型。

1932年初，艾青加入中国左翼美术家联盟，从事革命文艺活动，不久被捕。在狱中，他创作了不少诗篇，其中就有1933年1月14日撰写的自传式抒情诗《大堰河——我的保姆》。在那些沉沉黑夜，艾青沉浸在对养母“大堰河”的深深怀念之中，沉浸在对中国妇女命运的关切之中。他的目光诚挚而深沉，“大堰河”在他的目光里同样清晰而明亮。这是他第一次用“艾青”为笔名发表长诗，因诗风清新，情感诚挚，迅速轰动诗坛。从此，“大堰河”的名字飞越高山大川，成为中国劳动妇女的代表，活在亿万读者的心中。艾青让“大堰河”的形象立于诗坛，也因此成为耀眼的明星，闪烁在中国的文学星空。

1982年，纪念艾青诗歌创作50周年之际，面对赞美之声，在回顾自己50年的创作生涯时，年逾古稀的艾青不禁发出肺腑之言：“想想我这一辈子，也只是写了几首人们还记得的诗。人民是最公平的。一个人写了点东西，人民总会记得他的。我也是想也不敢想到有今天……”同时，他谦逊地说：“写诗是没有荣誉可言的，农民种地，他们在稻谷上留下名字了吗？我既不是身经百战的将军，也不是倾国倾城的美女，我的一生平淡无奇。”

1996年5月5日，艾青与世长辞。此后，夫人高瑛依旧牵挂着金华，20余年来十多次回乡省亲，她几乎捐赠了艾青的全部珍贵物品。艾青为金华写过不少诗歌，诗行间凝聚着对家乡刻骨的眷恋，乡亲们从未忘记他。1998年10月，金华建成艾青纪念馆，此后还修建了艾青故居，命名了艾青中学、艾青小学、艾青文化公园、艾青路、艾青文学院、艾青研究会，缅怀这位伟大诗人。2015年2月，由中国著名建筑师王澍设计的艾青纪念馆新馆开放，那些实物与现代化的3D幻影成像系统，生动形象地再现了艾青的光辉一生和斐然成就。

2015年7月30日，金华联合多部门举办了纪念艾青105周年诞辰“我爱这土地”《艾青抗战诗集》出版首发式和艾青抗战诗歌朗诵会。1941年，在民族生死存亡的危急关头，在风雨飘摇的浮沉年代，艾青和热血青年们奔赴延安。正是此时，艾青创作了一生中最富激情、最高成就的作品。这些不朽诗篇，激励着无数进步青年奋勇抗战。而他点燃的爱国主义烈焰，在金华这片深情的土地上闪耀不息。

2016年，艾青逝世20周年，他的故乡金东区举办了首届艾青诗歌节，通过诗歌、音乐等形式，展示了其诗歌风采和魅力。

艾青逝世20多年来，高瑛与金华的情谊非但未因时光的流淌而被冲淡，反而日渐深厚。“斗转星移十四年/艾青，你在哪里，/苦苦思念，无处寻觅，总是自己问自己/要是你还活着，那该多么好/我会像影子般，围着你转来转去……”在一首诗里，高瑛这样写道。和儿子行走在艾青笔下故乡小巷的石子路上，高瑛充满欢欣；在故乡的佛手园，高瑛俯身亲吻黄灿灿的佛手，不禁想起往事：艾青常年漂泊在外，每到佛手飘香季，都喜欢在身边放一只家乡的佛手以解乡愁。直到离世，他办公桌上的玻璃瓶里还安放着一只金华佛手……这只佛手瓶，就成为高瑛第一次向艾青纪念馆捐赠的珍贵物品之一。

正如游子一次次回望故乡，故乡也以自己的方式抚慰着游子。在中国新诗发展史上，艾青是一位推动一代诗风并产生重要影响的诗人，他与智利诗人聂鲁达、土耳其诗人希克梅特齐名，被誉为“20世纪世界三大人民诗人”。所以，当2021年3月，中国作协领导、著名诗人吉狄马加郑重提议金东区以艾青命名诗歌奖之际，金东与中国诗歌学会一拍即合，积极响应和行动起来。

“聆听土地诗意的呼唤，就到金东去！”2023年3月27日，这座城市以他的名义在金东人文博览中心颁发首届艾青诗歌奖。该奖项是中国诗歌学会唯一的年度诗歌奖，金东成为中国诗歌最高奖项的永久颁奖地。这一天，正是艾青113周年诞辰日。来自全国各地的诗人、学者相聚艾青故乡，共同见证了颁奖盛典，随后参加了丰富多彩的系列文化活动，如“听见艾青·听见潮”全民诵读艾青经典诗篇活动、“新时代诗歌——艾青论坛”主题研讨会、“遇见艾青·邂逅诗歌”第一届“艾青诗歌奖”主题展等。

人们因艾青引发了强烈的共鸣共情，正如全国政协常委、中国作协书记处书记邱华栋所说：“人文精神决定一座城市的高度、温度，诗歌作为人文精神的重要组成部分，将为金东的发展提供丰沛的动力。”

7月19日下午，我又一次来到艾青故里。

眼前的畈田蒋村，令人惊觉村容村貌又得到了提升，无限诗意在流淌。原来，2023年初该村申报的“艾青故里”IP成功入围浙江省文化和旅游IP库名单，成为金义新区首个入选的旅游IP。

沿着140多米长的艾青大道往前走，一路上尽是艾青文化元素。在道路表面、座椅、石碑等处，精心铭记着艾青的不朽诗句。大道中央，设置了艾青作品展示平台，形如翻开的书卷。平台表面镌刻了《黎明的通知》《墙》《煤的对话》等诗篇，浓浓的诗意扑面而来。当然，占据最突出位置的，永远是《我爱这土地》以及成名作《大堰河——我的保姆》。

与艾青故居一园之隔，是建于清光绪年间的大堰河旧居。这恐怕是世上唯一的、为保姆而设立的纪念馆。3间低矮的房子，不足60平方米，左间是灶头间，中间是待客间，右间是卧室。很难想象，当年大堰河一家七八口人是怎样在此生活的。好在她对养子疼爱有加，给予幼年的艾青纯粹的母爱，让他的心灵充满母爱特有的暖意。

“新中国成立后，艾青曾经四次回村。”在艾青故居高大茂盛的玉兰树下，我们巧遇大堰河的孙女婿、年已80岁的蒋祥荣，他对于艾青有着非常深刻的印象：1973年，艾青与妻儿一同回村，待了一个多月，比之前任何一次都长久。这段时间，艾青四处走访，家乡的变化令他无限感慨：“家乡变得越来越美好，今后的发展一定会驶上快车道。”

在艾青故居附近，还有大堰河的墓与碑。墓面上，嵌着由艾青亲笔题写的“大堰河之墓”石碑，墓前竖着一块硕大的青石诗碑，正面镌刻着艾青的一行诗句：“大堰河，是我的保姆，我敬你、爱你。”1993年艾青最后一次回村，就是为了送保姆大堰河最后一程。

广场一旁的树林中，有一尊母亲怀抱孩子的雕塑，这就是大堰河和她的乳儿艾青，这场景让人瞬间回到过去的岁月，也为普通劳动妇女受到如此崇高的礼遇而泪目。

在艾青的铜像前，我静静地伫立，透过他深邃而幽远的眼神，阅读他一生的坎坷与光芒。艾青一生创作了20多部长诗，2000多首短诗，如果我们将艾青的诗歌比喻为一条巨流河，那么乳母“大堰河”便是他永不枯竭的创作源头。

傅村镇山清水秀，人杰地灵，已有900多年历史。特别是傅村境内的潜溪从北而来，又向南而去进入义乌江，最后汇入钱塘江。潜溪流域两岸，孕育出了明代文臣之首宋濂、清代举人傅文光以及现代诗坛泰斗艾青等杰出人物，留下了许多锦绣诗篇，融入了钱塘江的诗流歌浪，与流域上的文化重镇一起，共同造就了一条精彩的钱塘江诗路。

故乡傅村人民没有忘记远逝的游子，他们以“诗歌小镇和美傅村”为定位，打响“艾青故里”品牌建设，举办了第一届和第二届中国艾青诗歌节、中美诗学对话、微诗歌大赛等文化活动，双尖山诗社、诗歌杂志《双尖山》等成为传承和弘扬艾青诗歌文化的前沿阵地。2019年，傅村成功创建中华诗词之乡。2022年，上榜浙江省红色根脉打卡地，入选金华市真理之旅。

2023年上半年，就有4万多学生沿着研学线路，走进畈田蒋村艾青故居，朗声诵读这位伟大诗人的光辉诗篇。

我的公婆家就在傅村镇上，自我嫁到傅家起，便知道艾青故乡就在不远处的畈田蒋村。每当我走进艾青故居，在玉兰树下细细地回味艾青的诗篇，在玉兰亭中静静地体悟诗人的情怀，耳畔就会响起深深打动我的、那永恒的诗句：“为什么我的眼里常含泪水，因为我对这土地爱得深沉……”

三、相机纸笔做刀枪的雷烨（1914—1943）

作为新闻界的同行晚辈，通过这次采风，我才知晓金东籍革命先驱——雷烨（1914—1943）。雷烨的英勇事迹令我的心灵受到极大的震撼，同时也为自己的孤闻寡陋而汗颜不已。

雷烨原名项金土，学名项俊文，军名雷烨，曾用名雷雨、雷华、朱靖。1914年出生于孝顺镇后项村。他的故事被载入《正义与勇气——世界百名杰出战地记者列传》。但因为使用化名，他的真实身份被湮没了漫长的60年。直到2001年，经过浙江和河北两地人士不懈寻访，世人方才知道，抗战时期著名的战地记者雷烨，原来是金东优秀之子项金土（项俊文）。

雷烨是一名诗人，又是一名记者，更是一名战士，相机、纸笔是他的刀枪。1938年，他抛下弟妹，奔赴红色圣地延安，将原名项俊文改为雷烨，进入抗日军政大学学习。1939年5月，雷烨主动要求随军挺进冀东抗日最前线，在极端困难和险恶的环境中，从事新闻采访报道工作。作为抗战时期与魏巍、沙飞齐名的战地记者，他在冀东从事摄影采访最早，报道成绩也最突出。除了拍照、报道，雷烨还写了诗歌《滦河曲》、报告文学《那是从喀喇沁赶来的牛群》等文艺作品，为读者所喜闻乐见。

1941年1月25日，一个永远被历史铭记的日子，日寇在丰润县潘家峪制造了惨绝人寰的大惨案。惨案过后第6天，《晋察冀日报》记者雷烨就走进潘家峪，昔日宁静祥和的村庄沦为人间地狱。目睹惨状，激愤的雷烨连声直呼“触目惊心，触目惊心”，他流着泪不断地按下快门，拍摄了《惨不忍睹》《日寇烧杀潘家峪》等许多极具史料价值的照片，采写了《冀东潘家峪的大惨案》《惨案现场视察记》等通讯，真实地记录日寇疯狂屠杀无辜平民罪行的如山铁证。一幅幅照片，一行行文字，滴着血，淌着泪，透着恨，在无声地控诉着日

◎ 雷烨和田华合影

寇的暴行，向世界发出悲壮的吼声。

1943年4月20日晨，雷烨带领两名警卫员到平山县曹家庄（原晋察冀画报社驻地）取秘密文件，途中在南段峪村遭遇日军的包围。在激烈而残酷的交战中，他们击毙十余名敌寇，雷烨不幸被流弹击中身负重伤。在这生死关头，他毫不犹豫地对警卫员说："我来掩护，你们赶快突围！"警卫员执意不肯："就是背，我们也要把你背走，要死一起死！"雷烨斩钉截铁地说："要死，死一个，不能都死，你们快撤！不要管我，这是命令！"两名警卫员含泪离开，突出重围。雷烨隐蔽在山岬凹处，孤身奋战，用手枪不停地射击冲上山坡的敌人，因寡不敌众，自知难免一死，眼看着敌人步步紧逼，他迅速撕毁携带的全部文件，并忍痛将心爱的相机、自来水笔、望远镜等全部砸毁。为保全中国记者崇高的气节和尊严，雷烨用最后一粒子弹结束了自己29岁的生命，壮烈殉国，他终于实现了自己的诺言："才不会于这世界上空跑一趟！"

战斗结束后，警卫员返回画报社，述说了雷烨壮烈牺牲的经过。战友和村民们闻之捶胸顿足，无比痛惜。在社长沙飞和指导员赵烈的带领下，大伙立即赶往出事地点。在清理雷烨遗体时，他们发现一本血染的相册，夹着雷烨的摄影作品。沙飞轻轻地摩挲着相册，声泪俱下，朗读着烈士写下的谴责日寇暴行的慷慨之词，在场的人们无不失声痛哭。

战友与当地群众为雷烨召开追悼会，将他安葬在牺牲地对面的山脚下。人们命名附近的一棵杏树为“雷烨树”，这棵树至今仍挺拔耸立，枝繁叶茂，似乎在昭示着：雷烨精神，永远不死。

1958年，雷烨的遗体和墓碑从牺牲地迁到华北烈士陵园，由于牺牲时太突然，有关他的身世、籍贯、家庭等情况都没有记载，墓碑上仅有“雷烨”这个名字。

回首雷烨短暂的一生，为拯救中华，为人民的自由解放，他以破釜沉舟的决心，文旗随战鼓，浩荡入关东，从报仇雪耻之乡奔赴慷慨悲歌的燕赵前线，用相机的瞬间记录了战士们永恒的“愤怒与欢乐”，以笔表达了人民的痛苦和希望，体现了一名战地记者不可缺少的正义、勇气和品格。

从延安到晋察冀，雷烨写下了一篇篇激情洋溢的通讯报道，深深地感染和鼓舞了抗战军民。虽然不是专职摄影记者，但他在枪林弹雨中精心拍摄的照片，最富有感情，最激动人心，充分体现了他的战友、北影原副院长罗光达所说的“欢乐或者愤怒”。《日寇烧杀潘家峪》《熊熊的篝火》《塞外宿营》《山岗晚炊》等新闻性、思想性、艺术性兼具的作品，成为抗战时期经典摄影作品，至今仍为各类画刊、展览和纪念馆所采用。

雷烨牺牲后漫长的60年里，他的四个弟妹都想方设法寻找他。可除了收到他1938年发自武汉、1939年前后发自河北行唐陈庄药店署名“雷雨”的信之外，有关哥哥的音讯全无。三个妹妹望眼欲穿，历尽艰辛，梦断黄泉。二妹项秀华在弥留之际，还紧握着弟弟项秀文的手说：“我最近又梦到哥哥了，你一定要找到他呀！”2001年8月16日，项秀文意外地收到石家庄市方志办原主任高永桢苦寻30年得到的关于雷烨下落的信息，欣喜若狂，立即踏上寻兄之路。北京、石家庄、平山、南段峪，项秀文都受到亲人般的接待，直到那时才落实清楚：长眠在华北烈士陵园的雷烨，就是他们魂牵梦萦的亲人哥哥项金土。

2011年4月央视《重访》栏目推出的专题片《寻找雷烨》，我看了两遍，心想：如果将雷烨的生平、事迹以及亲人苦寻雷烨的故事拍成电视连续剧，一定会成为热播获奖好剧佳片。

在搜索雷烨资料的过程中，我发现他和著名演员田华有交集。“两个华”之间，透过一张红色照片，有着一段感人故事。

抗战时期，晋察冀边区政府十分重视文化建设，成立了不少抗敌剧社，当年剧社的一些演员后来都成为全国知名的艺术家，其中就包括电影《白毛女》中喜儿的扮演者田华。田华家境贫困，幼年丧母，饱尝生活的艰辛。1940年她参加八路军晋察冀军区抗敌剧社时，只是个稚气未脱的12岁的小姑娘。

1943年1月22日，身为参议员的雷烨来到晋察冀边区参加参议会。会议结束后，雷烨和社长沙飞去抗敌剧社，见到小八路田华。沙飞开玩笑说：“你俩名字中都有‘华’，你们‘两个华’合个影吧！”从没照过相的田华一听很高兴，雷烨随即站到田华身后，像对小妹妹似的双手扶着她肩头。两人微微仰头，望向远方，开心地笑着。沙飞迅速按动快门，留下了一张洋溢着“两个华”青春笑容的战地合影。

这是“两个华”的第一次、也是最后一次合影，是田华人生的第一张照片，也是雷烨此生的最后一张照片。

从那时至今，时光转过80年，雷烨牺牲也已经80年了。凝视着珍贵的照片，他英姿飒爽、活泼可爱的模样永远定格在泛黄的照片上，他英勇顽强、宁死不屈的英雄事迹永远铭刻在我的心上。

雷烨始终未被遗忘。殉难至今，纪念他的文章、书刊、影视从未间断：1986年，吴群的《中国摄影发展历程》发表《模范共产党员，优秀摄影战士雷烨》一文；2000年5月，海南出版社出版《世界百名杰出战地记者列传》中，就有“血染长城脚下的雷烨”；2001年，河北保定电视台拍摄的全景记录中国红色摄影历程《瞬间》第五节《血染的底片》，介绍了雷烨的事迹……

2014年9月1日，300名著名抗日英烈和英雄群体名录公布，其中有雷烨等12名浙江籍烈士。雷烨是名录中唯一的摄影记者，他用鲜血铸就了一座抗战摄影的不朽丰碑。

2018年7月6日，由中国美术学院翟庆喜教授主持设计的一组12位抗战英烈铜质群雕，在杭州武林广场浙江展览馆东侧落成揭幕，并永久竖立，其中就有穿梭在战地生死线上、挥洒热血和青春、奉献宝贵生命的雷烨，他胸前挂着相机，左手叉腰，目光中充满对未来新世界的憧憬。

2020年8月1日，雷烨故居经修缮后对外开放。此后短短2个月，就有5000多人次进入其间，重温他的壮烈事迹，追溯他在生死线上的激烈抗争和战斗，感受他短暂而灿烂的一生。

时序继续向前推进到2020年9月30日，中国第七个“烈士纪念日”。

这天一早，雷烨的外甥女项碧英来到武林广场，向大舅献上一束鲜花，然后静静地待上一会。自从2018年群雕落成，她年年都会来此，在每年9月30日，以这样的方式与大舅默默对话，已经成为她的习惯。

这一天，在金东区孝顺镇新后项村雷烨故居，人头攒动。不少市民自发前往故居，深沉缅怀，致敬英魂。

从2020年开始，为继承和发扬雷烨的崇高精神，金东区委宣传部、区记协设立“雷烨奖”和“雷烨新闻奖”，以表彰优秀新闻工作者和优秀新闻作品，至今已连办三届。

这一年的中国记者节，金东区表彰了首届“雷烨奖”和“雷烨新闻奖”，还在雷烨故居举办了首届“雷烨摄影奖”优秀作品展。这一天，孝顺镇和新后项村被授牌成为“摄影创作基地”。

2021年9月4日，正逢中国共产党成立100周年、抗战胜利76周年纪念日，以缅怀雷烨烈士、传承红色精神、用镜头讲述生动的中国故事为主旨的“雷烨中国故事摄影展”，在金华书画院举办，吸引了大批摄影人和群众参观。本次影展分为“雷烨作品纪念展”与“中国故事作品展”两个单元，雷烨令人钦佩，历史不能忘记。

这天，项碧英专程从杭州赶来参加活动，她欣慰地说："几年前，金华还没几人知道大舅。通过媒体广泛宣传，如今越来越多的人了解他。每逢回家乡之时，遇见我的人基本上都要说雷烨，我很欣慰。大舅没有白白牺牲，他的红色精神终于得到了传承。我看到今天展出的照片，充分体现出人民群众全面小康的美好生活，这是对雷烨精神最好的继承和纪念。"

四、读懂鲁兵在琐园（1924—2006）

7月20日上午，因未看清出发时间，当我准备出发时，才发现团友们已经乘车离开驻地，前往鲁兵家乡了。

鲁兵是谁？这次采风才得知，孩子们从小听到大的"小蝌蚪找妈妈"的故事，作者竟是金东籍著名儿童文学作家鲁兵。想到"小蝌蚪找妈妈"的故事，我立即启动"许彤找大部队"模式，直奔鲁兵故里澧浦镇琐园村。

半个小时后，心急火燎的我终于来到有着400多年村史的古村琐园村，追赶上了采风团的大部队，心情如同找到妈妈的小蝌蚪一般激动。

之前就听金东区委常委、宣传部部长徐琰相告，2023年5月29日，在第73个国际儿童节前夕、鲁兵99周年诞辰之际，鲁兵儿童文学馆在琐园村开馆，当天还举办了新时代中国儿童文学研讨活动。这一天，鲁兵60年的儿童文学创作历程终于回到了他梦开始的地方，全国40多名专家学者作家齐聚在此，秉持赤子童心，致敬鲁兵，共同发布《新时代中国儿童文学金华宣言》。

从此，金东人口口相传的乡贤名单中，又多了一个熠熠生辉的名字；金东区昂扬跃动的城市韵律中，又增添了一道天真烂漫的音符——"永远的孩子王"鲁兵。文学馆的创设，倾注了太多人的心血。听徐部长介绍设立鲁兵纪念馆的过程，就感到如同母亲历经辛苦终于生下孩子一般的不容易和他难以掩饰的成就感。

琐园村，因村庄环境风貌像极了古代的长命锁，故称锁园；又据说村祖原为陈姓，有一座花园，但终日锁门，便称锁园。后来，为图吉利改名琐园；

又传说，自明朝万历年间严子陵后裔严守仁入居后，便改村名为琐园，430年来一直沿用至今。这许多的据说、传说，总归是一个意思：琐园是个有历史、有故事、有传承的古村落。琐园村也因此于2011年1月被确定为省级文保单位，2019年6月入选第五批中国传统村落名录，同年12月入选第二批“国家森林乡村名单”。

盛夏的琐园村，空气中弥漫着一股浓郁而热烈的味道。沿着村道入村，走在苍茫青翠、古典古韵的村落，二三十幢典型的江南古建扑面而来。恍惚间，我走进了一座庞大的建筑博物馆，明清至民国风格应有尽有。我一边感受中国建筑史的迭代演进，看古建筑演绎着无可言说的传统之美，一边见证着“千万工程”给金东广袤农村大地带来的时代美景。一路走，一路看，那些地方特色和历史文化底蕴相融，花费无数心力建成的地方名人馆、非遗展示馆等特色文化馆，以及厚德泽人、惠及乡里的严氏家训，都给我留下了极深的印象。从严氏宗祠、务本堂、怀德堂、聚义厅到永思堂，我像走过一座座乡村文化博物馆，婺剧、道情、剪纸、砖雕、研学等文化明珠一一展现眼前……还未到鲁兵文学馆，传统文化的铺垫感早已拉满。

性急的我一马当先，大步流星，穿过亭台楼榭、荷塘美景、花园小径，想早一刻亲近鲁兵儿童文学馆。

鲁兵儿童文学馆由百年老宅润泽堂改建而成。润泽堂，取“润物无声、泽被后世”之义，1924年5月25日，这户开明的书香人家诞生了一个男孩，父母为他取名“严光化”，似乎正预示着这个新生儿长大后会以文字之甘霖滋养万千童心。几度春秋几轮回，如今在这座老宅里，充满了严光化的故事和他的作品。至于他后来改名为鲁兵，是因为受了鲁迅的影响——“甘为先生麾下之小兵”。

文学馆门前的两处题字，分别来自儿童文学界的两位大咖级人物：圣野和蒋风。大门上的匾额，由《小朋友》主编圣野题写，20世纪90年代我曾有幸采访过他。这位百岁老人从北京发来视频，祝贺开馆。鲁兵雕像上的“永远的孩子王”，由著名儿童文学理论家、浙师大原校长蒋风题写，他说：“我就写

'永远的孩子王'吧！因为鲁兵曾说过：'但有三生石，愿做孩子王。'他这一生，都与童话相伴，与孩子同行……"

与鲁兵雕像合影后，我怀着未泯的童心和崇高的敬意，步入文学馆。四下环顾，我发觉这座四合院保存完好，整修精致，布展颇具匠心，既有古朴的老宅气质，又有儿童文学精神的内核加持。天井下方的水缸里，水面映着蓝天白云，水里种着荷花，嫩绿的荷叶下有小蝌蚪和青蛙。

文静美丽的工作人员送给我文学馆简介和主题明信片，然后带着我一间间地参观。边走边看，满满的文艺气息扑面而来。那些丰富的童书，图文影像视频结合，极大地满足了儿童阅读需求，再现了鲁兵童年自由生长、青年携笔从戎、中老年深耕儿童文学园地的历程。以鲁兵为纽带，我看到了叶圣陶、冰心、艾青等诸多名家学者的身影和作品，他们与鲁兵共创、共读、共事，编织了一张丰富多彩的儿童文学版图，共同点亮儿童文学的璀璨星空。这个精致独特的文学馆，承载着中国儿童文学的发展脉络、金东人文底蕴的深厚内涵，也体现了金东欲打造儿童文学重镇的信念和雄心。

想起采风座谈会上，多次来金华的中国作家协会社联部主任李晓东的一番感言，引发了多少人的共鸣："我们在鲁兵先生的家乡举办开馆仪式和研讨会很有特殊意义，充分说明金华特别是金东区，把儿童文学的发展当成地方文化发展的牵引。金东区有艾青、施光南、鲁兵等名人，这些宝贵的资源被当地政府发现、挖掘和利用，将会在地方文化建设上起到重要的推动作用。"

在文学馆的显眼处，有鲁兵的女儿鲁肖雷捐赠的父亲生平珍贵的资料和物件，其中"任重道远"四个字，是艾青在鲁兵历经磨难后送给他的，也象征着鲁兵坎坷而坚韧的一生。从金师附小到金华中学，从浙江大学到金萧支队，从赴西南剿匪到奔向朝鲜战场，在"穿军装的秀才"鲁兵的心里，故乡的风物文脉和启蒙教育永远是诗和童话的源头。他在《江南草长》中表达对家乡的挚爱："我怀念故乡，怀念曾经洒在我童年心灵上的江南春雨。"在这里，他享受着童年自由自在的乡村生活，去水塘采莲蓬、吃菱角，到泥塘挖黏土、做泥人，跳入小溪里戏水、捉螃蟹，跑上小山坡放牛、晒太阳……种种有趣的经历，都被他写入早期作品集《泥巴孩子》。他说："我为孩子们创作，只是将我心里的话，一一告诉他们。他们是我的小伙伴，我是他们的大朋友。"

文学馆里，有一套鲁兵用过的桌椅，见证了他在儿童文学事业上付出的心血。仅1.35米长的书桌，配套的椅子特别低，像是童话中小矮人的椅子。听了工作人员的宣讲才知，高度近视的鲁兵，到中老年时期视力更弱，左眼仅0.05度，右眼几乎失明，他只有趴在桌上才能看清稿纸上的字迹。为了写作时省力一些，他干脆锯短了椅子的脚。这样一坐下来，视线与桌面几乎齐平，脸就贴在稿纸上，像是在"闻"字。鲁兵1980年创作、畅销数十年的《365夜故事》系列丛书，就是这样"闻"出来的，那年他56岁。

鲁兵景仰鲁迅，他的一生也一直走在文学的道路上。过去，他曾携书一囊走上抗日救国、解放全中国、保家卫国之路，冒着枪林弹雨，历经家国危难，可他柔软的内心始终钟爱着儿童文学事业："我把自己停在阳光的岸边，这里树木、麦田和远山都非常明亮。"从1946年开始，他精心创作和编辑了《小猪奴尼》《虎娃》等近百部儿童文学经典，用一个个脍炙人口的故事陪伴一代代小朋友成长。冰心赠予鲁兵的题词——"'小苗'的好园丁"，就是对他天花板级的褒奖。

在洒满阳光的儿童文学天地，鲁兵的作品像小橘灯照亮了孩子们的童年，他是儿童杂志的"冰儿哥哥"，为小读者答疑解难；他是妙笔生花的作家，可爱的小蝌蚪、好奇的小问号、机智的小济公，一一蹦出来和小读者成为好友。鲁兵主张儿童文学要寓教于乐，以孩子的视角去观察选材，从他们的逻辑去铺排情节，任他们的想象去构建场景，再用他们的语言来讲述故事，达到"好听又好玩"的目的。他石破天惊地提出"儿童文学是教育儿童的文学""选题从幼儿园来，作者从幼儿园来"的方针，于是更多的幼儿教师成为作家，创作出更多儿童喜闻乐见的作品。为使作品更贴近小读者，鲁兵常带着新作去幼儿园，请孩子们"审稿"，直至他们发出会心大笑，才欣然定稿。他也是甘为人作嫁衣的优秀编辑，所编《中国儿童时报》《小朋友》《365夜故事》等期刊和系列丛书影响深远，获得全国图书奖，而首届韬奋出版奖便是对他一生事业的最高嘉奖。

时光如梭，鲁兵的作品依然在传播，引领着一代代少年儿童塑造美好心灵。如今，当我们伫立于文学馆，闭目沉思冥想，鲁兵讲述的故事场景便会一一浮现：滚泥塘的小猪，它的名字叫奴尼；吹牛大王小老鼠，连根小萝卜都拔不动；小蝌蚪在水里游啊游，追着虾公公、大眼睛金鱼、白肚皮螃蟹、四条腿乌龟叫“妈妈、妈妈”……生动的童趣，超凡的想象，无邪的天真，幽默的语言，不教便懂的内涵，鲁兵优秀的儿童文学作品守护了孩子们的童年，引领他们踏上生趣盎然的阅读之旅。

步出文学馆，我对鲁兵的感怀意犹未尽。走在被儿童文学氛围环绕的琐园，只见鲁兵的一首首童诗点缀在村道上，“小蝌蚪找妈妈”的故事成为村舍墙头美丽的涂鸦，童真童趣时时感染着远方的客人和研学的孩子们。沿着青琐街一路来到严氏宗祠，这条原本古色古香的老街多了些许童趣，两旁的小水渠种着荷花，嫩绿的荷叶上也点缀了小蝌蚪和小青蛙。

历史悠久的润泽堂重焕生机，集教育研学、亲子旅游、学术交流、创作采风等于一体，成为金东又一张“金名片”。具有沧桑历史的琐园古村，定会随着当初设定的系列主题活动的落地，在文旅融合发展之路上走得更远更实。

这童话般的故乡，因为鲁兵的成就有了新的标签。他的女儿鲁肖雷深情地说：“这座儿童文学馆让父亲在他出生的故居，以他自己的作品继续跟他心爱的小朋友一起互动，他就可以继续当他的孩子王了！”

记得鲁兵在《365夜故事》序言中写道：故事是给孩子们的一束繁花。故事就像一只神鸟，带领孩子们飞向一个广阔、新鲜而神奇的天地。如今，鲁兵的灵魂真的飞回故乡了。

五、大地飞歌念光南（1940—1990）

“我们的家乡，在希望的田野上……”20世纪80年代初，歌曲《在希望的田野上》迅速唱响大江南北。新中国成立后新一代作曲家的杰出代表、金东籍作曲家施光南的名字，被越来越多的人熟知。

每次来到金东，我总会不由自主地哼唱，耳畔也会升腾起这首耳熟能详的歌曲。在金东这片希望田野上，处处都可以看到施光南的文化印记，都能听到他悠扬的乐曲和热烈的歌唱。

有人说，如果外星人真存在的话，他们也大概率地听过这首曲子。2007年，当“嫦娥一号”经过漫漫旅程、到达38万公里之遥的月球，有32首中国歌曲和“嫦娥”一起萦绕在外太空之上，这其中就包括《在希望的田野上》。

这也验证了一种夸赞：新中国乐坛上，施光南绝对是成就最卓著的音乐家。施光南，是一个自带背景音乐（BGM）的作曲家，他的人格魅力体现在他创作的一首首紧扣时代脉搏、反映时代旋律、表达充沛情感、形式丰富多样的歌曲中。

1940年，施光南诞生在重庆南山，父母为他取名光南，含有“光照南山”之意。父亲施复亮（施存统）为中共早期活动家和领导者，1922年当选团中央首任书记，新中国成立后任劳动部第一副部长。他身居高位，却一生勤俭，最奢侈的事就是给心爱的儿子光南买了一架钢琴。光南4岁时，当小学校长的母亲钟复光不忍心把最小的宠儿独自锁在家中，便把他带到学校读书。翌年，重庆市举办小学生音乐比赛，学校推送颇具天资的光南登台竞技。虽然出身于“音盲”家庭，但他没有选用老师煞费苦心准备的曲目，却另辟蹊径自编了一首歌：“春天到了/桃花开开/小鸟飞飞/黄莺在树上叫。它们快活/我也快活/我们大家都快活……”5岁的小光南一鸣惊人，居然抱着大木马奖品凯旋。这首被母亲记录下歌词的儿歌，就是他的处女作《春天到了》。

1953年国庆日，小光南跟随父母登上了天安门城楼。身材伟岸的毛泽东主席向他们走过来，毛主席在和施复亮夫妇亲切握手后，又微笑着向小光南伸出了温暖的大手。13岁的施光南激动得心潮难平，写下了平生第一首诗：“时刻看看这只手/想想做得够不够/领袖的温暖记在心/永远跟党向前走。”这情景，更激发了他飞扬的青春。循着自由飞翔的心性，光南一路高歌到中央音乐学院、天津音乐学院、天津歌舞剧院，创作了许多清新优美的歌曲，用音符、

用作曲家特有的方式歌颂生活，礼赞祖国。

“文革”中，施光南被扣上“修正主义”“靡靡之音”等帽子，经历了一段不能自由创作的日子，但他对党和祖国的信念始终没有动摇。1976年，粉碎“四人帮”后，创作自由得以恢复的他，将民众扬眉高歌的心情和满腔喜悦化作一曲《祝酒歌》，把万马齐喑后普天同庆的心情融进曲中，陶醉了全国人民。这首歌经著名歌唱家李光羲的激情演绎，唤起了华夏儿女的强烈共鸣，成为经久不衰的时代颂歌。

施光南一生的创作都紧跟时代发展的步伐，准确触摸到时代的脉动。一曲《吐鲁番的葡萄熟了》在表达青年男女纯洁爱情的同时，寄托着浓烈的家国

◎ 源东乡鸟瞰图

情怀。1970年，他送给新婚妻子洪如丁的生日礼物，是一首脍炙人口的《打起手鼓唱起歌》，轻松欢快热情浪漫的旋律，展现各族人民热爱家乡、建设祖国的豪情与信心，更体现了对妻子的挚爱。

歌颂新时代，歌唱新生活，施光南始终坚持把爱国作为音乐创作的永恒主题，被誉为“时代的歌手”，他也因此成为新中国成立后唯一被授予“人民音乐家”称号的艺术家。有一次，他出国访问回来，大家请他讲讲外面的世界有多精彩，他的第一句话就是“看来看去，还是我们祖国好”。他不是空谈家，他用音乐表达爱国之心。

1978年，党的十一届三中全会召开，中国农村开启翻天覆地的变化。作为好友，文化部原副部长、中国文联原副主席、发表诗歌近千首的著名词作家陈晓光，与施光南成为一对最强合作档。“那时候，他作曲，我作词，交集不知不觉变得非常多，情谊渐渐深厚起来。施光南是个理想主义者，他对作品创作的标准是，歌曲要放到时间和空间里检验，所谓空间就是人民群众，时间就是历史的检验。”1982年，晓光将歌词《在希望的田野上》交给施光南。两人一拍即合，巧的是山清水秀、乡风淳朴的东叶村给他留下了美好的回忆，儿时那段炊烟袅袅的记忆以及此前他在安徽、浙江农村采风体验生活的经历，给他带去了灵感。饱含着对家乡对祖国的热爱，光南只花了半天的时间，把民歌、戏曲和进行曲融合在一起，顺利地完成了谱曲工作。此后，无论在电视节目里，还是在各种晚会上，都能听到这首歌，就像晓光、光南的名字一样，歌词真诚质朴，旋律激昂向上，一唱起来，让人仿佛置身于万亩良田、丰收大地之上，大麦高粱，荷塘果香，充满希望。听啊，时代的音符，音乐的力量，总能给充满生机的社会带来无可比拟的激情。

这首歌曲红遍大江南北，成为80年代经典的文化坐标。两人也迎来艺术人生的高光时刻：1985年，著名歌唱家彭丽媛演唱的该曲获评“当代青年喜爱的歌”一等奖；1989年，获评中央人民广播电台主办的“五洲杯”40年广播金曲奖；2019年，入选“庆祝中华人民共和国成立70周年优秀歌曲100首”名单。

施光南一生仰慕屈原。1990年3月，他酝酿20余年的大型歌剧《屈原》初步完成，并举行了歌剧《屈原》音乐演唱会。一部歌剧酝酿半生，在不景气的中国歌剧舞台上，竟能不屈不挠地开花结果。这部歌剧承载了他对中国歌剧走出国门的期盼，达到了他艺术生涯的巅峰，也成为其人生最后的绝响。

1990年5月2日，施光南这位满怀赤子之心的音乐巨匠因突发脑溢血猝然倒下，终年49岁。这位音乐奇才创作歌曲无数，却英年早逝，仿佛一部雄壮的交响乐正当进入高潮时却戛然而止，画上了一个永恒的休止符。他的葬礼上没有哀乐，只播放《多情的土地》，歌声似不尽的潮水，日夜在人们的心上奔流。他创作的歌曲依然余音绕梁，永远回响在中国的大地上，镌刻于时代的画卷上，并且走向永恒，他无愧于新中国建立以来唯一一位被国家授予的“人民音乐家”称号。

2017春天，人间四月天，我随文学采风团前往光南故里。笔直的道路两旁，万亩盛放的桃花将希望的田野晕染成片片粉色，在春雨中好似巨幅清丽美妙的水彩画。“音乐风情线”将我们引入桃林掩映的东叶村——施光南魂牵梦萦的故乡。

当时，我有幸提前参观即将开放的施光南纪念馆。这座看似一架钢琴的雕塑式纪念馆，如同一个以山体的坡度形成的山水剧场，大地环抱，群山合围，一切都融化在优美的旋律之中。三层高的纪念馆面积不大，设计高妙，可与国外著名的音乐家纪念馆媲美。地下一层是一个幽暗静谧的音乐空间，可以静心聆听和回味施光南的作品；一层纪念大厅，能亲眼看到施光南的曲谱手稿和日记，还有回忆和评价他的视频；二层展示厅，珍藏着光南父母为他购买的、陪伴他一生创作了1000多首歌曲、培养了多位歌唱家的美国斯坦威钢琴，以及1300多份珍贵的创作手稿。透过一份份手稿，我感受到了光南近乎执拗的创作热情和丰盛的创作硕果。

乡亲们始终缅怀着这位游子，建起光南音乐广场、光南音乐厅、光南主题音乐馆，开办光南小学、光南中学，组建光南合唱团，金华城区有条5公里长的光南大街，浙江师范大学音乐学院更名为施光南音乐学院……自2003年10月施光南音乐广场建成后，堂弟施根叶每年都要去一趟北京，为的是说服嫂子，让堂哥的遗物“落叶归根”。

2017年3月28日上午，施光南钢琴、手稿捐赠仪式暨“春暖金东，情归故里”施光南音乐节系列活动新闻发布会，在金东新城区施光南音乐厅举行。

2017年4月15日上午10时多，伴随着《在希望的田野上》的歌声，施光南纪念馆开馆。同时，他的骨灰也回到东叶村，安放在新建的施光南陵园中，他终于和挚爱的家乡、人民永远在一起了。读着词作家晓光为施家父子故居题写的对联，令人特别感怀，触动心弦：“一寸丹心总是爱国济世，无尽旋律何非时曲民生。”

这天上午，东叶村民特别兴奋，村里来了关牧村、瞿弦和、殷秀梅、佟铁鑫等歌唱大咖。开馆仪式上，出现了令人震撼的一幕：施夫人洪如丁一行为施光南纪念馆揭幕之后，在一旁观礼的四乡八邻数千村民忽然放声高歌，一边是《在希望的田野上》，另一边是《打起手鼓唱起歌》。歌声的热流像磁石一样，一下子把人们吸进了歌声的海洋。

在东叶村灵动秀美的山水间，在清新甜蜜的空气中，在深情缅怀的歌声里，到处都跳跃着光南激情谱写的音符："我们的家乡/在希望的田野上/炊烟在新建的住房上飘荡/小河在美丽的村庄旁流淌……""打起手鼓唱起歌/我骑着马儿跨江河/歌声溶进泉水里/流得家乡遍地歌……"熟悉的旋律，再一次把人们带回难忘的岁月。在光南的歌声里，故乡就是这般美好而充满希望；在故乡人的心中，光南的灵魂和他创作的歌曲一样，永远飘扬在八婺大地，山川桃林，不曾忘记，也从未远逝。

施光南与聂耳、冼星海一起被誉为中国三大"人民音乐家"。2018年，在他逝世28年之后，在庆祝改革开放40周年大会上，表彰的100名"改革先锋"中，唯一的音乐家就是施光南，就因为他谱写了改革开放的诸多乐曲。

2019年，在庆祝新中国成立70周年时，天安门广场举行盛大阅兵仪式和群众游行，有一个方阵叫"希望田野"，背景音乐是《在希望的田野上》，带着浓郁的时代精神，清新的泥土气息，体现了在改革开放的明媚春光中人民激发奋进的精神风貌。

壮丽三十年，同唱光南曲。同年，第二届施光南音乐节开幕式在中国婺剧院举行，金东区委宣传部、浙江歌舞剧院与浙江交响乐团共同出品的歌剧《在希望的田野上》首次来到了他的家乡演出。

从施光南音乐节到"光南故里·音乐盛典"，金东人付出极大的努力。当地通过发布"同唱光南曲"全球征集令、举办施光南音乐节、巡演原创民族歌剧《在希望的田野上》等方式，让他以音乐的方式"活"在当下。推进文旅融合，打造施光南文旅品牌，以音乐为桥梁，打造音乐之旅，将文化符号转化为软实力。

2020年，施光南80周年诞辰。首届长三角原创流行歌曲大赛选择在他家

◎ 首届长三角原创流行歌曲大赛

乡举办，推出了一批流行音乐精品，涌现出一批优秀创作者，促进文化繁荣，提升了金义新区（金东区）在长三角地区乃至全国的影响力。

2015年至今，全区建成光南文化舞台88个，形成具有金东特色的公共文化体系。

2023年，第二届长三角原创流行歌曲大赛如期举行。30首得奖原创作品主打情怀却不失年轻活力，心怀经典传承使命的同时也呼应着现实生活。系列活动线上服务人次达1745万，点赞数过10万，线下参与人次32万，影响力超过首届。

2023年6月26日，《施光南全集·声乐卷》发布，该卷从施光南遗作中整理出500余首作品，其中约300首作品属首次发表。施夫人洪如丁说："光南说过，他写了这么多作品，真希望都能发表，都有人演唱，都得到广大听众的认可。如今，他的部分夙愿已经得到满足。"把他尚未发表的作品变成歌曲代代相传，这是对施光南最好的纪念。

2023年7月19日，我随采风团又一次来到东叶村。源东乡是光南故里，享有“中国白桃之乡”“浙中桃花源”的美誉。东叶村是省3A级景区村庄，可谁能想到，过去的东叶村是怎样的一番情景？村民以养猪为主，污水遍地，臭烘烘的，路也很难走。村民们也希望东叶村的未来应该像光南歌曲中唱的那样：“人们在明媚的阳光下生活，生活在人们的劳动中变样……”

于是，金东区依托东叶村丰富的生态文化旅游资源以及施复亮、施光南故居的人文资源，着重突出音乐元素，打造音乐民宿，链接起当地农文旅产业项目，为古老山乡带来年轻、时尚、活力等一众新元素。

浙江有千千万万个人文底蕴深厚的乡村，唯独东叶这座小村庄走出了一条极具特色的研学路线：户外拓展、音乐研学、红色教育、农家乐。于是，人们在故居，能寻证施光南的文艺报国之心；在纪念馆，可聆听青春热烈、昂扬向上的音乐之声……红色旅游，让更多希望之光照进更多人的心田。

在这个令人“桃醉”的地方，在光南的乐曲声中，我首次品尝到黄金蟠桃。“十里荷塘十里果香”，正值桃子上市的季节，黄金蟠桃赋予我炎夏里的一股清甜。出道即巅峰，形似元宝，金灿灿，黄艳艳，一口下去，蜜汁四溢，唇齿留香。橙黄的皮，浓郁的桃香，软糯香甜的口感，直接把桃之美味诠释到极致。香甜汁水瞬间在嘴里炸裂开来，那份浓郁甜蜜彻底征服了口腔中的每一个角落。

歌声伴着果香，飘扬在金东大地，经久不息。

7月21日，我告别丰收的大地，希望的田野，回到百公里外的衢州。金东早已渐行渐远，但几位文化巨擘的身影却渐渐清晰，随着诗行、歌声、童书、文字、图片，长久地印刻在我的心上。我家的书桌上，水培着一只从锦林佛手文化园带回的佛手青果，清香四溢。我的手机里，保存着在佛手园所拍的佛手造型的路灯。空气中，脑海里，时时充满着不舍缅怀的情愫。

金东，是艾青家乡、施光南故里。诗歌，是这座城市的符号，更蕴含着这座城市包容开放的文化根脉。

文化，是一座城市兴盛的重要标志。如果说，城市建设和发展是金东人民正在擘画的鸿篇巨制，那么文化便是贯穿始终的灵魂和内核，金东人深谙此道。巍巍积道山下，悠悠潜溪两岸，宋濂、艾青、雷烨、鲁兵、施光南等名人的故事和精神，在故居、纪念馆、校园、文旅风景线中脉脉流传。细数金东历史长河中，那些熠熠生辉、影响深远的名师大家，从宋濂的魂、艾青的诗、雷烨的文、鲁兵的童心到光南的曲，通过一个个名人坐标，透过一个个文化礼堂，走过一个个美丽乡村，参观一个个蓬勃新区，我对既熟悉又陌生的金东有了全新的感受。

我眼里的金东，正铆足干劲，不断迸发“崇文尚美、积道勇进”的人文精神，让文化之美绽放于“浙中之心”，以文化软实力赋能高质量发展，以文化之彩绘就百姓幸福底色，以创新奋进姿态屹立于“浙中之心”，扬帆击楫，锚定“打造浙中增长极，建设未来新中心”发展战略，最终实现从千年古城奔向希望新城、再向省级新区的华丽转身。

作者简介 许彤，作家，资深媒体人，新闻文学跨界者。正高二级，高级编辑，一级作家。获评首批中国报纸副刊孙犁编辑奖，首批浙江省宣传文化系统“五个一批”人才，第三届浙江飘萍奖，浙江省151人才，第二、三届衢州市拔尖人才，衢州市文化人才“香樟奖”、文艺精品“南孔奖”等荣誉。中国作协会员，中国报告文学学会会员，中国作协第九大、十大代表，浙江省作协主席团成员，省作协报告文学委员会副主任，衢州市作家协会名誉主席，衢州日报报业传媒集团原副总编辑。代表作有：《衢州有意思》《世上惟一的花》《作家笔下的衢州》《一脉青山话衢州》《最美衢州》《江南雨，天山情》（合著）。

“金义速度”的纽顿赛道

陈富强

回过头来看，2004年8月10日，对于金华来说，是个具有转折意义的日子。这天，时任浙江省委书记习近平同志在金华调研时强调，要加快浙中城市群建设，推动经济社会发展再上新台阶。

而此时，金华的义乌从鸡毛换糖起家，靠着一柄拨浪鼓走天下，早已名扬四海。同样，没有区位优势的东阳，也凭借横店影视城，成为中国的“好莱坞”。相反，金东区则默默无闻。天下人皆知“世界的义乌”，却不知金东，也不知金东有人民诗人艾青、人民音乐家施光南。

别说外省人，作为一个浙江人，我读过艾青的诗，听过施光南的歌，却只知这两位文化巨匠是金华人，至于是金华哪个地方的人，却也模糊得很。直到这次参加《中国作家》杂志社组织的采风，到了金东区，才发现，金东不光是艾青和施光南的故乡，还是共青团中央首任书记施复亮的故乡，并且有一个新的区域，以金义新区的名义，出现在我的面前。而且，我还听到了一个崭新的说法——“浙江之心”。这个说法，刷新了我对金义新区的认知，除了地理因素，金华处于浙江中心，金义新区又处于金华的中心，“浙江之心”由此而来。这个说法似乎并不牵强，因为金华历代都是浙江省中西部地区的中心城市，素有“历史文化之邦、名人荟萃之地、文风鼎盛之城、山清水秀之乡”的美誉。

2004年夏天省委书记的调研，就是一张蓝图画下的点睛之笔。时至今日，我们看到，这片土地，已成为浙江省第三大城市群，第四大都市区的核心区。而金义新区则在着力打造全国国际贸易综合改革先行区、全省海陆开放大通道示范区、浙江中西部崛起引领区、金义都市区一体化发展新城区。

如果了解以上市情和区情，对于金义新区这块热土上发生的时代之变，也就不会感到惊讶了。

“纽顿”是谁

由于长期从事全球和中国电力工业领域的研究，我自信对国内跟电有关的上下游产业，还是十分了解的。以新能源汽车为例，我可以说出一长串数据，比如最近几年的新能源汽车渗透率，国内主要新能源汽车生产厂家，公共充电桩运行商的排名，等等。但在金义新区，我发现自己出现了一个信息盲区。关于进入中国的国外新能源汽车的品牌，我和大多数人一样，以为特斯拉一枝独秀，然而在金义新区，我第一次听说了纽顿电动汽车。

说实话，我第一次听到纽顿这个名字，脑子里出现的却是牛顿。牛顿坐在苹果树下，苹果砸到了他头上。牛顿受此启发，发现了万有引力定律。这是一个几乎人人皆知的故事，几乎所有人都是这样描述牛顿发现万有引力定律的过程。不过，一家香港媒体引用英国皇家学会公布的一份手稿，牛顿被苹果砸中的桥段似乎是后人杜撰出来的传说。

在我看来，无论这个传说是真是假，对后人了解牛顿，都是最生动的例子。牛顿在力学、数学、光学、热学、天文和哲学领域，都颇有建树。作为一名杰出的科学家，牛顿无疑是伟大的。如果能以牛顿来命名一家企业，当然是个聪明而大胆的选择。不过，纽顿终究不是牛顿，虽然他们曾经想以牛顿来命名这家在中国的新能源企业，但最终还是以谐音来做了处理。现在看来，这样的处理方式是巧妙的。他们成功地将牛顿元素引入了纽顿。从企业品牌的角度来说，这是一个漂亮而经典的案例。

不过，由此可见，作为科学家的牛顿，在纽顿人心里，是一个巨大的不可代替的元素。以科学家的精神来经营一家企业，大约是纽顿人来到中国的初心。

纽顿是一家总部位于阿拉伯联合酋长国迪拜的智能电动汽车和绿色能源企业，致力于为世界打造“以乘客为中心”的高端电动车产品及绿色能源解决方案。

我步入位于金义新区的金华科技城，一幢看上去面积不大，在科技城似乎并不起眼的建筑映入我的眼帘，这是纽顿大中华区总部。入门处的大堂，陈列着一辆科幻感十足的概念汽车，我一下子就被它吸引住了。这辆深灰色的车子看上去比一般的新能源汽车要宽大一些，只有一个车门，我想象这辆车子行驶在中国的道路上，将会吸引多少人好奇的目光。当然，作为一辆概念车，它未必是最终的成车，但其奇特的外形，已成功引起每一个人的注意。

事实上，这并不是唯一一辆展车，在距离纽顿总部大约五百米的一个“金义新区信创万亩千亿平台展示厅”，我看到了另外两辆展车，一辆是商务车，看上去相对中规中矩，而另一辆红色超级跑车莱肯，充满了科幻元素。这辆莱肯超跑看上去有点眼熟，展厅解说员告诉我：“您的感觉是对的，电影《速度与激情（7）》中，范·迪塞尔驾驶的那辆充满野性的红色莱肯超跑，在阿联酋的三栋摩天大楼之间飞跃的画面，相信您一定印象深刻。这辆莱肯就是全球超豪华限量超跑。我们之所以把纽顿的这两辆电动样车陈列在展厅大堂，确实是因为纽顿的电动车设计，能成功吸引参观者的目光。比如这辆莱肯，它的外形设计与澎湃动力，即使与全球最好的汽车生产商设计的超跑比较，也毫不逊色。”

我们都知道，阿联酋是个盛产石油、天然气，富得流油的国家，但其实，阿联酋还拥有3座世界最大、成本最低的太阳能电站，它对新能源领域极其关注。为了摆脱长期以来倚重石油的单一经济结构，成为创新型国家，2014年，阿联酋政府推出国家创新战略，并投入巨资发展高科技产业。其中，新能源领域的发力迅猛。目前，阿联酋已在70多个国家的可再生能源项目上投资了500亿美元。随着全球各国纷纷推出自己的“双碳”计划，阿联酋政府清楚地知道，只有大力发展新能源，阿联酋才能在未来的零碳世界成为新能源高地，从而彻底摆脱对石油的依赖，获得稳定而持久的“安全感”。

作为新能源家族的重要成员，电动汽车，显然也是阿联酋近年来重点关注的产业。所以，当纽顿Rabdan ONE电动车首次亮相时，引起了不小的轰动，阿联酋众多王子前往参观试驾，这个新晋电动车品牌Rabdan的首款入门车型居然得到了众多皇室青睐。其实，Rabdan在很大程度上承载了阿联酋对新能源汽车的想象，它不仅获得总统赐名，还得到了众多皇室的投资。

而纽顿之所以将这款电动车取名Rabdan，是有原因的。对阿联酋历史有了解的朋友，应该知道“Rabdan”这个名字其实来源于阿联酋首任总统谢赫·扎耶德的战马，它是一匹纯种的阿拉伯宝马，同时也象征着国家的骄傲与民族精神。

值得一提的是，阿联酋现任总统谢赫·穆罕默德在一次会议上，决定把他的爷爷（扎耶德）的战马名字赐予纽顿集团，这也寓意着希望纽顿可以创立一个代表性的新能源汽车品牌出来，这也就有了后来的Rabdan汽车品牌。一个看似简单的动作，背后实则大有深意。要知道，纽顿是阿联酋唯一在美上市的电动车企业，也是阿联酋新能源矩阵中的排头兵，显然，它被国家寄予厚望。

而分析赐名背后的意义，至少有三重：一是战马代表国家的骄傲，也是对纽顿的认可，对新能源汽车的看好；二是它代表了一种传承，Rabdan将承载着阿联酋的期望在新能源车领域大放异彩；三是带着总统勇于创新的精神，Rabdan要成为引领中东地区乃至全球新能源变革的标志。

然而，令我稍稍有些吃惊的是，纽顿的前身，居然是天津的艾康尼克。对于天津的爱车一族来说，艾康尼克也算声名显赫。2014年诞生于天津的艾康尼克是天津本土的新能源汽车品牌，而艾康尼克创始人，即后来的纽顿创始人吴楠，是天津人。

在纽顿大中华区总部采访期间，一位纽顿技术官员向我展示了一个简洁的PPT，我看到纽顿的愿景，是“为世界打造一家集前沿设计和尖端创新于一

◎ 纽顿新能源汽车制造项目建设场景

身，提供以乘客为中心、高品质用户体验的先锋出行技术公司及绿色能源提供者”，而纽顿的使命则是“加速世界实现可持续高品质共享出行的步伐”。

在中国，在金义新区这片热土上，纽顿的愿景和使命，将获得可靠的落地，并为纽顿的企业文化提供经典案例。

纽顿为什么选择金义新区

2022年11月，纽顿集团在美国纳斯达克上市，也因此成为阿联酋新能源汽车赴美上市第一股。纽顿不仅拥有整车组装工厂和零部件配套工厂，还斥资百亿投资了中国浙江金华金义新区的高端制造业项目。可以说，纽顿在新能源车设计、开发以及生产中颇有经验，其供应链优势也可以赋能Rabdan。并且，

纽顿所拥有的渠道优势还可以帮助Rabdan品牌汽车开展海湾地区销售网点的分销。仅在阿联酋首都阿布扎比，纽顿就和两个国家的经销商签订了5000台电动汽车的合同，可见当地市场对这个品牌的信心及此车在当地市场的受欢迎程度。

Rabdan ONE被视为第一款阿布扎比制造的增程式电动车，无疑将给当地新能源基础设施带来大幅的改善，同时也响应了阿联酋政府推出的“零碳计划”。不久前，纽顿在阿联酋阿布扎比的新能源整车组装工厂，获得了阿联酋政府颁发的电动汽车生产和销售牌照，这也是阿布扎比的第一张新能源汽车生产牌照。同时，这也意味着，阿联酋在新能源汽车领域插上了翅膀。

当海外品牌的电动汽车占据阿联酋大部分市场份额时，阿联酋本土电动车品牌却寥寥无几。但随着纽顿的上市，他们也开始将目光投向海外。最终，纽顿花落浙江金华金义新区。

纽顿中国新能源汽车超级工厂是纽顿在中国投资的首个超级工厂，也是金义新区首个投资达百亿元的重大制造业项目。工厂占地逾700余亩，设计产能为年产10万台套，计划于2024年实现投产。不过，我在纽顿采访时，金义新区承担厂区建设的负责人表示，投产时间有可能大幅提前。以超级工厂为依托，凭借差异化的产品理念和出色的技术能力，纽顿有望成为金义新区、金华市乃至整个浙江省智能制造的代表和全球智能新能源汽车新一代样板智能工厂。

在纽顿大中华区首席执行官林密看来，金华市和金义新区的高效务实，促成了纽顿大中华区总部的落地，短时间内又实现了纽顿中国新能源汽车超级工厂的开工。这使得纽顿全球生产制造体系得到进一步完善。未来，金华超级工厂将对纽顿位于阿布扎比哈利法工业区内的生产基地实现直接赋能，完成对中国、中东、东南亚、欧洲、北非等关键市场的覆盖。

纽顿集团副董事长廖怀南也有同样的体验，他说："我们希望通过打造超级供应链工厂，把中国在新能源领域的成就介绍给中东乃至全球的客户，推动国际技术和资源合作。届时，我们将利用全球不同地区产业链优势，结合位于阿布扎比和金华的工厂，实现对全球市场的覆盖。"

显然，纽顿志在全球市场，而中国则是纽顿发力的一个驱动机。

纽顿新能源超级工厂选择金义新区，另外一个不容忽视的原因，是中国有全球几乎最完整的产业链，纽顿电动汽车采购的所有零部件，在中国市场都能买到，并且有价格优势。一位纽顿主管曾坦言，同样的零部件，在日本生产与中国生产所需的成本，是数倍之差，而中国产的零部件，已经完成迭代升级，质量与国外同类产品没有区别。

那么，纽顿在金义新区的超级工厂，是只生产零部件还是整车？回答是两者兼有。整车暂时只供应中东市场。他们的运作模式是，通过"义新欧"班列，将整车以散件发往中东，然后再在中东的工厂重新进行组装销售。我问，如果中国电动汽车爱好者想拥有一辆Rabdan汽车，需要通过什么渠道？纽顿方面的回答是，在中东的工厂组装完成的电动汽车，理论上就可以返销进入中国市场。至于为什么不能直接在国内销售，则涉及电动汽车销售资质问题。我有一种预感，尽管中国国内电动汽车市场已是千帆竞发，但纽顿觊觎中国巨大的电动汽车市场，从企业生产与销售的角度来说，无可厚非。特斯拉在中国取得的成绩，纽顿是看在眼里的。

很显然，纽顿看到了电动汽车的全球发展趋势。联合市场研究公司的研究显示，2030年，全球电动汽车市场估值将增长5倍，达到 8237.4亿美元，复合年增长率为18.2%。另有数据表明，到2028年，电动汽车将占全球汽车销量的33%，到2035年这一比例将达到54%。备受关注的市场前景、在智能化浪潮下升级重塑的产业链、消费者不断提升的消费意愿，都将驱动电动汽车持续引领科技创新与产业突破。纽顿在量产准备和资本市场方面也将奋力驶入快车道。

向黑夜要白天，向雨天要晴天

在金义新区，我看到一句口号：向黑夜要白天，向雨天要晴天。这让我想起深圳蛇口工业区刚开始建设时的一句口号：时间就是金钱，效率就是生命。这句口号曾被誉为“冲破思想禁锢的春雷”，在神州大地广为流传。

改革开放之初，深圳河北岸的宝安县农民与南岸香港农民的年收入相差70倍之多。时任蛇口工业区建设指挥部总指挥袁庚深知，从香港到蛇口，虽是一河之隔，但两地思想观念却有着天壤之别。1982年，袁庚在从香港公干回蛇口的路上，想了几句口号：“时间就是金钱，效率就是生命；顾客就是上帝，安全就是法律……”后来，蛇口工业区管委会选择了前两句做成标语，竖立在通向香港班船码头的道路旁，目的很简单，就是要让香港同胞知道：蛇口是讲效率的。

1983年，日本三洋电机有限公司想在蛇口工业区办厂，派了一个七人代表团，预计花费一周时间商议投资建厂。但经双方商谈后，仅用3天时间就完成了全部手续的办理，一个半月后，三洋电机（蛇口）有限公司投产。

1984年，邓小平来到蛇口工业区视察，袁庚提起了这句口号。邓小平回京后，充分肯定了这一口号。同年10月，“时间就是金钱，效率就是生命”出现在新中国成立35周年庆典的游行彩车上，并由此响彻全国。

2010年，在深圳经济特区建立30周年之际，深圳发起了“深圳十大观念”评选，“时间就是金钱，效率就是生命”排名第一。

时隔多年，我在金义新区看到的“向黑夜要白天，向雨天要晴天”，颇有“时间就是金钱，效率就是生命”的神韵。从这句口号，可以看出金义新区人时不我待的紧迫感。

我试图寻找这句口号的出处，百度上没有明确的答案，但显示最多的，是与金义新区有关的项目，可见，这句口号出自金义新区的概率最高。金义新区招商服务有限公司总经理陈小莉给了我一个不甚肯定的答复，但我已经很满意。我问陈小莉，我上网搜索了，“向黑夜要白天，向雨天要晴天”在江苏某市也有讲，但说得最多的，还是金义新区，有没有一个出处，来证明这句口号的原创地是金义新区？陈小莉说，我们是听金义新区领导说的。我又追问，有没有可能是金义新区领导提出来的？她说，可以这么说吧。网上一搜，金义新区领导经常金句频出，比如，要牢固树立“项目为王”理念，紧紧扭住项目建设“牛鼻子”，以“劈山开路之势”全速推进项目建设。比如，“抓项目就是抓发展”“一天都不能耽搁”“今天再晚也是早”“事不过夜、马上就办”“大干快上、以干促上、实干至上”。他们还提出，要把项目建设一线作为检验干部担当作为的“试金石”，突出“实干第一”，推行“赛马比拼”，让干部在一线锤炼过硬本领、提升综合能力，加快锻造一支懂经济懂项目的专业化干部队伍。毫无疑问，金义新区有现在这个局面，与管委会班子的理念是密不可分的。

在新区采访，那里的工作节奏，新区人的思维方式，能让我深切感受到，“向黑夜要白天，向雨天要晴天”的观念已经融入新区人的日常，这句口号是谁提出已不再重要，重要的是，他们一直在这么做。

在新区招商服务公司采访时，一位负责人告诉我：“我们为项目提供‘专班+专人+专办’的定制化服务模式，形成项目开工计划、土地需求、政策处理任务‘三张清单’，做到项目用地目标化、目标节点化、节点责任化，严格落实项目用地‘标准地’出让，分解政策处理、土地平整、围墙、水电气接入等任务，让‘项目等地’变‘地等项目’，形成全链条高效保障的闭环，打造以效率为核心的营商环境，跑出服务外商投资‘加速度’。”

纽顿创始人兼全球CEO吴楠对“向黑夜要白天，向雨天要晴天”这句口号是深有感触的。他说：“从项目商谈到项目落地，我们深刻感受到‘签约即供地、拿地即开工’的新区效率、新区速度，也深刻感受到新区发展新能源汽车及其上下游产业的坚定决心。”

金义新区宣传部领导对新区的介绍，也证实了吴楠的感受。纽顿新能源汽车零部件项目，从签约到入统只用了110天时间，“极简极速审批”的纽顿项目做法，得到时任国务院总理李克强的批示肯定。纽顿的速度，从一个侧面见证了金义新区的速度。

显然，纽顿厂区的建设速度，也是“向黑夜要白天，向雨天要晴天”的实证。

陈小莉向我提供了一份材料，其中的一些提法和做法令我眼前一亮。纽顿项目是新区首个投资达百亿元的高端制造业项目。新区各级干部“权力变责任、审批变服务、串联变并联、裁判员变运动员”，围墙内的事企业为主，围墙外的事政府来干，即“无事不扰，有求必应”，使得纽顿项目在最短的时间内完成了各项流程的操作。相比之下，国际某知名车企在欧洲设厂，数年过去也没投产，其流程之长之复杂，令投资方焦头烂额。

从“四维”看项目到“三快”引项目

新能源及上下游是金义新区着力培育的三大新兴产业之一，新能源汽车产业又具有关联度高、产业带动力强的特点。2022年，5月初，当金东区相关部门获得纽顿项目的招商信息时，便紧盯不放了。

当时，纽顿正、江苏、浙江的多个地市保持对接。为了尽快给区委、区政府决策提供科学依据，金义新区招商服务有限公司利用“五一”假期，聘请国际知名机构对项目开展全面尽调、评估，邀请国内新能源行业专家了解、分析新能源汽车产业动态及发展前景。假期结束，针对项目招引的整套报告已经送至区委、区政府主要领导案头。

金东区委主要负责人认为，一个项目能否成为金东重点招引对象，主要看四个维度：一看赛道，看项目是不是属于国家鼓励领域，是不是符合金东主导产业定位；二看团队，看团队核心成员是不是行业领军人物；三看投资者，看项目背后是否有国际国内知名基金参与投资；四看盈利模式，看产品在市场竞争中的盈利能力。

综合专业机构尽职调查及以上四个维度，金东区委决定全力引进纽顿项目。

决策层拍板，接下来是具体的执行。

“这个决策过程很快。”据金东区发改局领导回忆。区委主要领导参与项目方谈判，初步达成合作条款，并在一周内完成专家论证会、项目准入审核会、协议征求意见会、区委财经委会议等一整套完整的项目招引流程。“面对急难险重，快决策是干好工作的重要前提，尤其是领导干部要敢拍板、会拍板。”

快决策，还要快出击。与项目方对接没多久，金义新区就邀请对方来实地调研。“当时因为疫情原因，其他地市无法答应投资方前往调研的要求。”陈小莉回忆，金义新区在做好疫情防控的前提下作出详尽安排，投资方实地查看地块、双方面对面洽谈合作条款，极大地推动了项目招引进程。仅仅1个月后，2022年6月8日，双方便在金义新区（金东区）新能源汽车产业发展论坛上达成战略合作协议；6月28日，在全省促进经济稳进提质重大项目集中开工

◎ 纽顿新能源厂区建设场景

仪式上，纽顿落户金义新区成为当天在浙江省人民大会堂签约的12个重大项目之一。

“我们正是做到了统筹疫情防控与经济社会发展，才抓住了成功引入首个百亿制造业项目的机遇。”陈小莉说。如果时间往后拖一个月，纽顿很可能落户原先已有对接基础的其他地市。

快决策、快出击，紧接着的便是快落实。经双方商定，纽顿项目要在2022年9月底之前开工。千本事万本事，狠抓落实最本事。如此大规模的制造业项目，如何才能在最短时间内落地开工，成为摆在金东各级领导干部与政府部门面前的一道大考题。

“四变”推项目的试卷

在采访中，新区“四变”推项目引起我的注意。所谓“四变”，是“指裁判员变运动员、权力变责任、审批变服务、串联变并联”。这“四变”也可以说是一道摆在全体新区干部面前的考题，能否递交一份高分答卷，是对新区干部，也是对新区的考验。具体来讲，“四变”推项目这四道考题有几个具有金义新区辩识度的特点。

在金东区委相关负责人看来，“因为不少干部思想还不够解放、站位还不够高、视野还不够广，对项目招引等经济工作习惯于当评论员、裁判员，躬身入局当运动员的实践能力、操作能力有所欠缺”。纽顿项目从招引到落地，需要每个相关的部门与干部都投身其中，来一场干事创业的大比拼。于是，金东区委成立了由区委书记挂帅、区委副书记具体负责，相关部门为成员的纽顿项目推进领导小组。区委书记定期召开会议，专题听取进展情况汇报；区委副书记每周一次召开推进会，提出问题、列出任务清单、规定完成时限、督促完成进度。

可以说，“裁判员变运动员”这道考题考的是金东干部对产业发展的把握能力、对产业生态的认知能力。

而“权力变责任，审批变服务”这道题考的是金东干部服务企业的责任和意识。

“过去是投资方跑部门。有了代办、代跑后，代表投资方办理手续的招商公司，也要在多个部门之间来回奔波。”作为招商部门负责人，陈小莉最有发言权，她说，现在所有问题都在推进会上提出，各相关部门把任务领回去，把难题解决掉，关键在于都把投资方的事当作自己的事。

比如，项目涉及水系调整。水务部门立即邀请相关单位，一周内完成方案编制，一天内完成论证。同时，一边及时到省级部门汇报，一边已经准备水系调整工作的资金与施工事宜。因为将项目对金东发展的意义、水系调整方案的优点与可操作性汇报得清清楚楚，顺利获得省级部门的支持，两天内便完成了审批手续。

比如，项目涉及电力迁改。电力部门立即制订线路迁改方案和项目规划设计，取得上级支持，在15天内就完成了临时用电方案的制订。在保证项目及时开工的同时，全力推进迁改工程，确保在项目正式用电前完成。

再比如，资规部门在准备土地挂牌前期工作的同时，同步开展挂牌后土地证办理的前期工作，确保挂牌一结束就能完成相关手续；一边为一期开工创造条件，同时为二期工程涉及的控规调整开展工作……市资规局金东分局局长许世朝说：“大家都把确保项目在最短时间内开工当作自己的责任，坚决防止在自己这个环节掉链子，‘要我审批’变成了‘我要审批’，‘要我攻坚’变成了‘我要攻坚’。”

“串联变并联”这道题考的是跨部门合力攻坚的协同力。

通常，土地挂牌需要必不可少的33天左右时间。按正常流程，企业在拿地之前无法进入场地勘探，也就无法进入施工设计阶段，无法尽快拿到施工许可证。通过容缺受理，资规部门一方面加快推进土地挂牌的前期准备工作，一方面允许企业提前进入勘探，提前进行施工设计，确保住建部门在企业拿地之后就完成对施工方案的审批，第一时间发放施工许可，做到“拿地即开工”。

有的事项，比如交通组织方案的优化、公路拓宽红线与项目红线的交叉，均涉及五六个部门单位，需要高效沟通与统筹。比如，因为交通调整，项目涉及排水、电力、燃气、通信等多个部门的管线都需要相应迁移，市政部门召集相关部门多次碰头，共同制订施工方案，合理安排施工时间，确保紧密衔接、压缩工时。

从拿地到开工，涉及多个部门，而且一环扣一环。以往，各部门盯着自己的一亩三分地，等前面环节的必要条件具备后，再开展自己环节的工作。相关部门负责人感慨：“看似规矩，实为推诿。现在充分运用‘承诺制’‘容缺受理’‘标准地’等各项改革成果，许多工作同步开展，各环节协同联动，改变了你等我、我推你的现象。”

以往，办理工程规划许可证审批用时至少45天，办理施工许可证审批用时至少15天。现在，项目建设单位先行开工，随后在相应承诺时间内完成容缺的审批事项及材料，变“先批后建”为“先建后验”，从备案到开工仅用了一天时间。

纽顿项目负责人说，他至今不认识许多部门负责人，更没请他们喝过一杯茶、抽过一根烟、吃过一顿饭。“越是这样的办事效率，越倒逼和激励我们专心专注企业经营，早日为金东发展作出贡献，不辜负金东干部群众的厚望。”

在纽顿项目开工现场，陈小莉禁不住眼眶湿润。她至今仍记得第一次推进会上相关部门所提的问题：“不仅数量多，而且都是很棘手的难题。我甚至悲观地认为，纽顿落地的事几乎已经不可能。但是现在，不可能变成了可能！”她说，有如此高效的营商环境，如此实干的干部作风，金东定将引来更多金凤凰，浙中增长极、未来新中心的目标也一定能早日实现。

栽下梧桐树引得凤凰来

在纽顿大中华区总部四楼，透过窗子，可眺望纽顿厂区全景。一个大型工业园区已初具规模。部分厂房已结顶。办公室悬着一张厂区全景图，整个厂区布局井然，功能分区明确合理。

张波是金义新区发展集团的董事长，纽顿厂区的建设，由集团旗下的一家公司实施。张波看上去很年轻，显得干练自信而有精气神。他向我介绍厂区的功能划分，如数家珍。其中厂区的两个项目引起我的浓厚兴趣，一个是车间屋顶将全部安装光伏，也就是说，厂区内会有一座光伏发电站。另外，厂区有独立的污水处理场。通常，一家企业不会单独建设污水处理系统，纽顿这么做，显然是开创了一个记录。而这两个项目，也符合新能源的环保理念。

张波指着厂区，说那儿是北区，主要规划布置冲压车间、焊装车间、总装准备车间组成的联合厂房、员工食堂与宿舍，同时配套建设员工活动场地及员工停车场，并规划预留宿舍发展区。张波又指向南边，说那儿是南地块，面积要比北区大近三倍，主要规划布置涂装车间、总装车间、试制及试验中心、发车中心、办公楼、员工活动中心、能源中心、试车跑道等。张波说，污水处理场、固废站及油化危废库也在南地块。从张波的介绍中，可以看出，他对这片厂区的布局了然于胸。他特别提到了污水处理场，显然，这是整个科技城的神来之笔。

在生产工艺规划设计方面，纽顿厂区也是高起点。张波说，目标是上海特斯拉超级工厂。要把自动化生产和全面质量控制相结合，充分体现快速高效、智能制造、节能环保的理念，以达到精益求精，力争在国内电动车行业规划设计中创立标杆。

我问张波，纽顿投资的100亿元包含厂区基建吗？张波摇摇头说不包括。前期的厂区建设资金由金义新区来出，我们按照纽顿生产所需的要求，负责建设厂房。张波说，这就相当于筑巢引凤。

在纽顿的采访结束后，我去了金义新区建管中心。整个中心在一大片湿地中间，有湖泊，名金满，有果树，皆为梨。此处坐拥“一江两山八溪十库”，义乌江从新区南侧穿过，8条主要溪流自北向南汇入义乌江，10座大小不等的水库和千余个山塘点缀其间，呈现出“田园阡陌，塘库密布”的山水田园之境。

显然，这是时空更为宽阔的筑巢引凤。

在金义新区采访期间，我多次听到新区对标广东松山湖，确定了“浙中版松山湖”目标和打造未来新产业中心的构想。而我站立的地方，即是金满湖，听着稍稍有点泥土气，倒也是新区人的一个理想。谁也不敢否认，未来的金满湖，与金漪湖科创智造平台一起，就是浙中的松山湖。

从地理位置来说，金义新区尽管有“浙江之心”之誉，但终究是内陆城市，不过他们似乎并不在乎这些，就像义乌，硬生生把一个名不见经传的内陆小县做成了全球最大的小商品贸易城。特别令人钦佩的是，在自贸区金义片区展厅，我看到中欧班列全球展示沙盘，著名的“义新欧”中欧班列始发于新区，这是陆上的，驶向海上的，则有“义甬舟”班列，也始发于新区。“义新欧”班列通过义乌、金东平台，开通运行的线路有22条，辐射50多个国家的160多个城市，开行量居全国第三。真是不看不知道，知道了要吓一跳。

人间七月，梨已成熟。金满湖畔这些一眼望不到边的梨树，不是我想象中的一个一个果实挂满枝头，而是有不少成串的梨，挂在枝桠中间。一株梨树上，有四五个抱团的，也有单个挂在枝头的，它们仿佛我在新区所见的那些企业，在金义新区这棵大树上，枝繁叶茂，开花结果。

在诗人艾青的故乡，我要引用艾青的诗歌《黎明的通知》里的两节，送给所有在金义新区投资和创业的中外企业家们，青年们，父亲母亲和正在茁壮成长的孩子们：

我从东方来
从汹涌着波涛的海上来
我将带光明给世界
又将带温暖给人类
……
打开所有的窗子来欢迎
打开所有的门来欢迎
请鸣响汽笛来欢迎
请吹起号角来欢迎

浙中之心荡起金色涟漪

陈博君

七月的浙中，骄阳热烈似火。随着参观队伍缓缓登上那座临时搭建在金漪湖科创智造平台基础设施建设现场的三层观景台，身上早已沁出了一层密密的细汗，头脑也被烈日烤得有些迷糊了。

但是站到铁制栏杆前极目远眺的那一刻，眼前的场景却让略显疲顿的我精神蓦然为之一振：

远处，浓荫绿丘绵延铺陈，似葱茏玉带缠绕四野，三片水库明镜般镶嵌其间，名曰羊尖山、王里源和上横畈。平静到几乎没有一丝涟漪的湖面，在阳光映照下闪烁出阵阵耀眼的金光。鳞次栉比的崭新楼宇，密密匝匝地浮现在绿丘的尽头，被水面泛起的金光烘托得宛如海市蜃楼，美得有些虚幻，却又如此真实。

近处，开阔连绵的低丘缓坡上，一台台动力十足的橘黄色挖掘机，正舞动着潇洒长臂往来穿梭，大批身着施工服、头戴安全帽的建筑工人，在黄土朝天的施工现场挥汗作业，那热火朝天的劲头，仿佛要与天公试比谁更热烈、谁更富有激情。

这一静一动，反差强烈的景象，让我瞬间想到了著名音乐家施光南笔下的那首名曲《在希望的田野上》。是啊，这不就是一片充满希望的田野么？当然，用不了多久，这里就不再是一片田野，而将是一座蕴含着科创智造无穷活力的都市绿洲了。这不免让人充满期待，更叫人感到振奋！

也许是发现了我的精神状态有所变化，随行的小记者竟非常敬业地拿出话筒，盯牢我采访起来："陈老师，能不能请您谈一谈对金漪湖科创智造平台的感受？"

嘿嘿，我忍不住在心里笑了起来。别急呀，可爱而又敬业的记者们，我们这才刚刚俯瞰了一下项目施工现场的全貌呢，总得让我先好好地了解了解这个平台的来龙去脉，才能说得出更深的感受吧？

一

说起金漪湖科创智造平台的诞生，那还得先聊一聊金华的发展。

八婺之地，双星争华。传说中乃金星与婺女星争华之地的千年古城浙江金华，其重要性自古就是毋庸置疑的。

公元1358年12月，当时还是吴国公的明朝开国皇帝朱元璋，率领十万大军一路南下，经宁国，过徽州，一举攻入元兵把守的婺州城后，站在城楼上放眼远眺，由衷地发出了"此乃'浙江之心'"的感慨，从此叫响了金华"浙江之心"的名号。

朱元璋的评价确实很中肯。金华在地理上占据着浙江最中心的C位，无论是在那场令其名声大振的婺州之战，还是在之后的明朝抗倭、清初义军、太平天国运动直至抗日战争中，金华无不占据着不可替代的要冲和枢纽地位。

时光荏苒，斗转星移。进入新的时代，金华又在浙中经济发展和现代化建设中担当起了新的重要角色。

2002年12月，时任浙江省委书记的习近平同志首次到金华考察调研，就前瞻性地对金华提出了"中心城市"的定位。

习近平在考察中强调，以组团式城市群为主要形态的浙中中心城市已形成雏形，要切实搞好城市建设规划的编制，要注重优势互补、资源共享，要继续深化城乡管理体制的改革，要体现可持续发展的要求，要注重城市文化建设，真正把金华建成中心城市。

从此，“建设浙中城市群、加快浙中新崛起”，成为新时代金华最重要的发展战略。2003年，金华市政府设立“金三角经济开发区”，负责金东区所辖的孝顺、傅村、鞋塘“两镇一办”部分区域的开发建设。四年后，这个地区级的开发区又升格为省级开发区，被命名为“金东经济开发区”。

毫无疑问，作为地区首府的金华，一直在努力向前奔跑着，以期真正担负起“领头羊”的职责，带动整个八婺大地的共同繁荣。

然而令人尴尬的是，此时充满活力的八婺各地，早已在经济发展中纷纷跑出了各自的加速度，有些地方的声名和发展势头，大有赶超金华之势。

比如曾经满街马路市场的义乌，以极具开放、充满活力的姿态一路狂奔，建成了全球最大的小商品批发市场，将210万种来自世界各地的商品汇聚一

起，再销往全球230多个国家和地区。他们的相关数据，甚至已经成为预测全球经济趋势的风向标。“世界的义乌”口号由此自信地喊响……

又如曾经以木雕和泥瓦匠为荣的东阳，也不甘寂寞，奋勇向前，仅凭一个叫作“横店”的偏僻山村，就建起了亚洲乃至全球最大的影视实景拍摄基地，摇身一变成为“中国的好莱坞”，吸引着国内外大批剧组和明星纷纷前来。“亚洲的东阳”美誉也随之而来……

再如曾经依靠小五金起家的永康，一路稳扎稳打，埋头苦干，不知不觉间也蝶变成了颇负盛名的“七都一城”，把全球八成的筋膜枪、1/3的保温杯、全国近7成的防盗门和半数以上的电动工具订单攥进手里，将“中国五金名城”“中国炊具之都”“中国口杯之都”“中国电动工具之都”等一个个耀眼光

◎ 金华科技城

环揽在怀中。“中国的永康”之名不胫而走……

而作为地区龙头老大的金华，知名度却反而不及自己的这几个“小兄弟”。在许多外地人的印象中，金华留给他们的美好记忆，仍然是那香香脆脆的“金华酥饼”以及被形象地概括为“一手一腿”的“金华佛手”与“金华火腿”。

“世界的义乌、亚洲的东阳、中国的永康、浙江的金华”，这种带着几分戏谑的说法，在坊间不经意地流传开来，让所有金华人在满腔的无奈中，又掺杂了一丝的不甘。

二

金华的出路在哪里？如何才能在区域经济发展中成功突围，重新站上浙中城市群的C位？答案其实就在习近平总书记在浙江工作期间对金华提出的“中心城市”定位中。

和其他许多城市不同，金华只有两个城区：一个是有着千年历史的老城区——婺城区；一个是2001年由金华县撤县设区成立的新城区——金东区。婺城是金华的基石，支撑着金华的文脉和底蕴，但产业发展和城市面貌业已成型，想要实现金华的再次腾飞，其发展的潜力和空间，更大程度上就要看金东了。

将金华建设成为浙中“中心城市”的重任，就这样沉甸甸地落到了金东区的身上。2012年，根据浙江省委、省政府的战略部署，金华市委、市政府作出决定，将金华金东区东部5个镇的175平方公里区域，与义乌市西南部3个镇的130平方公里范围融合为一个全新的“金义都市新区”，目标是构建起继杭州、宁波、温州之后的浙江第四大都市区。

2020年5月，浙江省人民政府又批复同意设立金义新区，规划控制总面积扩至661.8平方公里，空间范围涵盖了金东区全域。也就是说，金东区和金义新区完全合二为一，成了一个省级新区。

这就意味着，金东区必须铆足干劲，在浙江第四大都市区的崛起进程中始终领跑在前。

然而创业的历程何其艰难，因为金东区原来的底子实在太薄弱了。

“2009年之前，这里都还是丘陵山区农村，除了一条03省道，几乎就没什么像样的路了。2009年9月金义快速路开通后，当地的农民这才依托义乌办起了小纺织、小加工，但都还是低小散的产业。”金义新区新城建设管理中心办公室主任程乐良回忆道，“真正迎来转变的关键节点，就是2012年金义都市新区成立之后……”

因此，从地市级的“金义都市新区”，到省级的“金义新区”，金东区这一跑就是十年。在这十年间，为了铸就一枚稳稳立于“浙江之心”的“定芯神针”，金东的干部群众就像铁打的营盘流水的兵，紧盯新区跑道不变，加大力度，狠抓落实，一任接着一任干，终于让昔日的山乡郊野渐渐呈现出了都市的模样：金华新兴产业集聚区、金义都市经济开发区、自贸试验区、国贸综改试验区、跨境电商综试区、金义综合保税区……从地市级到省级，再到国家级，一个个重大平台的成功落地，使这片希望的田野真正成为创业创新的热土；金华科技城、金义自贸中心、浙中创新城、江岭高新智造区、菜鸟电子商务区、华东金华农产品物流中心、龙芯智慧产业园、东湄未来科学城、金磐产业飞地……随着一个又一个重大项目和产业园区在新区的多点开花，座座新楼拔地而起，条条大道四通八达，现代新城正在茁壮成长。

这片沸腾的热土，终于变得越来越漂亮，越来越具有现代化大都市的气质和颜值了。

但是在这片热土的最中心地带，还有一块地，大家却都舍不得动。或者说，在没有充分的论证和谋划成熟之前，谁也不敢轻易动。

这块地，就是位于曹塘澧公路以东、金港大道以西、沪昆高速以南、新城路以北的金义新区启动区东片核心区块。这是一块面积为16.97平方公里的低丘缓坡地带，区块内不仅植被完好，还拥有三座毗邻的水库，自然生态环境得天独厚。

如果说金华是“浙江之心”，那么这个位于金义新区核心的地块，无疑就是“浙江之心”的中心，堪称“浙中之心”。随着整个金义新区的不断开发建设，星罗棋布的产业园区、发展平台已对这个“浙中之心”形成了合围之势，于是这个“浙中之心”，就成了整个金义新区最珍贵，也是最后的一片处女地了。

心脏可是全身最重要的动力器官啊，心脏的功能如何，马力足否，将牵一发而动全身。

那么究竟谁会有这个魄力，来启动这项事关整个金义新区，乃至浙江第四大都市区发展全局的“造心”工程呢？大家怀着热切而又忐忑的心情观望着，等待着。

三

2021年下半年开始，金东区提出重点推进自贸区建设奋楫争先、重点项目提速攻坚、产业发展转型升级、科技创新强基赋能等“八大行动”。

其中，“重点项目提速攻坚行动”将力争招引10亿元以上制造业项目6个、3亿元以上产业项目30个，全年计划实施重点项目140个，总投资1385亿元，年度投资276亿元。

目标宏大，压力自然不小。这年人代会一结束，区领导就亲自带队外出招商，一举引进了金义新区首个总投资超百亿元的制造业项目——年产10万套的纽顿新能源汽车零部件制造项目，让大家见识了金义新区干事的魄力和效率。

大家还注意到，在区政府提出的“八大战略”中，有一项“城市品质跃升行动”，第一句就是“完成金满湖、羊尖山、东石塘等4个以上专规控规编制。”

这羊尖山所在的区域，不就是那个“浙中之心”的位置吗？这一回，金义新区终于下决心要为这块金义最后的处女地描眉画红了？

“新区的发展离不开大项目的支撑，而大项目的落地离不开大平台的赋能。羊尖山地块就应该建成这样的大平台，才能筑巢引凤，用更好的环境、更好的产业、更好的服务留住专家学者，让他们在金义新区扎根发展。”在一次次的深入调研、一场场的脑力激荡中，新区领导不断地与大家分享着思考，“羊尖山既然是新区最核心的地块，就必须高起点谋划、高标准建设。要找全省最有实力的专业院所，来帮我们分析、研究和策划。”

很快，浙江省内规模最大的几家设计单位纷纷接到了邀约，经过专家对几家应邀单位提交的策划理念方案的认真比选，最终胜出的中国电力建设集团华东勘测设计研究院有限公司进入了方案深化的阶段。

按照“高起点谋划、高标准建设”的要求，中电建华东院一边联合中国建筑第八工程局和中国水利水电第十六工程局有限公司，组建起项目总包联合体，为项目的后续开工建设打下扎实基础；一边组织团队赴东莞松山湖、苏州金鸡湖等地学习考察，寻找高起点的对标系。

金秋十月，伴随着收获季节的到来，经过无数次脑力碰撞与修改完善的设计方案终于瓜熟蒂落。项目设计秉承“低影响、轻干预”的开发理念，依托稀缺湖链的生态优势，力求打造“众享湖链客厅、科创智造新城”，构建“一核引领、三湖辉映、多廊渗透”的全新空间格局，实现“浙中版松山湖”的精彩蝶变。工程核心实施面积为7平方公里，包含市政基础设施、公共服务配套、湖区水域整治、生态修复及环境提升、智慧、光伏等六方面的建设工程，总投资61.9亿元。

刚听到这个投资总额的时候，金义新区新城建设管理中心常务副主任叶斯钧心里吃了一惊。这可是区政府主导的项目啊，60多亿元资金全得靠政府想办法筹集。可是，整个金东区一年的财政收入也不过才四五十个亿，到哪里去筹这么多钱呢？

很快，叶斯钧的担忧就被彻底打消了。金义新区另辟蹊径地拿出了一个让人意想不到的筹资方案，通过申请“专项债”的方式，成功筹集到了45亿元的建设资金。这是整个金华最大的一个专项债项目。

“专项债”全称为地方政府专项债券，是指省级政府为有一定收益的公益性项目发行的、约定一定期限内以公益性项目对应的政府性基金或专项收入还本付息的政府债券。看看金义新区核心地块的这个项目，实在太契合专项债的支持方向了。

“佩服！”叶斯钧发出了由衷的赞叹，“只有将各种政策研深吃透了，才能想得到这样的办法啊。”

蓝图已经绘就，资金也基本落实。接下来还有一个重要的事情，就是该给这个项目取个既响亮又有文化的名字了。

几天后，在一次项目建设推进会上，设计单位汇报了他们对项目名称的设想。

“这个项目，我们建议叫‘金涟湖科创智造平台’。”对于这个名称，中国电力建设集团有限公司华东院市场总监徐美福还是挺得意的。因为金义新区已经有一个地标性的金满湖湿地公园，这个新项目又是由三个水库连成的，所以他们最初想到的是“金连湖”。但“连”字又似乎太直白了一点，于是加上三点水，变成“金涟湖”，既能与“金满湖”形成辉映，又更有文化气息。

“是哪个lián字？”金义新区主要领导问。

“涟漪的‘涟’。”徐美福解释道，“意思就是我们的科创智造平台会像波涛一样不断向前发展……”

“这个寓意很好。”金义新区领导点了点头，忽然话锋一转，“不过，我看叫‘金漪湖’也不错啊。”

在座的所有人顿觉眼前一亮。是啊，“涟”和“漪”含义一样，但“金漪”刚好跟“金义”谐音。这个字，改得太妙了！

自此，“金漪湖科创智造平台”的名称正式叫响。

四

2023年元旦，羊尖山湖畔的山谷里寒风凛冽，但明媚的阳光却令人精神格外振奋。

“我宣布，金漪湖科创智造平台重大基础设施项目，正式开工！”金义新区领导气势磅礴的喊声，在山谷里久久回荡，“抓项目是金义新区实现赶超跨越的‘华山一条路’，全区上下要以‘一天也不耽搁’的紧迫感大干项目、干大项目，在中国式现代化新区实践中奋楫扬帆、担当奋进！”

从那天起，金义新区主要领导每周都会定期或不定期地带着相关部门到工程现场督导建设进度。

干事的激情是会传导的。“只争朝夕，不进则退”的氛围很快就传遍了整个工程项目部。

“这个项目投资巨大，又同时包含了六个子项，是一个非常庞大的系统工程，要在短时间内把宏大的构想变成一个个可实施的具体项目，难度非常之大。然而金东区的氛围就是‘大干快上，以干促上’，还提出了‘力争三年目标一年完成’的要求。这就倒逼着我们，必须把过去的线性工作方式，改变成效率更高的并行工作方式。”负责质量的项目副经理张文磊首先接到的任务，就是要赶在春节前，为整个项目部搭建起复合型的组织架构，让每个管理层身上至少都带有两个职位。而这位来自河南的小伙，没日没夜地干了个通宵，就把矩阵式的项目总承包组织架构图给画出来了。

负责生产建设的项目副经理武金鹏，身上所感受到的压力就更为真切了。为了力争在新年第一季度实现开门红，项目部安排了50多名设计师和137名工人留在现场抢抓进度。为此，武金鹏专程把父母和妻儿从老家黑龙江接到了金华，目的就是自己能够身先士卒，留在工地一线加班工作。

那个除夕之夜，项目总指挥、中电建华东院的黄璁院长和项目总包室主任裘彬专程从杭州赶来，与带头留守值班的项目总经理胡雄一道，陪着一线员工们吃了一顿难忘的年夜饭。

一场以“大干快上，以干促上”为主题的劳动竞赛，如风吹麦浪般在项目建设工地蓬勃掀起。“以时间换空间！”“向黑夜要白天！”口号响彻了湖区。

来自湖北恩施的项目副经理陈杰负责的是外协工作，他的职责中很重要的一块就是协调处理区块内的各种遗留问题。比如，王里源水库西侧要建一号桥，需要在一户村民的院内打孔地勘，可村民说，你们得先把我种在院子里的

◎ 金漪湖全景

苗木给赔偿了，才能让你们进来；再比如，羊尖山水库的一个养殖户说，你们的地勘机有油污，对我的花白鲢品质造成了影响，你们得答应让我延长承包期限……进场才两个月，这种七七八八的事情就已经处理了260多件。

为了摸清底数，陈杰必须得打好感情牌，为此他主动上门与村民沟通。很多时候，村民们还真跟他交上了朋友，可面对村民提出的各种要求，他又得始终把牢政策底线。难度虽然很大，但陈杰很清楚，不处理好这些问题，后面的工程进度就会受到影响，所以工作起来也是废寝忘食的。因为不知道什么时候又会冒出新的问题，而且别人也不可能等着你去上门沟通，所以陈杰必须随时保持一种待命的状态。

水域整治和生态修复面临的难题就更多了。项目设计管理部的景观设计师胡宏栋说，他们本以为这里的生态环境保持得不错，只要在尽量保留原样的基础上再适当做些提升改造就行了。可是真正进场踏勘后才发现，有些大树其实已被砍伐了，而且现场都是强风化的岩坡，生态性并不是很理想。为了找到岩坡地块的植被复绿方法，他们每周都要去现场跑上两三趟，从强风化岩的表面清除，到种植土的回填，再到固土的方式及厚度，每一个环节，都要研究仔细。

“植物品种的选择，也要根据现场环境反复推敲，尽可能种植一些偏野趣的、根系发达一点的、具有当地风貌的品种。”谈到专业领域，胡宏栋更是如数家珍，“还有一些大乔木，就要种在山腰或山脚下，因为山顶土层太薄，不能种植大型乔木……”

项目部的工作虽然千头万绪，但在所有管理人员和一线工人的齐心奋战下，整个金漪湖科创智造平台重大基础设施项目就像一台轰隆向前的高速列车，已呈现出全力奔跑的状态。自元旦开工以来，短短半年多时间，就已完成80%的市政基础设施项目，公共服务及配套设施板块的学研智库服务中心也有多幢建筑主体结构已经结顶，其余的智创智造共享中心、人才公寓都在同步推进。生态景观工程方面，示范区部分基本完工，望湖堤、上横畈、智慧谷已同步进场清表，水域整治工程在做进一步的水域连通，处于中期施工阶段。预计到年底，项目西片区的生态修复和环境提升将具备开放条件，公共服务及配套设施工程的主体结构将完成封顶，内畅外连的城市道路框架可基本形成，水域整治工程基本完工。

如此看来，三年目标还真有可能在一年之内完成。令人期待啊！

五

说了半天，建成后的金漪湖科创智造平台，呈现给世人的究竟会是怎样的一副模样呢？

一本详尽的《金漪湖科创智造平台项目介绍手册》，为我们揭开了这个未来“浙中版松山湖”的神秘面纱——

首先，通过重构湖泊空间生态，连通羊尖山、王里源和上横畈三大湖区，我们即将领略到的是一个蓝绿交融、串湖成链的全新自然浪漫景观系统。在这个系统中，借助水域整治和环境提升营造起来的学思潭、水漾泽、智慧谷、望湖堤、晴翠丘、研学湾、邻里港、湖心岛、云水汀九大美好场景，将如锦上添花般争奇斗艳、各展风姿，让畅游其间的人们尽享岩坡观星、坝坡观景、亲水游憩、运动休闲的快乐，体验户外讲堂、自然研学、绿色康养、产业交流带来的满满收获。

同时，完备智慧的公共服务和配套设施也将令你眼前一亮：以“展翼腾飞”为核心理念，用圆环状天桥串联运动、智慧、展示、服务、科研五大功能区块的“智创智造共享中心”，是一组充满动感的飞翼状建筑群，将成为整个平台最为夺目的标志性建筑；以“人文山水、婺（悟）出新彩”为核心理念的“学研智库服务中心”，将采用现代与传统相融合的设计语言，营造出最具烟火气息的共享服务场所；由15幢中高层公寓组成的“众创人才公寓”，将打造共享共融的未来社区场景，为落户在智造平台的各类人才提供一个舒适宜居的温馨家园。

此外，围绕着三大湖区的核心区块，还有金华理工学院、金华技师学院、金华中医院、龙芯智慧产业园区，以及智造平台的生态研发区、品质居住区和智造标准厂房等众多优质资源，将共同构筑起一座以高端智造产业为主导、科研创新为特色，“产、园、人、湖”高度融合的生态智慧型现代化产业园区。

“没错，未来的金漪湖，将是一座智慧的园区。在这里，无论生态、运营，还是安防、交通，都将实现智慧化管理。”已在金义工作了二十多年的程乐良，对这片热土的未来满怀着憧憬，“到那时，来自五湖四海的创新创业人才，可以在优美的自然山水环境中工作、生活、创业，闲暇之余，还能在家门口搞搞研学、跑跑马拉松。全国各地的游客，也可以乘着金义东轻轨来到金漪湖，下车后无缝坐上园区的无人驾驶游览车，与家人孩子一起到湖边玩耍；晚上还可以在羊尖山的岩壁星空影院，以坡为背，以地为席，看一场赏心悦目的自然大片……”

作为业主方与总包方最直接的联系人，中电建华东院金丽衢分公司副总经理周瑞高对金漪湖智造平台项目也有着一份特别深厚的感情。他深有体会地说：“金漪湖项目从前期谋划，到落地开工，再到现在红红火火地推进，整个过程可以说是完美地契合了习近平总书记当年在我们浙江提出的‘八八战略’。

“首先，在金漪湖这个项目的推进过程中，从金义新区，到金华市，再到浙江省，我们一直处在非常好的营商环境之中。在浙江这片土地上，这种体制机制上的优势被发挥得如此淋漓尽致。

“然后，金漪湖科创智造平台的区位优势也十分明显。这里不仅地处浙中都市圈的中心，又位于长三角的主轴线上，与我省的科创大走廊，还有杭州的未来科技城都实现了很好的衔接，区位优势得到了充分的发挥。

“再说说环境优势。目前放眼整个浙江，都很难找出这么一大片拥有三个水库，自然环境如此优美，又适合开发建设的低丘缓坡了。所以我们要格外保护好这里的自然资源，发挥好这里的生态优势，打造出浙中版的松山湖。

“最后说到文化优势。在金漪湖项目的设计中，我们也一直在充分考虑如何发挥文化优势，在场景打造中努力融入金东的文化元素，比如用施光南的歌曲和艾青的诗歌来为道路命名，来凸现我们金东的文化底蕴……”

滔滔不绝地讲完自己的体会后，周瑞高发出了由衷的感慨：“总书记在20年前提出的发展战略，今天依然能够指引我们的发展，这让我深切地感受到伟人的站位和格局就是不同！”

是啊，在“八八战略”的指引下，金漪湖项目犹如入水之石，已在“浙中之心”荡起了一波让人充满遐想的金色涟漪。如果那位年轻的记者此刻还站在我面前，我一定会告诉她我最真实的感受：金漪湖科创智造平台啊，就是“八八战略”在“浙江之心”一个最生动的实践案例。而且我相信，在不久的将来，这股荡漾在“浙中之心”的金色涟漪，一定能掀起整个浙江第四大都市区大发展的新高潮。

作者简介 陈博君，笔名真柏，中国作家协会会员，中国文艺评论家协会会员，中国报告文学学会会员，浙江省作家协会报告文学创委会委员，浙江青少年作家协会导师团导师，杭州市作家协会副主席，杭州市“五个一批”文艺人才，西湖区文联副主席、作协主席。在《中国作家》《青年文学》《佛山文艺》等十多种文学刊物和《人民日报》《北京日报》《浙江日报》等数十种报纸副刊发表小说、散文和报告文学500余篇，已出版个人作品50余部，主要有儿童文学《疯狂博物馆》系列、《神奇医院》系列，报告文学《芦茨湾的呼唤》《平凡的坚守》《商战不倒翁》《百年印潮涌西泠》《最草根生活》《脂肪战争》《中国光电之星》《天空之城》等，小说集和散文集《花花草草的七情六欲》《低调的美丽》《奢侈的浪漫》《小楼里的太阳花》《人虫公主》等。作品曾获杭州市“五个一”工程奖，浙江省文艺评论奖一等奖，全国优秀科普作品奖等。

潮起金义

陈公炎　曹伦星

“两山夹一川”的金东区，地处“浙江之心”，东阳江、武义江从北南两侧穿流而过，犹如双龙吐珠，汇成滔滔婺江，发出澎湃潮声。

2020年，金华金义新区正式挂牌成立，金义新区成为浙江省第五个省级新区，同年9月国务院批复设立中国（浙江）自由贸易试验区金义片区，从此拉开了“三区协同发展”的序幕，万千新区人满载初心，用心血与汗水书写着大开发、大建设、大发展的动人篇章，见证了661.8平方公里的日新月异，一座现代化新城初现雏形、熠熠生辉……有幸随全国知名作家创作采风活动走进金义新区，我们深深感受到了滔滔婺江背后的浩瀚文化脉动，触摸了金东这座新城崇文尚美、积道勇进的精神脉络，领略了金义新区迈向高质量发展的磅礴力量。

潮涌金东，这里澎湃着“诗与歌”

在金义新区这片661.8平方公里的土地上走出了“人民音乐家”施光南、共青团中央第一任书记施复亮、“诗坛泰斗”艾青、“永远的孩子王”鲁兵、明朝“开国文臣之首”宋濂、中国山水画一代宗师黄宾虹等一大批英才俊彦，著名的侨仙黄大仙在这里得道成仙。这里还是孔子、严子陵、沈约、范仲淹、黄庭坚等名人后裔的聚居地，还有婺剧、木版年画、金华道情、婺州窑等70余项非遗项目。

人文，是一个地方的独特印记，是一个地方发展的根与魂。近年来，金东区紧紧抓住文化底蕴深厚的独恃优势，通过实施“文化名人品牌创新提升年”等活动，提振“崇文尚美 积道勇进”的新区精神，以文化力量助推金义新区“浙中增长极、未来新中心”建设，加快打造浙江中西部文化中心核心区。

作为艾青家乡、施光南故里，诗歌不仅是这座城市的符号，也蕴含着这座城市包容开放的文化根脉。

多年来，金东围绕“艾青诗、光南曲”，持续擦亮“诗歌之城”城市IP。从2016年起，已持续举办四届艾青诗歌节、三届施光南音乐节，被中国诗歌学会授予“中国诗教之乡”“中国诗词之乡”。2021年，还与中国诗歌学会共同设立“艾青诗歌奖”，并确定金东区为永久颁奖地，“聆听土地诗意的呼喊，就到金东去”成为金东响亮的文化标语。

艾青诗歌节通过诗歌、音乐等形式，展示了艾青诗歌的风采，吸引了众多文化爱好者的关注。施光南音乐节则是以人民音乐家施光南为主题的文化盛事，活动期间，金东区民众可以欣赏到来自全国各地的优秀音乐家的演奏，同时也可以详细了解施光南先生的音乐生涯及成就。此外，金东区还开展“三行诗”全民诗歌创作大赛，承办“光南盛典杯”长三角原创流行歌曲大赛等活动，旨在激发民众的文化热情，打造更多具有地方特色的文学作品。

“假如我是一只鸟，我也应该用嘶哑的喉咙歌唱，这被暴风雨所打击着的土地……”嘿，在这繁华的商业广场，怎么能听到激昂慷慨的诗歌朗诵声？原来，这是金东区在万达广场打造的省内首个“有诗有味”诗歌文化主题餐厅，意在让“艾青诗”走进大众。

走近餐厅，只见门口橱窗上悬挂着诗歌灯箱，上面印有艾青的经典现代诗《希望》《我爱这土地》节选，墙壁、桌子等处处可见艾青等诗人的经典诗歌。连取餐台也别出心裁被设计成“知‘诗’分子取餐区”。

区社科联主席严旭烽告诉我们，将诗歌搬进餐厅，向人们展示了一种敢于创新的时代精神和优雅时尚的生活美学，与金东区“开放包容”的文化内涵相一致，高度契合金义新区“打造浙中增长极、建设未来新中心”的理想与追求。诗歌餐厅打造以来，不定期举办诗歌交流研讨会、诗朗诵比赛、诗人分享会等活动，成为“网红打卡点”。

近年来，金东区将名人文化植入城市各个角落，秉承“一切皆文化、无处不艺术”理念，在工业载体、城市基础建设中融入年轻人喜闻乐见的诗歌、音乐时尚元素，将金东特色国潮文化、都市元素融入主干道、商圈、体育场、科创园、城市公园等生活场景，打造“诗歌之城、创新乐园”城市IP。

他们以诗铸城，突出新潮性，变舞台为平台，推动城市形象借诗“出镜”，坚持“高品质、年轻化、大众化”主基调，打造开放、新潮、诗意的观演感受，通过本地群众参与朗诵，让诗歌离大众不再遥远，形成“在金东，人人写诗，人人诵诗”的城市文风。以诗为媒，兼顾国际性，变语言为代言，推动中华文化借船“出海”，着力讲好中国故事、传播中华文化。面向外国诗人设立“艾青诗歌奖——金佛手奖”，推动中外文化双向交流。在“金东办、全球看”中推动诗歌文化跨海传播，吸引全球目光。最终实现诗歌艺术传承借奖“出圈”、城市形象传播借诗“出镜”、中华文化借船“出海”等多重效应。

他们以歌为引，叙事为珠，在希望田野上展现风貌，“靓”出金东地域特色。以讴歌时代、贴近生活、贴近人民为主题的一系列原创歌曲，以优质的作品内容将青山绿水富美家园串联起来，实现情感与故事的“合纵连横”。国家级音乐界专家参会共同研讨长三角原创歌曲发展方向，助推长三角一体化文化软实力效应，探讨人民音乐家施光南的创作与当下原创音乐的碰撞，用歌声述说思念，唱出乡愁。以歌为媒，惠民为本，在文化活动中搭建平台，“透”出民生底色。施光南故居、施光南音乐厅、施光南纪念馆、施光南陵园、光南小学、光南中学、施光南合唱团以及全区范围内88座“光南文化舞台”，希望的田野上处处流淌着施光南先生的音乐文化和革命文化。

除了艾青、施光南等名人，近年来金东区还大力扩容雷烨品牌文化活动，雷烨是我国公布的首批300名抗日英烈中唯一的摄影记者，也是世界百名杰出战地记者之一，他用鲜血铸就了抗战摄影不朽的丰碑。金东通过举办多届雷烨奖、雷烨新闻奖、雷烨摄影大赛，向金东的英雄雷烨致敬，激励广大新闻工作者为时代立像、为人民讴歌。为打响鲁兵儿童文学品牌，金东区将澧浦镇琐园村建设成儿童文学艺术村，致力打造集教育研学、亲子旅游、学术交流、创作采风等于一体的浙中儿童文学展示交流平台。为推动宋濂文化传承，金东区举办了“宋濂杯”文化精品征集大赛等活动。

而总投资1.5亿元的金东人文博览中心，自2020年底作为新区又一新文化地标惊艳亮相，着实以超高的颜值和丰富的内涵赢得了广大市民的青睐。

跟着讲解员，我们走进非遗展览厅，一段介绍金东区的视频在幕布上缓缓启动，深沉的声音诉说着对金东的深厚感情。

秋瑾、张恭、冯雪峰在金东播撒革命火种，施复亮点燃建党星火，艾青、雷烨等人才辈出。1949年开国大典上，艾青、施复亮登上城楼，见证了这一历史性的伟大时刻。

电影胶卷似的背景墙上标注了与金东相关的重要年代节点，其中关键性的时刻被点亮，例如，2000年国务院批准同意撤销金华县，设立金华市金东区；2020年6月经省政府批复同意，金华金义新区正式挂牌成立，成为浙江设立的第五个省级新区。荧幕上滚动播放着每个时间节点上的重要历史事件，为参观者详细介绍了相关史情，让现代人有了窥探历史面貌的突破口。

博览中心一二楼为展览馆、三四楼为文化馆、五楼为综合办公区域、六七楼为图书馆。其中，展陈馆布展面积约1000平方米，以金东人文传承为脉络，立体构建“文脉、地脉、人脉”空间框架，布展小中见大，以精取胜，分设“溯源金东、和合金东、宋韵金东、耕读金东、烽火金东、青春金东”六大篇章，展现金东历史沧桑巨变。展陈形式新颖独特，综合运用传统与现代科技传播手段，通过二维三维图像、实物、雕塑、场景复原等展示手法与声、光、电技术结合，丰富参观者的体验，让大家在沉浸式参观中感受到金东独特的文化魅力。

“场馆的设计很有特色，一进去就让人眼前一亮。”“我最感兴趣的就是展陈馆里展示的金东历史，里面还摆放着恐龙化石、唐代灯盏、宋代圆形铜镜等文物，真是太用心了。”作家们一边参观，一边啧啧称赞。

花开千树，文化飘香。金义新区以文化凝心铸魂，让城市文化诗意栖居，一幅壮丽的文化建设画卷正徐徐展开，源远流长的文化春潮涌动，与时代同频共振。

千帆竞发，这里绽放着“变与新”

“从清理池塘淤泥开始做起，我带着党员干部和村民一起，做了水泥路，装了路灯，从而逐步改变了当年雅里村屋内现代化、屋外脏乱差的现状。”金东区雅里村的老书记王永芳，用朴实无华的语言介绍着当初实施村庄整治的初心。

凭着“花小钱办大事”的朴素想法，老书记王永芳带着党员干部开启以“水清、路平、灯明”为目标的村庄整治工程。雅里村是金义新区第一批“千村示范、万村整治”的示范村，对于当年雅里村的变化，时任浙江省委书记习近平在2004年全省“千村示范、万村整治”工作现场会上的讲话最有说服力：“金华市金东区雅里村通过村庄整治使原来‘脏乱差’的村庄变成一个‘水清、路平、灯明’的文明村，使原来比较紧张的干群关系变得比较融洽……”

如今这段话就刻在村里的一块石碑上，更刻在干部群众的心里，成为全区党员干部持续奋进的不竭动力。

“农文旅相结合，再加上科技助力，‘八仙积道共富带’将成为金东品质城市的一张金名片。”旅游业专业人士对此充满信心。

近年来，新区在推动景观、产业、文化相互融合等方面积极探索，努力打造共同富裕现代化基本单元。“八仙积道共富带”项目占地7000多亩，总投资超2亿元，包括坡阳古街风貌提升、乡土骑行线建设、“岭豆豆”展销中心、釜章村未来中心、王溪湿地产业配套提升等20余个子项目。项目充分展现千年古镇的历史地理和人文特色，推动古村、古街、古婺文化串点成线，推动景

◎ 中国（浙江）自由贸易试验区金义片区

观、产业、文化相互融合。所有项目完成后，曾经繁华的古驿道、旧街巷，将焕发崭新的活力，助力新农村建设，促进共同富裕。

目前，类似“八仙积道共富带”的共同富裕现代化基本单元，在金东区还有很多个。

多湖里城市新区风貌样板区，就位于金华的核心区、三江交汇处，总面积约212公顷，这里的燕尾洲公园以及即将建成的婺州文化公园，绿水环绕、花团锦簇，绿意盈盈、生机盎然。金华城市展示馆、青少年活动中心、市民活动中心、金华之光科技馆等建筑群在阳光下熠熠生辉，充满现代气息。这里不仅是城市发展的风向标，而且为“三江六岸”的城市风景增加了新的诗情画意。

东湄未来社区建设现场就位于环城南路以南、武义江以东区域，这里塔吊林立，一幢幢新楼房拔地而起。未来社区是以人为核心的城市现代化、高质量发展、高品质生活的新平台。东湄未来社区的建筑体量约76万平方米，未来这里建有人才公寓、商品住宅，以及商务办公、邻里中心等服务场所，以绿色、低碳等崭新的理念，打造未来教育、医养、创业等新场景，建成后这里将形成崭新的城市风貌、崭新的邻里文化，给未来居住在这里的市民提供崭新的生活体验。

毗邻的多湖里未来社区已经打造邻里会客厅、悦动空间、多福气颐养中心、多湖里卫生服务站等场景，该社区目前包括金都美地、金都美苑两个小区，已经初步形成幼有所育、学有所成、劳有所得、病有所医的未来社区服务模式。

《金东区城镇社区建设专项规划（2022—2035年）》里提到的“打造‘多元宜居、产城融合、高效智慧’的共富活力社区”的目标，正在逐步成为现实。

“工业园区的发展变化，更能体现新区的日新月异。”车窗外，一片片崭新的厂房、一座座高耸的钢铁塔吊，以及随处可见的火热施工现场，处处展现着新区的蒸蒸日上。

金漪湖科创智造平台重大基础设施项目，实施面积达7平方公里，总投资61.9亿元。施工现场一片热火朝天的繁忙景象，150余台工程机械马力全开，430余名工人在各自的岗位忙碌，工程运输车辆频繁穿梭其间。

纽顿新能源项目总用地705亩，是新区首个投资百亿级制造业项目，未来年贡献税收20亿元以上，目前大部分车间基建已进入收尾阶段，预计下半年

◎ 润马光能项目

实现整体完工。

润马光能项目总投资高达101.2亿元，占地面积达1000余亩，是2023年全省首个落地产业飞地的百亿级制造业项目，预计年产值规模超过百亿元，目前该项目8GW电池厂房已顺利封顶。

2023年入选“千项万亿”项目的京东智能制造及智能物流示范基地项目、金义综合保税区二期项目、金华金东东湄社区项目、纽顿新能源项目、东华街地下综合管廊项目（金港大道至孝川路）以及金义新区中心医院新建工程项目6个建设项目，投资完成率均居全市前列。

金义新区发展优势得天独厚，地处“浙江之心”，拥有突出的区位优势，是综合交通、物流、信息的枢纽。独特的地理优势，为新区的产业发展提供了客观条件，也为新区发展变化打下了坚实的基础。

产业的飞速发展，进一步打开了金东城市发展的新格局。以前常说金东“有区无城”，现在新区正全力打造“一轴两廊三片、倚山拥江揽湖”片区。东片是一座正在崛起的“产业新城、枢纽新城、会展新城”，把金漪湖、金满湖揽入新城建设的区域，快马加鞭推进“纽顿新能源”“昀丰新能源”“嘉化氢能”等重点项目的实施，进一步占据产业高地，提升枢纽优势。西片是一座靓丽多彩的“宜居宜业宜学宜游的生活品质新城”，东阳江、武义江两江环侍，东湄中央未来区、江岭高新智造区、东孝贸创区等特色产业功能区日趋完善，总部经济、城市CBD等大都市区的标配项目相继落地，将进一步提升新城的生活品质。

“发展太快了，新区的变化之大超出想象。”有作家惊叹道。

千帆竞发，日新月异。如今的新区，一以贯之深入践行“八八战略”，实现了从城郊边缘区到都市新中心、从外贸洼地到开放高地、从总体小康到全面小康、从环境整治到诗画大美的历史性跨越，引领着全区发生系统性、重塑性的精彩蝶变。

迎难而上，这里昂扬着“拼与干”

“谢谢你们，为了方便我，没想到你们能够来回几百公里，真的亲自上门服务了。”7月7日凌晨1时，连夜驱车近4个小时，征迁工作组一行五人风尘仆仆赶到宁波市象山县。当鞋塘上大路村征迁户庄先生见到家乡来客时，表现出了难以掩饰的惊讶。

工作组的执着和诚意让征迁户庄先生心生愧意，当场在完善协议上签了字。

这样的情景，在征迁工作的过程中，并不难见到。在新一轮城市更新中，从区到村，负责征迁工作的基层干部吃住一线、夜以继日、身兼多职，面对这个号称“天下第一难”的工作，一次次上门、一遍遍沟通，解开一个个心结、了结一家家心事，最终实现征迁工作大步稳妥推进。2023年的城市有机更新任务涉及13个村3200户，面积100万平方米，截至2023年底，征迁任务总体进度超80%，各村签约率大多已超过90%，近3000户家庭圆了“新居梦”。

在新区干部群众中口口相传着“大干快上、以干促上、实干至上”这句话，就是号召新区人要大干快上抓项目，以干促上拼经济，实干至上争一流。

“一年之计在于春，一日之计在于晨”，没有人比新区人更深刻理解这句话的含义。新年第一天，金漪湖科创智造平台重大基础设施项目开工仪式在金东隆重举行。两旁道旗迎风飘扬，“三年任务，一年完成！”“一年一变样、三年大变样！”这些标语格外引人注目。新年第一天，将新年升国旗和重大项目开工合为一体，金东区奏响“大干快上、以干促上、实干至上”的主旋律。

“我们紧盯11月建成投产的目标，向雨天要晴天、向黑夜要白天，快马加鞭，绝不松懈！”“润马光能”项目现场，从服务部门到施工团队，表态都极具新区色彩，齐心协力，一环扣一环，快速推进。

“抓牢每一天，干好每件事。”新区干部确定了“十个一”重大项目作为突破性抓手，通过“赛马”等机制把广大党员干部的思想统一起来，突出“实干”；通过项目实施实现赶超跨越发展，突出“巧干”；做到“懂企所需、不问即办”“智能秒办”，突出“能干”；聚焦“三个一号工程”，汇聚力量持续掀起

“大兵团作战、组团式攻坚”热潮。

2022年，东片城中村改造，百天即完成了征迁工作。2023年，胡思零碳产业园全面落地、建设，目前已吸引8家企业入园。未来，这里将是零碳产业园的示范标杆园区。项目主体已基本完工的龙芯智慧产业园二期，未来，这里是以先进制造业基地为底色的“未来新中心”，一个生态优美、配套齐全、宜居宜业的信创产业聚集区。

“今天再晚也是早，明天再早也是晚。”金华金义新区主要领导的话，是对“今日事今日毕”最接地气的解释。

2022年，纽顿新能源项目创造了从签约到入统只用了110天时间的“新区速度”；2023年，润马项目再次跑出项目建设从签约到办理施工许可仅用11天的“新区新速度”。效率之变，就是营商环境之变。新区紧紧抓住提升“效率”这一关键处、瞄准转变“作风”这一突破口，全面打造以效率为核心的最优营商环境，坚定改革，持续冲锋，全面提升新区核心竞争力、环境吸引力、变革引领力。

“转变责任意识，把‘要我审批’变成了‘我要审批’，把‘要我攻坚’

◎ 2023信息技术应用创新专题研讨会

变成了‘我要攻坚’，众人拾柴，以确保项目在最短时间内开工为目标导向，并当作自己的责任，确保不在自己这个环节掉链子。”市资规局金东分局负责人的话，是金东干部的思想变化与作风转变的具体体现。

将负面清单外项目由审批改为承诺，实行“一张表格”开工建设，企业投资项目的“极简极速”审批改革得到了进一步推进，单个项目开工前在金义新区的审批用时提速了34%。

“怎么也想不到，21.7万平方米的厂房项目，当场就能办结。”金华市国润光伏科技有限公司负责人惊讶于“极简极速”审批的速度。

新区不断优化“极简极速”审批，“标准地+承诺制+代办制”的审批模式，实现了从“项目等地”到“地等项目”的转变；重大项目推行“容缺审批”，相关部门合力推进，实现“拿地即开工”的加速度；项目竣工后，实行一次性联合验收，实现“完工即竣工”的高效率。

“容缺办理+承诺制”的新模式是区住建局的创新，采用这种模式能做到为企业现场审批、当场办结。通过“承诺制办理”的模式，投资2.4亿元的华东国际联运港有色金属供应链平台项目工程，做到了即办即走；新区东片孝顺和傅村两个城市有机更新项目，通过“容缺办理”，实现了早开工，项目审批办理效率得到大幅提升。

资规部门也进一步优化工作程序，挂牌后土地证办理的相关工作与准备土地挂牌的前期工作同时进行，确保挂牌一结束就能完成土地证办理等相关手续。在为企业一期开工创造条件的同时即谋划二期工程涉及的控规调整等相关工作。谋划在前、工作靠前、预先服务，在优化程序上提升办事效率。

优良的营商环境，吸引了各大企业入驻新区。全区GDP从2002年的29.43亿元提升至2022年的300.27亿元，规模以上工业企业数从83家增长至514家，市场主体从8908家增长至81059家。

新区的“极速”不仅仅体现在项目审批过程中，也体现在为民为企服务的全过程。

持续推进“无证明城市”改革，实现“马上办、网上办、一次办”，让企业、群众可以不出家门办成事，办事过程“一路畅行”。实现“最多跑一次”的政务服务事项达到1922项，实现“跑零次”的服务事项有1877项，民生事项“就近办”比例、企业开办“零见面”网上申报率均为全市第一。

“原来路边的回收轮胎点又脏又臭，整治以后不见了，环境也变好了，人的心情舒畅了，感觉呼吸的空气都清新了不少！”近日，岭下镇居民章女士在“朋友圈”晒出的内容，正是“六大低效行业”整治活动给她的生活带来的变化。通过整治，该镇全部关停清理了辖区内的4家废旧轮胎回收站点。

“六大低效行业”整治活动，不仅还了老百姓一个山清水秀、空气清新的生活环境，而且进一步优化了土地利用率，提升了亩产效益。全区乡镇（街道）、部门（单位）成立专班通力配合，15天完成低效产能腾退后的场地腾空工作，引进投资10亿元的光能产业项目；创设“宗地企业约谈机制”，筑牢园区企业“安全墙”；服务引导企业以技改优化生产流程，提高亩产效益。从旧产能到新动能，从安全隐患到平安标杆，从低效行业“散乱差”到涅槃重生，让“绿色”“低碳”“高效益”成为金东区企业扬帆远航的助力，并逐步推动形成绿色集聚产业的高质量经济形态，让金东实现“浙中增长极、未来新中心”目标的步伐更坚实有力。

迎着亚运的东风，金义新区面貌得到更大的改善。持续实施“135”风貌提升大会战，深化建设成果，改造交通设施52.2公里、提升“主轴要道”风貌13.1公里，进一步提升高速路口的门户改造质量，改造优化塘雅万亩田园综合体等重要景观点，通过实施改造项目，让新区城市风貌得到质的提升。

随着重大产业项目和平台落地、城市更新逐步推进和全域风貌的融合提升，金东区“干”出了新气象、“干”出了新希望，更好地融入了长三角一体化、金义一体化，一座新城正快速崛起，一条具有金东辨识度的“产、城、人”融合发展的新路已然呈现。

勇立潮头，这里激荡着“气与势”

“实施扩大有效投资‘十百千万’工程，2023年，聚焦6个重点领域，推进30个左右标志性重大项目。”“聚焦产业基础再造和产业链提升，提出重点打造‘三个新高地、三个新中心’的‘3+3’先进制造业集群，着力推进先进制造业崛起。”作家们显然被新区产业建设面向全球、放眼世界的宏伟气势所吸引，边参观边询问，兴致盎然。

来到华东国际联运港，红、黄、蓝、白五颜六色的标准集装箱有序堆放，内部装满“浙江制造”的一个个标箱，汇聚成一条彩色的长龙，随着一声长鸣，X9216“纪念号”缓缓驶出车站。2023年上半年，连通5000公里外中亚五国的“义新欧”班列，已经完成双向对开1000多列次。

从金义新区这个既不沿海也不沿大江大河的内陆城区出发，向南，打开了东盟的物流通道，中老国际货运列车经云南磨憨口岸出境直至老挝万象；向北，货物可达蒙古、俄罗斯等高纬度国家；向西，可抵达南欧城市马德里，“义新欧”班列直接联通“丝绸之路经济带”；向东，通过义甬舟开放大通道，按照“海铁联运”模式，对接“21世纪海上丝绸之路”，由世界第一大港口宁波港通达世界各地。

“中欧班列运输、保税区采购的模式，可以节约运输费用以及减少资金积压成本，真正让我们企业得到了实惠，每年算下来可节约资金超过100万元。对我们来说这是真金白银的红利。”自从2021年首次将原材料采购渠道由上海改为金义综保区大宗仓，天宁合金的负责人蒋洪赟对于“保税+中欧班列”的最新运行模式赞许有加。

“义新欧”班列金东平台于2017年8月31日正式开通运行。X9216次货运列车接入陆运大通道，让金义新区成为“一带一路”国际物流大通道上的新起点。“义新欧”班列金东平台截至目前已连通欧亚53个国家160余个城市，运送货值累计超300亿元人民币。到2023年5月，22条国际货运线路，累计发出19.42万个标箱，金东平台开行数量已连续三年保持同比增速50%以上，仅

2023年上半年就运送货值58.8亿元。

“义新欧”金东平台运用创新的铁路“快速通关”模式，让“义新欧”班列沿线站点业务不断得到拓展。以全省领先的0.16秒每单、30秒每车的“金义通关速度”，实现整体缩减运行时间1至2天。海铁联运“一单制”，让“韩国—宁波—金华—哈萨克斯坦”班列过境转关比传统模式快20天。

“购买数量灵活，没有数量限制；到货速度快捷、高效。这样的模式，真正符合我们企业的预期。”企业负责人的感慨是对金义综保区内首创的“大宗商品保税+非保同场露天堆场”措施的最大肯定。这项举措，打破了宁波、上海等一线口岸最低交易体量25吨下限，3吨、5吨均可购买，没有数量限制，园区内现货交易，减少了企业库存、减轻了资金压力、激活了库存资金。其次是快捷便利，家门口采购，当天购买当天到货，有时候甚至早上刚下中欧班列、过海关、经综保区，下午就能到厂。

通过探索“保税+中欧班列”“跨境电商+海铁联运”“铁路快速通关”等联动监管模式，金东这座国际陆港正利用“义新欧”班列金东平台，成功打造电解铜、铝锭、棉纱、纸浆等工业原材料大宗商品进口基地，以稳定、价廉的大宗商品供应能力，为金东及其周边地区密集的制造业企业提供一条降本增效的新途径。

2022年9月，一批包含8万余只铝锅的货物，价值293.8万元人民币，在金义综保区报关发往尼日利亚。与此同时，尼日利亚五环金供应链有限公司的一批等货值铝锭，从海外仓装柜发往我国。这是一次特殊的无须跨境资金收付的跨境交易。这种新型易货贸易，无须以往必不可少的跨境资金收付，既节省了买卖双方的现金支出环节，又能做到快速去库存，在对抗国际汇率风险、增强国际贸易议价能力等方面有着不少优势，对于金义综保区探索新型交易模式有着深远的影响。

金义综保区虽然封关面积只有1.79平方公里，但离华东国际联运港仅约20公里，并且有着“保税区+自贸区”国家级政策的叠加效应，这些都吸引着全球各大知名商品贸易平台入驻金义综保区大平台。2022年实现跨境人民币结算

34.56亿元，而2023年1—5月已达28.47亿元，资金往来显示出翻番的增长势头。

进口类家用清洁用品头部品牌意大利“大公鸡管家”于2023年3月入驻，在金义综保区设立了目前国内最大的品牌中心仓，计划在2023年实现10亿元进口额，打造亚洲分拨中心，从这里辐射带动品牌向整个亚洲拓展。

前海联合交易中心在金义综保区设立了大宗商品交收仓，这是浙江省内首家。前海联合交易中心是香港交易所发起的现货大宗商品交易平台，具备全国性、跨品类、综合性大宗商品现货交易的特点，是目前国内唯一一家真正具备上述特点的交易平台。

此外，“浙江德瑞供应链”“上海诚骋物流”等众多国内龙头大宗商品贸易商，也在金义综保区落户。

目前，金义综保区17.4万平方米的保税仓库、3.4万平方米的保税加工厂房均已出租，出租率为100%。共有在园企业179家，涉及保税物流、保税加工、保税维修等保税业态的企业超20家。金义综保区的大宗商品交易立足于服务本土制造业，已占有长三角地区和江西省的市场份额，2021年至2023年5月，金义综保区大宗商品交易额达138亿美元。2023年一季度，金义综保区就实现进出口总额115亿元人民币，在浙江11个综保区中排第二。

新区的多项改革项目得到省级以上部门的肯定。金义综保区大宗商品交易数字服务被列为国家级服务业标准化项目；“义新欧”班列多式联运项目入选全省自贸区最佳制度创新案例；2023年6月，金义新区

◎ 华东国际联运港

生产服务型物流枢纽创新发展区以金义综保区和华东国际联运港为载体，成功入围浙江省发展改革委公布的第三批现代服务业创新发展区名单。

7月24日，金东区统计局公布2023年上半年金东经济运行情况。数据显示，上半年全区实现地区生产总值146.37亿元，按不变价格计算，同比增长6.4%，比一季度加快2个百分点。其中，第一产业增加值6.43亿元，增长4.1%；第二产业增加值66.91亿元，增长1.8%；第三产业增加值73.03亿元，增长10.7%，第三产业拉动GDP增长5.3个百分点。

全区已累计培育市级“两化融合”重点项目78个，国家级“两化融合”贯标企业7家，省级智能工厂（数字化车间）3个，市级智能工厂（数字化车间）21个。已有国家重点“小巨人”企业2家，国家“专精特新”小巨人企业9家，省级“专精特新”中小企业58家，国内首台（套）装备2个，省内首台（套）装备14个。

金义新区，正沿着突出“国际视野、国家战略、地方特色”，打造产业新高地；以“自贸+综保+跨境+空铁”四大开放平台为基础，打造开放新高地；突出数字化改革引领作用，打造效率新高地的“三个新高地”目标跨步前进。

“干在实处永无止境，走在前列要谋新篇，勇立潮头方显担当”，一路走来，不等不靠，在难题面前逢山开路遇水架桥，在“八八战略”指引下，金东大地时时刻刻发生着精彩蝶变。发展蓄势，未来已来，站在这片土地，我们看到，伟大的时代给了伟大的机遇，金义新区改革的步伐永不停歇，坚定不移沿着习近平总书记指引的方向奋勇前进！

婺江潮起两岸阔，新区奔涌向未来。

作者简介 陈公炎，金华市作家协会副主席兼秘书长。初中开始发表作品，高中毕业后从军，在军校的专业是临床医学，后改行从政，至今笔耕不辍。已在《人民日报》《解放军报》《今日中国》《中国国防报》等发表作品3000余篇，四次立功。

曹伦星，1974年4月生，笔名东风，金华金东人。爱好文学、喜欢古诗词。2014年开始创作，诗歌、散文、小说都有所尝试。作品散见于《八咏》刊物、市作协公众号《大堰河》等。担任中国诗歌协会会员，金华市作家协会副秘书长，金东区作家协会副主席兼秘书长。

牵手电商逐梦“云端”

陈公炎

如今，越来越多的年轻人涌向电商蓝海。

毗邻全球小商品之都义乌的金义新区，是串联金华、义乌发展主轴的“金腰带”，是浙江省第五个省级新区，“一带一路”、长三角一体化、自贸试验区等重大开放战略在这里叠加汇集，“义新欧”“义甬舟”班列从这里始发。近年来，金义新区敞开胸怀拥抱电子商务产业，实现了从无到有、从弱到强的嬗变，上演了无数牵手电商逐梦“云端”的精彩故事。

为你点燃创业梦

置身充满活力的金义新区，让人感受到这里蕴藏着无限的发展潜能。徐群峰是菜鸟·金谷电商产业园的第一批园区管理者，已来金东工作七年多，如今已是产业园运营负责人，对园区情况了然于胸。我们边走边聊，其间他的手机铃声不时响起，入园事宜、业务咨询、园区企业求助……看得出，奔波忙碌是他工作的常态。

徐群峰是金华兰溪人，前些年在江苏无锡从事园区管理工作，积累了丰富的园区管理经验。2016年回乡创业，刚回来时，他发现菜鸟园区远离城区，周边是农村，非常偏僻，附近也没有大商场，买点东西都要跑老远，甚至需要打黑车，很不方便。然而他还是对这里的发展充满信心，他被这里的区位优势

◎ 龙芯智慧产业园

和政策优惠所吸引，更因为新区人对创业的热情和发展的渴望而感动。事实证明，他是个赢者。

走在园区，到处可见年轻又充满朝气的面庞，他们当中，不管是返乡青年，还是本地大学毕业生，或者是园区管理人员，都有一个共同的心愿——乘电商蓝海发展的东风，契合金华、义乌快速发展的实际和机遇，用好园区的良好环境和优惠政策，为梦想打拼，让青春发光。

通过这些年的发展，菜鸟·金谷产业园已经成为国家电子商务示范基地。菜鸟·金谷产业园是菜鸟集团核心部门——菜鸟地网首个自建自运营的产业园区，也是菜鸟地网首个围绕电商产业打造的生态园区。依托阿里和菜鸟生态，园区可快速接入“淘宝”“天猫”“天猫国际”“1688”“速卖通”等全球电商平台和菜鸟海内外物流仓，打通物流渠道和业务通路，并以园区为媒介，高效对接上下游资源并提供供应链解决方案。目前园区入驻商家170多家，园区日常工作人员5000余人。

“菜鸟”的发展壮大，是新区高度重视电商产业发展的生动体现，而新区无疑是电商创业的宝地和福地。新区拥有五条高速、四条铁路，4E级金义国际机场、金义空铁枢纽站已选址新区，高等级路网密度达到发达国家水平，能够2小时到上海、45分钟到杭州。这里还拥有2条国家一级、6条国家二级光缆干线，是浙江第二大信息传输交换枢纽、华东地区最大的IDC数据中心。目前，“义新欧”中欧班列通过义乌、金东双平台，开通运行线路22条，辐射50多个国家160多个城市，开行量居全国第三。这些年来，金义新区依托义新欧、义甬舟、跨境电商“三大开放通道”，以及自贸试验区金义片区、跨境电商综合试验区、综保区等高能级开放平台，在双循环新发展格局中占据了重要位置。

2022年，金华市的外贸出口额达5960亿元、居全国地级市第七，其中对“一带一路”沿线国家和地区出口额居全省第二，对非洲出口额连续七年占全国对非洲出口近1/10，荣获中国“一带一路”最具活力城市称号。入选生产服务型、商贸服务型国家物流枢纽承载城市，快递业务量连续多年稳居全国第一。自贸区核心平台——金义综保区，自2017年6月封关运营以来，呈现跨越式发展，华东地区80%以上的宠物粮、浙江地区1/3的坚果通过这里进口。“顺丰”“菜鸟”“四通一达”等知名企业都在新区布局，物流通道内畅外联、成本低廉，是长三角地区跨境电商货物集散地。

金义新区为电商产业的快速发展创造了好环境。近三年，新区为强化政策基底，以“真金白银”及时兑现产业政策，为电商企业发放各类资金近千万元。全力打好“规定+自选+特色动作”组合拳，从加强电商主体培育、支持制造业企业转型升级、加强电子商务品牌培育和优化电子商务服务环境等方面进行扶持。积极组织开展电商企业等级和电商产业基地评定，“万得福”跨境电商产业基地被评为浙江省3A级电子商务产业基地，浙江农信互联电子商务有限公司被评为浙江省3A级电子商务企业。新区还积极招引跨境贸易平台，目前已成功招引“美国新蛋”和“俄罗斯OZON”平台入驻，进一步打造跨境电商生态圈。

为你托起产业梦

这天，阳光灿烂，清风徐徐。金义新区金融顾问团一行来到位于菜鸟·金华电商产业园内的金华恋物志“共富工坊”送政策、送服务，工坊负责人赵甜蜜的嘴角不由自主地微微上扬，露出了两颗俏皮的大门牙，给人甜甜蜜蜜的感觉。

“是纯银打造的吗？外面的雕花很精美。”赵甜蜜沏茶的茶具引起了客人的注意，而这正是工坊里所售卖的一款明星产品。

“这款999纯银的茶壶容量在100毫升左右，比较小巧精致，我给大家展示一下细节……”走出会客厅，只见一名年轻的女主播坐在直播间内，对着手机认真介绍产品。

金华恋物志“共富工坊”现有13个独立直播间。该工坊的特色产品以匠人手工银器、自创品牌服饰为主，其中手工银器为助农重点品类，通过“天猫”“抖音”等多个平台，助力云南等地的手工艺人打开国内线上通道。其自创品牌服饰通过“亚马逊”和海外“抖音”直播直达欧美市场。

“我们已接通三条海外直播专线，探索基于互联网、电子商务、创客、直播等新型方式，提升专业服务能力，2022年网络销售额超1000万元。”赵甜蜜满脸喜悦地介绍道。

像金华恋物志“共富工坊”这样通过直播方式拓展线上业务的，在新区还有很多。浙江拓朴清洁科技有限公司是一家专注于拖把设计、研发、制造和销售的现代化企业，该企业本着把其品牌“大卫拖把专家”打造成像“农夫山泉”一样在业内高知名度的目标，在网络

◎ 浙中创新城

销售领域遥遥领先，其产品销量已连续多年在“淘宝”“京东”等电商平台处于前列。

随着数字技术带来的信息全球化，如今越来越多的新区企业通过拓展跨境电商业务，让品牌“出海”，将产品卖向全球。“万得福”便是这样一家“领头羊”企业。经过多年的发展，该公司已经建立了一支近百人的年轻队伍，成功打造十多家年销售千万美元的店铺和数十个百万美元店铺。

在金义新区，我们看到，主体结构施工、场内道路硬化、人防地下室开挖……总投资20亿元的菜鸟·金谷电商产业总部基地二期项目建设正如火如荼进行中。该项目定位打造“一个街区、两个中心、三个基地”的数智电商集聚服务区。项目建成投入运营后，菜鸟·金义电子商务新城注册企业数将超500家，就业人数达1万人。近年来，新区重点培育和扶持国家级和省级电商产业基地，为企业提供高品质办公空间、运营管理及产业配套服务，不断帮助企业夯实内功，打造孵化、加速、成长的一站式服务平台。

电商产业的发展不仅为工业制造业带来更多成长机会，也为传统农业插上了腾飞的“翅膀”。

赤松镇北山口村是金东的佛手特色村，一半以上村民从事佛手种植、加工、销售等相关产业。近年来，佛手种植从单纯的地栽转到观赏盆景，又从盆景、果实生产销售转向精深加工、文化创意、休闲观光、网店销售，种植方式从果农低小散向规模化、集约化、现代化迈进，走出了一条创新、绿色、科技、文创、旅游、共享的发展之路。

该村打造“e万家共富工坊”，打通佛手采摘、产品包装、直播带货等延伸产业链，建立起电商直播式、品牌带动式的工坊模式，带动北山口村各年龄层次人员实现就业。该工坊内有技术指导员、佛手种植员、品牌推广员、包装技术员、快递员、销售员……目前村中80%的农户都参与其中，人均可支配收入超6万元。

电商产业的迅猛发展，带动了周边农村电商的兴起。目前新区已培育23个省级电商专业村，带动一批农民增收致富和农业特色产业发展。全区还建有农村电商服务点340余个，基本实现建制村全覆盖，共同搭建和完善物流基础设施，架构新型商业服务体系。

为你开启青春梦

电子商务正如一个充满朝气的青年快速增长，企业成长面临的人才需求也因此与日俱增，特别是与电商对口的贸易型专业人才缺口尤其突出。近年来，新区高度重视跨境电商人才培育，依托产业发展平台以及电子商务培训机构开展人才培训，为行业发展提供人才支持。

早在2017年，菜鸟·金谷产业园就与金华职业技术学院、金华技师学院达成合作意向，共同推出“梦想实习生计划”，通过用人企业与实习生的“双选会”后签订学校、企业、学生的三方实习协议，实习期为一年。实习期间，引进实习生的企业将给予岗位指导及培养，支付一定实习薪资，表现优异的实习生不仅可入住园区两室一厅职工宿舍，甚至还能获得企业的实习奖励金。

2018年，菜鸟·金谷产业园又与金华开放大学（浙江商贸学校）共同开启第二届“梦想实习生”活动，为学校大二、大三学生搭建实习就业的平台与渠道，为东西协作“云南班”的学生提供了顶岗实习机会。如今，“云南班”已毕业三届学生共100余人，他们都找到了相应的就业岗位。

现在金华市美臣电子商务有限公司从事运营业务的段怀川，是2019届“云南班”学生。这个说起话来有些腼腆的小伙子家在云南山区，来到金华后，一直为自己的电商梦默默努力着。在校期间他就向亲戚借钱购买了电脑用于开网店，高二下学期又跟着学长学习速卖通，并积极加入学校学生会锻炼沟通和管理能力。第三年，进入菜鸟·金谷产业园顶岗实习，后来如愿在这里找到了工作。“觉得找对了奋斗方向，等时机成熟了自己创业开公司。”谈起未来，他对自己充满信心。

“金义新区电商产业发展有特色，政府扶持力度也大，前景广阔，在这里工作干劲十足。”姚高勇是安徽黄山人，在学校是电子商务173班班长，为人真诚，积极进取，5年前他通过学校组织的“双11”短期实践，对菜鸟·金谷产业园有了初步认识，4年前，他加入菜鸟·金谷产业园和金华开放大学共同组织的“梦想实习生”计划，在实习期间获得“梦想之星”荣誉。实习结束后，他顺利进入园区内企业金华市创时贸易有限公司工作，从最基层的客服岗位做起，先后获得公司售前客服转化率第一、最佳服务之星等荣誉，并在第二年荣升客服主管，买了自己的第一辆汽车，如今他已成为一家年销售额5000万元企业的业务部门负责人。

2023年6月，菜鸟金谷数字经济产教融合联盟成立。这是新区创新“政校

◎ 菜鸟·金谷产业园

企”合作共建模式，拓展电商产业培养后备人才的又一举措。该联盟在当地政府的引导下，由菜鸟·金谷产业园、兴华前进教育联合多所高校和企业发起，首批加入的企业超200家、院校近40家，吸纳更多的优质院校和企业，通过合作共建，培养适应时代发展的专业人才。

为了提升网商的经营能力及企业管理能力，新区组织开展特训营、分享沙龙和云招聘等方式，加强与阿里巴巴国际站等跨境电商的交流，帮助企业转型升级；不定期组织企业管理者参与嗖嗖鸟游学、研学社、总裁下午茶等电商业务培训课程，突破行业交流壁垒，打造交流、分享、合作的伙伴共生平台，精修内核，提升企业综合管理能力，提高分析与解决问题的能力。

金东新区的人才孵化基地，为青年人搭建了通向梦想的桥梁，也助力企业快速发展——生态链接，赋能企业打通发展快速路；招培一体，打造电商产业的人才基地；整合圈层服务，助力业务和管理跃升……

云程发轫，万里可期。现在的金义新区，已经被时代赋予了更多更深的内涵。可以看到，在时代浪潮中，金义新区千千万万的创业者正向电商进军，去“云端”逐梦。

云上的声音

赵和平

到了一个地方，我会留意那个地方的声音，比如贵州的侗戏，陕西的汉调二簧，河南的大平调。到了金东区，很自然，我便留意到了婺剧。

说起婺剧，距今已有400多年历史，从明代万历年间开始，相继有高腔、昆腔、乱弹、徽调、滩簧、时调等多种声腔传入金华。我曾想，这些唱腔如风，一阵一阵地刮过，为什么会在金华停留下来而不是其他地方呢？这应该和商业贸易有关。金华地处浙江中部，自古以来就是商业贸易中心，也是交通枢纽，水路、陆路通向四面八方。商业、造纸、纺织、雕版印刷、陶瓷及手工业形成规模，交易兴旺，具有得天独厚的优势。可是到了明代万历年间，商业贸易开始衰退。就是在这个节骨眼上，这里的人为了救市，搭台唱戏，吸引各方宾客，结果招来许多种声腔在此聚集，同台竞技，几经融合，形成了六种声腔的婺剧。后来，金华的商业贸易环境得以改变，由衰复兴。在此过程中，婺剧有没有发挥“搭台唱戏，钱来如溪”的作用很难说清楚。但有一点可以肯定，婺剧成了风雨过后的彩虹，横跨金华、衢州、丽水等地，在这方热土上开始生根、发芽、开花、结果，渐渐流行开来。

这些年，戏曲大多不景气，被列为国家级非物质文化遗产名录的婺剧可不一样。金华市里有个“浙江婺剧艺术研究院”（原浙江婺剧团），把婺剧搞得风生水起，每年演出都在500场以上。近十来年，上了6次春晚，出访了近50个国家和地区，是个“上得了殿堂，下得了田畈”的院团。婺剧院的院长叫王晓平，他原来是跑龙套的演员，1994年他做了一件让许多人都感到意外的事，居然把女主角陈美兰娶回了家。提起陈美兰，她可不一般，扮相好、唱功好、演技好，她的戏迷一大帮，好多人跟着她跑，她的戏演到哪里跟到哪里，得知了她和王晓平的事以后，有人说她傻了吧唧的，选老公选花了眼。从那时开始，王晓平初露头角，让大家感到，能够把陈美兰娶回家的人肯定是个有点本事的人。果然不出所料，1996年，婺剧团困难重重，一年演不到30场戏，工资只能发到七成，还欠了十多万元的债。这时候，团里投票选王晓平当了副团长，管团里的经营。有人不看好他，说王晓平娶老婆有本事，不等于管理剧团有本事，根据婺剧团的现状，王晓平就是会飞，也不可能打开市场，让剧团起死回生。

没想到，王晓平有自己的套路，一步一步向前走。就这样走了两年，剧团有了较大的改观，因为业绩突出，又被任命为总经理。王晓平从小舞台走上了大舞台，从小舞台跑龙套的演员变成了大舞台的主角。在他的带领下，演职员们都很拼。有一年在义乌农村演出，陈美兰已经是梅花奖的“二度梅”，二次文华奖的演员，在演《昆仑女》的时候，对手演员的手中刀尖不小心划破陈美兰的左眼角，顿时鲜血直流，左眼模糊看不见东西，观众见了心疼她，叫她不要演了，赶快去医院包扎。陈美兰没有停止，在她看来，演员在台上，天大地大不如戏大，戏的事，再小也是大的，自己的事，再大也是小的。在台下，有多少人是奔着她来的，她不想让观众看一本不完整的戏，她忍着痛把戏演完。第二天，为了不让观众失望，陈美兰继续登台演出，左眼包着纱布，没法化妆，就在台上清唱，观众报以热烈的掌声，说她和观众心贴心，像是自己村里的演员，这样的演员谁不喜爱呢。

就在陈美兰舞台演出如日中天的时候，她为了培养新人，逐渐把机会让出来，自己退在幕后教授技艺和舞台经验，让新一代演员尽快在舞台上锻炼成长。听区委常委、宣传部部长徐琰说，2023年2月，陈美兰的创作团队去武义的溪里村演出，主角就是新生代的演员，他们吸引了大量的观众，一度堵车5公里，交警指挥大家绕道而行，连主演的车也没法进，只能另想办法把他们送进去。几年来，浙江婺剧艺术研究院培养了一大批优秀青年演员，有20多人相继获得梅花奖、中国戏剧节优秀表演奖、白玉兰奖等多个奖项，受到观众的喜爱，名声大振，出人出戏还出了效益，面貌焕然一新。演员队伍不断壮大，收入不断提高，婺剧院搬进了3万多平方米的大剧院。说起这个大剧院，有点意思，意思在哪儿呢？在它的造型。从空中鸟瞰，建筑就是一条硕大的鱼，关键是坐落在金华江、义乌江和武义江的交汇处，就让人有了联想。我把婺剧联想成鱼，把三江水联想成观众，两者放在一起，恰到好处，缺一不可，水缺鱼不欢，鱼缺水不活，谁都不能离开谁，谁也不愿意离开谁，因为鱼水情。

2022年，浙江省婺剧促进会换届，陈美兰接棒新一届会长。现在的婺剧艺术研究院承担了婺剧挖掘、传承、发展的重任，成了婺剧传帮带的领头羊，金东区的婺剧促进会就是和他们紧密连接的一个点。

提到金东区的婺剧推广，却有不同的地方。金东区的婺剧，从有基础的地方入手，做得细致。区婺剧促进会王瑞海会长的介绍，犹如在我眼前摊开了一张金东区“四出五进”纵横交错的画图。纵向的“四出”是区委、区政府所为，出了位子，出了编制、出了经费、出了场地。“四出”给婺剧促进会开展工作注入了新的活力，提供了便利条件，各乡镇、街道相继成立了婺剧促进会分会，兼任分会长的，有副书记3人，党委委员3人，其他的都是文化站站长，责任明确。这些分会，上联区，下联村，形成了一条顺畅的渠道。为了解决婺剧艺术团的排练和演出场地问题，区里把施光南音乐厅交给区婺剧促进会使用，还给了艺术团2个编制，用艺术团演一场补贴1.5万元的形式，把经费也给落实了。

因为有了“四出”，区婺剧促进会的腰板硬了，围绕中心，服务大局，紧跟着推出了婺剧的“五进”：进校园、进农村、进社区、进企业、进机关。思路清晰，重点突出，尽管进度不一，但像一只手，在整体向前推动。他们眼下正在考虑做三件事：第一件是继续在小学里开展婺剧比赛，老话说得好，要想戏路通，离不开童子功，让婺剧进到小学，就是想让更多的人有童子功，使婺剧后继有人。第二件是筹办企业的婺剧艺术节，让婺剧成为企业文化中的一部

◎ 2023年金东区婺剧“坐唱班”大赛颁奖晚会

分，吸引更多的企业加入进来。第三件是婺剧唱进金东大讲堂，请四套班子的领导和局长们来听讲座、看演出，感受婺剧的魅力和价值，形成共识。

区里有了“四出五进”，乡镇街道分会也紧密联系自己的实际，老戏新唱，把婺剧融入具体工作中。现在，已有多个分会开展了婺剧的演唱和乐器的培训；鼓励村里成立坐唱班，每成立一个坐唱班，奖励5000元，用于买乐器；组织婺剧下乡；在老年大学开婺剧班；自编自演婺剧小戏，参与文化走亲；加

大婺剧的投入；指导有条件的村建非遗婺剧馆，等等。这些灵活多样，形式不同的办法，像把种子，播撒在广袤的田畴上。如今，曾经冷清的婺剧早已闹了村头，大家对婺剧的热情高涨，需求越来越多。婺剧演出在村里成了一件大事、喜事。鞋塘村的东南面，有座“东林庙”，每年的农历四月初八是传统庙会，要演六天六夜十二场戏，东林庙广场能容纳几千人，却一票难求，买票还得找关系。而且一张票的价格是200元。为什么一张票能卖到200元呢？原来这里的票和城市剧院的票不一样，不是一张票一个人，而是一张票一条长凳，一条长凳能坐好几人，也不是一张票一场戏，是一张票能看六天六夜十二场戏，这样算下来，200元一张票就不贵了，难怪买不到票。在十二场戏中，有的戏都演过好几遍了，这里的人，再看几遍也不厌倦，还是抢着看，为何呢？好戏十遍不腻嘛！台上哭，台下泪，台上笑，台下乐，初闻不知戏中意，再闻已成了戏中人，把自己都融进去了，戏迷住了人，把人变成了戏迷，这样的戏，谁不爱看呢？还巴不得演个十天十夜那才叫过瘾。在这样的乡村里，要是有人问，什么是最大的精神享受？想都不用想，回答肯定是听不到看不见就难熬的婺剧！

如此的戏迷，布满了金东区的好多村子。他们“种”婺剧，“收”婺剧。比如村里的坐唱班，如雨后春笋一样冒出来，令人可喜的是坐唱班的年龄降下来了，近来刚成立的坐唱班，有几个平均年龄降到40岁左右，使婺剧变得越来越年轻。婺剧越年轻，覆盖面就越大，作用也就越大，婺剧成了村与村之间沟通的桥梁和感情交流的黏合剂。哪个村在什么时候演婺剧，左邻右村都知道，互相赶来赶去。岭下朱村，每年农历二月十九，要演三天四夜八场婺剧。含香村有个“二五八”，每个月的农历初二、初五、初八早上6点到9点，在大树下有婺剧演出，前来观看的人众多。还有的三村联合起来，请戏班子进村演婺剧。不论哪个村请来了婺剧戏班子演戏，都是一件有脸面的事，各村乐此不疲。

他们为什么会这样做呢？说到底还是因为喜欢！婺剧有着表演夸张、形象生动、热闹的特点，讲究武戏文做，文戏武做，以情动人，以唱悦人，以绝技惊人，特别容易让人上瘾。有些上瘾的人，开门就是三件事：戏，戏，戏！有人夜里说梦话离不开婺剧，嘴里念白还手脚并用。也有人在梦里唱婺剧“芦花调”，把老婆给唱醒了，老婆叫他以后不要在梦里唱“芦花调”，结果他不唱“芦花调”，唱的是“三五七”。

对婺剧上瘾者，在金东区不在少数。有一个乡镇的分会长说了这样一件事，有一天，村子里演婺剧，下起了雨，雨越下越大，在其他地方，遇到大雨人就跑了，这里不同，看戏的人没有少下去，反而多起来了。这样的事，对外人来说很难理解。但是，换个角度来看就不一样了，为了能够看到自己喜欢的婺剧，湿了衣衫又算得了什么呢，台上正在唱大戏，看着听着，心里甭说有多快活。有人说，坏戏能把人唱睡，好戏能把人唱醉。不用说，婺剧就是好戏，能把人唱醉在雨里，而且醉了一大片。如果那天下的不是雨，是冰雹，根据他们对婺剧的痴迷程度，说不定也还是会有人想办法把戏看完，醉在冰雹里！因此，我有了这样一个感觉，好像他们家里都有两个粮仓，一个装粮食，一个装婺剧！

在金东区，有“两个粮仓”的家庭不会少。为了满足好奇心，我和王瑞海会长一行没有去“醉在雨里”的村子，而是去了郑店村。该村共有400多户人家，是个“青山横灵岳，绿水绕东溪”的中华传统古村落。村里的主要经济来源是苗木。进村的路边，一大畈一大畈的，随处可见，有黑松、罗汉松，它们可是苗木中的明星，价格有几万、几十万、几百万不等，销往全国各地，收入不菲，一些大户的年销售额过百万元。就是这个苗木村，村民们有着一个共同的爱好，那就是婺剧！

一到村里，我们就听见了锣鼓声，沿着锣鼓声寻去，发现有坐唱班在演奏，共六人，乐器有鼓板、笛子、二胡、板胡等。我们再往里走，进了一座祠堂，祠堂里摆着两张长条桌，有好些村里人在那里喝茶闲聊。看得出来，这里就像有些村的大树下，是乘凉聊天的地方。

我们选了一张人少的桌子坐下，说明来意。村里人一听我们是来聊婺剧的，劲头就上来了，边上的人也围过来凑热闹，大家七嘴八舌，就这么站着，时不时会插进来说上几句。

郑店村人喜欢婺剧由来已久。之前的无据可考了，只能从老人回忆的20世纪30年代说起，那时村里有“也乐天”锣鼓班，后来成了戏班子。到了1953年，村里组建了郑店剧团。大家凭着对婺剧的热爱，缺少经费大家凑，为了省钱，道具自己做，戏服买二手的，演员全是男的，直到1957年，剧团才有了女演员，越来越受到大家的欢迎。之后，剧团排过《十一郎》《春草闯堂》《杨门女将》等传统婺剧。演演停停，有过几次变数，但几十年过去，不管怎么变，村里的婺剧之火没有熄灭过。自区里成立婺剧促进会后，郑店村拭去灰尘，又把婺剧之火给重新点燃了，成了婺剧示范村。在村里，婺剧到处可闻，比如舞龙、威风锣鼓、腰鼓、广场舞、消防宣传、防疫宣传等，都会用上婺剧，无婺剧不灵，无婺剧不欢。有了婺剧相伴，村里人的精神面貌不一样，民风淳朴，友好相处，没有出现伤风败俗的事情。即使有婆媳闹矛盾，互不理睬，媳妇唱几句婆婆爱听的婺剧，婆婆就知道媳妇在讨好她，媳妇都把她喜欢听的婺剧唱给她听了，还有什么比婺剧让她更喜欢的？还有什么理由继续赌气呢？就招招手，让媳妇过去，婆婆有事要说。这时候，婆婆说什么事都不重要，媳妇心知肚明，一个借口而已，重要的是她们开口说话了，两人一说话，云开雾散，你念着我的好，我念着你的好，念来念去，“太阳”就出来了，翻篇的速度比狗跑起来还快。这样的事，我是不可能想到的，婺剧竟然还有调解婆媳矛盾的用处，要不是亲耳所闻，真的不敢相信。

这样的新鲜事，在郑店村还有。我看见有人手里捏着几张纸朝我走来，看来看去像个村干部。她来自报家门，果真不出所料，原来她是村里的支部委员兼文化员，是从外村嫁过来的，刚来的时候，她不喜欢婺剧，听到婺剧嫌吵，会把耳朵捂紧，一点也不想听。日子一长，慢慢地习惯了，慢慢地爱听了，慢慢地唱上了，慢慢地喜欢上并登台演出了。她告诉我们，如今，她的孩子都这么高了。她举起胳膊比画了一下，还踮脚了，那动作和戏台上的动作差不多，有些夸张，我直想笑，不相信她的孩子有这么高，按照她的比画，她的孩子应该超过二米了，不要说在村里排第一，在金东区也能排到第一。其实，我能理解她的意思，她只是想告诉我们，是郑店村改变了她，塑造了她，她在这里生活幸福美满，孩子都这么高了。

这时，又上来一个穿连衣裙的人，她是村里恢复婺剧团的时候从外村考进来的，当时附近村来考的人很多，有好几百人，最后选了30多个人，她是其中之一，感觉能进到郑店婺剧团和中了状元差不多，很不容易。当时，婺剧团有个正吹，正吹有个儿子，儿子也喜欢婺剧，一来二去，喜欢上了台上靓丽的她，是婺剧拉的线，把台上的她拉进了他家里，正吹成了她的公公，她的婆婆也是个婺剧迷，这一家人，后台、前台、观众都齐了。我正为这样的家庭感到高兴，忽然有人往我背后指，我扭头一看，是位身着白色短袖上装的中年妇女，这人也是从外村嫁过来的，唱的是大花面。我说，你们这几位都是从外村嫁过来的，看来郑店村不会缺媳妇。

“郑店村哪会缺媳妇，能挤进来就不错了。”说话的声音来自我的背后，太让我惊讶了，特别是那个“挤”字，“挤”字一般会和挤破头连在一起说，有媳妇要“挤”进来，说明什么问题？说明郑店村是个令人向往的地方，物质富裕，精神富有，姑娘们愿意成为这里的媳妇，因此村里的后生们格外引人注目，难怪有人会说出能“挤”进来就不错了的话来，把“挤”字给用活了。我本想乘兴而为，再问上一句，还好没有问出口，要是问了，她们会犯难，谁会说“是我，我就是‘挤’进来的”！

在这里，我感到自己有些异样了，平日里，不大会有这般想法，此时有了，好像自己莫名其妙地进入了婺剧的情节当中，不知不觉地扮演了一个前来看稀奇的角色，把自己给逗乐了。

这样的时候，我能够感觉到，眼下的郑店村，婺剧似乎无处不在，灶头、田头、床头都能听到婺剧，要是把这三个“头”连在一起，那就是一天，一天里，有婺剧相伴，能不快活吗？我问他们，要是一边是肉，一边是婺剧，村里人会怎么选？他们毫不犹豫地说，绝大部分人会选择婺剧！真是宁可食无肉，不可无婺剧呀！

除此以外，还有新鲜事呢。村里有个3岁的小男孩会司鼓（指挥），能把“花头台”指挥下来。还有一个锯板厂的老板，今年58岁，以前什么乐器都不会，喜欢上了婺剧以后开始学，现在样样都会了，到哪都带着笛子，一空下来就吹。这样的人，村里不止他一人，从不会到会，从会到陶醉。他们说，学到老，吹（唱）到老，到了90不算老。这就是他们的心态，我被感染了。对于婺剧，我接触过，那是在很小的时候，东阳老家有个草台班子来演戏，演的就

◎ 婺剧进企业

是婺剧。演戏的日子都是大日子，午饭刚吃好，就有人去占位了，不久空地上就摆满了四尺凳。那时候看戏，看不懂剧情，看的是热闹，哪里有戏哪里去，我到现在仍然还有印象。几乎每场戏里都会听到几句“隆地咚哎哎”，台上唱到“隆地咚哎哎”的时候，台下准有人笑。我开始搞不明白是怎么一回事，戏看多了才知道，为什么会有“隆地咚哎哎”呢？是因为唱戏的人忘词了，不论什么角色，什么腔调，忘词的，都能用上“隆地咚哎哎”去代替。后来，台上的人，把“隆地咚哎哎”当成调节气氛的词，即使没有忘词，也会来句“隆地咚哎哎”，而且特别夸张，有时会连着来上几遍“隆地咚哎哎”，逗大家开心，害得我直拍手又跺脚，一场戏看下来，老是动手动脚也费劲，但乐在其中，就是想听那句“隆地咚哎哎”，看台上唱戏的人忘词出“丑”。想到这里，我心血来潮，有意要看坐唱班的演出。这样的演出，对他们来讲小菜一碟，几个人一碰头，各就各位，精神气就上来了，鼓一敲，便演奏起来。在这几个人中，听说站在中间演奏唢呐的是小学生，才12岁，唢呐吹得高亢嘹亮，十分老练，声声入耳，根本听不出是小学生吹的。后来，我把外来的三个媳妇也给点上了，领教一下她们的唱功，结果她们上了台，让我耳目一新。大花面用的是“滚喉”，威风凛凛；文化员已经驾轻就熟，唱得有板有眼；最后上来了两个人，姐姐到底是村婺剧团里出来的，上场亮相就摆出丁字脚，另一位是她的妹妹，也嫁在村里，妹妹也不示弱，好像也是从婺剧团里出来的，她俩的演唱，配合无缝。这次演出，我已经听不到“隆地咚哎哎”了，她们已经把唱词烂熟于心，以熟为巧，以巧为妙，比“隆地咚哎哎”好听多了。

在看她们演唱的同时，我也注意到了为她们伴奏的五个人，他们都已经上了年纪，我只知道有76岁的，不知道还有没有更大的，他们有一个共同的特点：头发全是黑的！我在想，会不会和婺剧有关，因为有了婺剧，一听一唱去了烦心事，解了忧愁，头发最懂人的心思，心里愁不愁，就往头发瞅，头发会告诉你。所以，从前台到后台，我更看好的是他们神采奕奕的精神风貌，如同沉浸在春风里的苗木，神清气爽，生机勃勃。很明显，像郑店这样的村子，幸福指数肯定不会低，因为它是一个物质富裕、精神富有的“双富”村！

我带着颇多的感慨，离开演出场地，人已走远了，刚才的“旋律”仍然缭绕在耳边。我想去看看村里的廊桥，听说那里是村里最热闹的地方，三天两头经常有坐唱班演出，天黑以后，会吸引众人前来观看，成了村里人的乐园。有句顺口溜这样说：坐唱班，廊桥上，锣鼓响，饭菜香。也就是说，听到廊桥上的锣鼓响了，吃起饭来喷喷香，浑身带劲，放下碗，就迫不及待地跑向廊桥。

我加快了脚步，来到廊桥上。廊桥坐落在村口，横跨东溪两岸，形成一个直尺弯，两边有固定的靠背长条凳，上方布满了红灯笼，中间的高处，挂有几盏做工精致的宫灯，让人感到喜庆。站在廊桥上往下看，是顺水而下的鱼鳞堰，水不深，能看清堰上镶着的卵石和坝下畅游的红鱼，阳光照在上面，反着金光。我走下廊桥，穿过路，来到廊桥正对面。

七月的太阳再温柔也灼人，不一会就流汗了。我感到有一阵水风吹过，丝丝的凉，瞬间风融入了我的汗里，汗水变凉了，在肌肤上流淌。这时候，我抬起头来看廊桥，发现廊桥上的云层里，有两根长长的翎子，我拿出手机拍下了，只觉得好奇，云中怎么会形成两根翎子呢？我顿时安静下来，看翎子在不断地变化着，我看见有根翎子垂下来了，好像被穆桂英夹在指间，又仿佛听见从云上传来遥远的流水声，在那流水声里，隐隐约约听到了穆桂英在唱：我祖上本也是簪缨之家……

我心里明白，除了云中两根翎子以外，其他的都是幻觉，但也让我狂喜不已。之前，我在琢磨，婺剧迷倒众人，她到底是一种什么样的声音，想过好多，包括“心上的声音”，我都觉得不足以说明婺剧的魅力。此时，我终于找到了，婺剧的声音就是天籁，是来自云上的声音！

作者简介 赵和平，浙江省作家协会原党组书记，副主席。现为浙江省非遗协会副会长，中国作协会员。著有长 篇小说《甜蜜季节》，中篇小说集《看不见的线》，中短篇小说集《本色》，作品散见《中国作家》《收获》《上海文学》《萌芽》《江南》等刊物。

佛手养大的村庄

熊红久

一

当接到《中国作家》绍武主编的邀请，参加中国知名作家“千万工程”主题采访活动时，竟激动了好几天。目光在地图上逡巡，测量着从乌鲁木齐到金华的距离，也揣摩着一个让“绿水青山”变成“金山银山”的江南乡村应有的模样。

在很多人的认知里，“浙江”已不单单是一个表达省份的名词，也早已突破了某个区域的概念，它是富庶、美丽、文明、温润的综合呈现，是视觉、听觉、味觉、触觉的联袂盛宴。即使站在万里之遥的新疆，依然能感受到它投射过来的沁香。

经过七个多小时的辗转飞行，终于到了金华市金东区。当我站在北山澧壶山脉之下，面对这个始建于唐朝，有着一千多年建村史，又有着“中国佛手之乡”“中国农业精品村”“国家森林乡村”美誉的赤松镇北山口村时，尽管有了美好的预期，仍被它的清雅、秀丽和洁净怔住了。整个村子像刚刚完成的一幅国画，纤尘不染，活色生香。郁郁葱葱的是绿植，宽宽窄窄的是小巷，曲曲折折的是街道，高高低低的是楼房，它们和谐地长在一起，仿佛天生就是这样，仿佛美好就该这样。缓过神来的我，长舒了一口气——所有的颠簸都是值得的。今天所见的瑰丽与昨天付出的艰辛，从来都互为因果。

早就候在路口的村干部，递给每人一枝“花”。仔细端详才发现，被几片绿叶衬托的，不是花朵，而是长成手形模样的果实。一位面色黝黑、体格健硕的男子，边给我们发草帽边解释说：“这就是我们北山口村的主打产品——佛手。你们闻一下，有橘子的幽香，能清心镇脑；用手把玩，就沾染了佛仙的好运，能招财进宝。”这些带有江湖气息的词语，被这个貌似农民的大哥饲养得理直气壮又枝繁叶茂。有时候，一些干涩空洞的话语，因为讲述人的憨厚和诚恳，也会变得丰润和可信起来。陪同的金东区委宣传部领导笑着告诉我们，这个外表朴实的“农民”，就是负责联系北山口村的赤松镇党委委员廖丽军。

从村口步行到村委会，有五六百米。整个村子白墙灰瓦，古色古香。每一面墙都清清爽爽，每一条路都干干净净。街两旁的空地上，或种着花草植被，或摆着盆景假山。栽培的佛手木，占了绝大部分。北山口村党支部副书记叶小林戴着一顶草帽，边走边指着路边一株株佛手向我们介绍：“这种叫青衣，是我们种植最早也最普及的产品。这个叫千指百态，个头小，结果多，每只果子造型都不一样，像千手观音。这个叫招财，你用手把玩几天，它就会变成金黄色，就像手里握着金元宝。还有一种叫锦上添花，下半截绿着，上半截却慢慢变黄，像开着花一样。”小林给我们介绍的时候，目光始终没离开过那一株株林木，像慈祥的父亲望着正在成长的孩子，“你们闻一下，会有一股清香的。”说完他俯下身子，靠近那些果实，深深吸了口气，眯着眼，缓缓吐出。“你能感受到一股香气，正过滤掉肺里的浊气。”我看见有汗滴从小林的鬓角慢慢渐出，又滑落到土壤里。我想，这些茂盛的根须里，有一部分是来自人间的养分。

村委会门口耸立着一株古樟树，苍翠葱郁，枝杈虬结。靠近树干，皲裂的樟树皮上，挂着一块铭牌——古树的身份证。姓名：樟树，树龄：110岁，编号：070330700029。樟科樟属，平均冠幅15.5米，树高21米，胸围3.75米，树有三个分支。因为和古树隔着一个甲子的距离，这让我凝视它的目光里，有了敬仰和肃穆。见证了大地的百年风云，却神采依旧，以不变应万变，树用旺盛的枝叶，表达着生命的宏阔。

古樟树背后的一个池塘有半个足球场大。四分之一的水域铺着荷花，田田的绿叶高出水面，间或几朵粉色荷苞，很有教养地挤出一点姿色。水质很清，能看到十余尾红色锦鲤慢慢游动，投一块小石，倏忽间，红色都躲进阔硕的荷叶之下，也惊飞了花苞尖的绿蜻蜓，很快地，那抹绿色又点在了旁边的再力花窄长的叶子上，极难分辨了。我更喜欢再力花的别名——水竹芋，仿佛性格也沾染了竹子的特性，斜插横卧，恣意妄为。不经意间，却与近处的白墙灰瓦和远处的天高云淡互为映衬，一幅天然的江南水墨。感觉自己正通过清代石涛的眼神，看这个世界：荷叶五寸荷花娇，贴波不碍画船摇，相到薰风四五月，也能遮却美人腰。

荷塘东侧，是一座古色古香的廊亭，亭阁的两根立柱上，木刻了一副楷书对联：议民事话民生疾苦，解民忧集民智精粹。头顶的牌匾上，却写着“生态洗衣房”。才看到亭阁之内，并排了六个石盆，盆子上方都有鹅颈式水龙头。小林说，之前，村民们都习惯在池塘里洗菜、洗农具、洗衣服，弄得塘水污浊不堪，连鸭鹅都不愿入池。自从设置了生态洗衣房，所有污水都从地下管道排走，池塘变清了，林木更绿了，荷花幽香，鱼群浅翔，雀鸟鸣唱。小林说，自己常坐在亭子里，静静地看着这幅恬静的画卷，觉得很幸福。

村委会的两面白墙上，展示着两种风格迥异的内容，靠西的墙面画着荷花，书写着村训：勤劳作，好读书；存志远，续创业；明礼仪，和邻里；廉为根，持正义；积德善，乐安康。靠北的墙面则是一幅“在北山口与你携手共富”的标题，标题之后，是一排面带微笑的奋斗者的图片：我是50后，在北山口做品种栽培；我是60后，在北山口做产品包装；我是70后，在北山口做佛手文创；我是80后，在北山口做文旅推介；我是90后，在北山口做产品研发；我是金佛手，在北山口等你。风轻云淡的笑容背后，蕴含着一个产业几十年的跌宕起伏，也浓缩了半个世纪几代人的喜怒哀乐。

二

进得村委会为民服务大厅，屋子里摆着两盆造型别致的“千指百态”，每株上面都有二十多颗佛手，错落有致，姿态万方。盯久了，竟有了千手观音的恍惚，感觉自己面对的，不是一株树，而是一尊佛。穿过一个小厅，进入到文旅会客厅。这里原是一所废弃的小学，已修缮一新，成了游客和商户观摩、品鉴、了解北山口村文旅发展的窗口，也成为佛手产品介绍、佛手文化展示、乡村文明呈现的一个平台。尤其是柜台里摆放着琳琅满目的佛手系列产品：佛手茶、佛手酒、佛手蜜饯、佛手糕点、佛手土蜂蜜。我驻足在一套佛手香料礼盒前，打动我的是“香遇”这个名字和一行抒情的词句：人这一生，就是一场相遇。遇父母家人，遇朋友知己，遇良人贵人，无论哪一种相遇，都值得珍惜和感恩。打开的礼盒里，并排放着六个瓶子，是佛手与薄荷、丁香、薰衣草、天竺兰等六种香料配制而成的“六心”产品：静心、舒心、清心、痴心、顺心、沁心。这些香味既关乎生活，更关乎心灵。正是研制者的精心和用心，才让这里的每一道产品，都走进了游客的内心。

◎ 赤松镇北山口村一角

在文旅会客厅的桌面上，摆放着几盘佛手糕点和佛手蜜饯，大家争抢着品尝。入口便能感受到与众不同的味道：糯软绵甜，爽口清香。

见我们都坐了下来，咀嚼着糕点，廖丽军摘下草帽，举起一枝佛手："我给大家简单介绍一下，佛手号称'果中仙品、世间奇卉、药中之王'，清人王士祯收录了写佛手的诗句：'断此黄金体，施于祇树林；度人难下指，合掌即传心。'《本草纲目》也说：'佛手虽味短而香芬大胜，置笥中，则数日香不歇。寄至北方，人甚贵重。'在我们村民的理念里，佛手，即是佛缘，为佛前贡品，与佛有缘者，必福禄深厚。金华佛手属芸香科，又名佛手香橼，植株可做盆景，极具观赏价值。果实可制作各类食品，根、叶、花、果均可入药，有理气、止痛之功效，主治胸胀满、胃痛等症，产品远销德国、东南亚及港澳地区。"

见我们都被精彩的介绍吸引住了，廖丽军喝了一口茶，把佛手枝放在桌面上："关于佛手，还有一个美丽的传说。相传在明朝景泰年间，在金华北山下，住着一对母子。一天，老母忽感胸闷腹胀，身体不适。儿子孝顺，四处求医，却始终无效。一夜，他梦见一位美丽的姑娘，赐给自己一只仙女玉手样的果子，说其母食后可病愈。男子决心找到果子，救治母亲。于是，他不畏艰难险阻，翻山越岭去寻找。一日，精疲力竭的他，躺在岩石上睡着了，梦见一只青蛙对他说：'金华山上有金果，孝子救母感恩德，明晚子时北山口，大好时机莫错过。'次日，男子按照青蛙的指引，果然找到了北山口，看见金花遍地，金果满枝。这时，托梦的姑娘也飘然而至，对他说：'孝感天地。今送你一只天橘，可治好你母亲的病。'母亲服用了圣果，不但治好了病，还留下了天橘的种子，就是今天的佛手。从那时起，村里就开始栽种这仙果，屈指算来已有六百多年的历史了。"

有了这段引经据典的讲述，再观察廖丽军，感觉粗糙的外表之下，竟包裹着细腻的情感，对他的看法有了从岩石到陨石的转变。仔细打探才知晓，廖丽军在教育系统工作了16年。1995年师专毕业后，到金华县婺城的农村小学任教，后来又去了塘雅镇和澧浦镇当过老师，任过镇中学的副校长、校长，

2020年才来到赤松镇任职，这样的底蕴，果然非同小可。

“你来镇上也才三年，怎么对村里的工作如此熟悉？”见我有疑惑，叶小林抢着回答：“廖委员这三年几乎天天都待在村子里，他不但熟悉我们每家每户，还了解佛手每天的行情和全村每天的销售额，他才是我们全村致富的带头人。”

廖丽军赶紧把黝黑敦实的叶小林推到我们面前：“小林书记是土生土长的北山口村人，也是村里的种植大户。他对这儿更熟悉，具体的产业发展，让他给大家介绍。”

叶小林的眼睛很亮，尤其是透过镜片环视大家时，竟有了熠熠生辉的光芒：“欢迎各位作家老师来到我们村，我村的面积5.2平方公里，村民1756人，2021年入选全省第一批未来乡村建设试点村。目前，佛手种植面积约1200亩，亩均收入为5万到15万元，产品年产值达到1.5亿元，全村60%以上村民从事佛手相关产业。从原先街头叫卖、地摊销售到现在的电商销售、直播带货和旅游销售，形成了三产融合链。我村设置专业直播间12个，打造直播账号73个。销售旺季，每个电商平均每天可以接单300到500份。网上售价高达88元/斤，2022年直播销售额达到8000万元，超过我们产值的一半。我们还开发佛手青果清供、带枝水插等新型应用场景，将佛手的销售时间从9月到12月延长至全年。2022年村民人均可支配收入超过6.2万元，村集体收入达到120余万元。”叶小林的语速越来越快，脸上的笑容也越来越自信。

“物质富裕了，绝不能让精神贫瘠。我们打造村级农旅文化节，每年10月份，举办‘金秋佛手节’，村民们表演具有本村特色的舞龙、舞狮、对村歌、跳扇子舞等，与游客互动，带来沉浸式体验。文化节已成功举办了4届，还受到央视《走进乡村看小康》栏目的点赞关注，每年游客量达到16万，带动旅游收入800余万元。我们还积极拓展文创市场，注册‘北山口’商标，与院校合作设计以佛手为主题的文具、明信片、杯子等系列文创产品。我们还培训了一批手工技艺者，带动游客参与佛手糖画、佛手插花、佛手陶艺等制作，推进‘体验型’文创产品消费。下一步，我们将投资2200余万元，打造占地120

亩的现代化佛手精品种植基地，开发5G+智慧农业系统，应用于佛手的种植、灌溉、库存、管理等全周期。同时，搭建佛手物联网网络平台，建立产业数据库，形成规模化生产管理。建成后，可推动村集体经济收入提高30%以上。我们还将继续完善惠民配置，建设文化礼堂、智能小屋、文旅会客厅等十余项民生工程，建成15分钟品质文化圈、10分钟健身圈、15分钟养老圈和15分钟医疗圈。一句话，既要今天的金山银山，还要明天的游山玩水。”小林慷慨激昂的讲述，赢来了一片掌声，也引发我们由衷的赞叹。

他们是一群清醒的人，他们的清醒来自听懂了“绿水青山”的道理，来自对美好家园的热爱，来自找到了创造财富的支点，来自吃苦耐劳的禀赋，而这一切的基础，源自二十年前省委倡导的“千万工程”。

三

21世纪之初的浙江，虽然是沿海较为发达的省区，但乡与城之间、村与村之间发展差距还是很大，尤其是在经济得到迅猛发展的同时，农村人居环境却不尽如人意。有人戏称：“走过一村又一村，村村都是垃圾村；走过几十个垃圾村，才发现一个示范村。”浙江省农业和农村工作办公室摸排的数据更是惊人：全省3.4万个村庄，只有4000个村人居环境较好，其余3万个村都不达标。一些地方的工作存在“重城轻乡”的问题：只管城市垃圾，不管农村垃圾；只管城市规划，不管农村规划；只管城市污水，不管农村污水。要改善农村人居环境，涉及一连串的问题，烦琐又庞杂。时任省委书记习近平在浙江工作期间深入各地农村调研,一个村一个村地仔细考察，一个乡一个镇地认真走访，寻找最佳的解决方案。萧山梅林村、奉化滕头村、东阳花园村等，都留下了他的足迹。2002年12月15日，习近平在杭州萧山区考察时，除了走访企业，还专程到党山镇梅林村调研。作为经济相对发达地区，萧山新农村建设起步较早。1997年，萧山提出开展小康型村庄试点建设，打造33个“样板式新农村”，设置了布局优化、道路硬化、路灯亮化、卫生洁化、河道净化、环境美化6个具体指标。围绕生态做文章，一个令人向往的崭新乡村，呈现在世人面前，新式住宅，中心公园，连片绿地，整洁的村道，水、电、煤气等整体配套，村民们脸上洋溢着幸福的笑容。习近平看了深有感触，提出要建设一批标准化、规范化、全面发展的、在全省乃至全国都叫得响的小康示范村镇。他对“六化”标准非常赞同，这也成为全省村庄整治的目标。2003年5月，习近平又来到奉化滕头村考察。初夏的乡村，田成方，屋成行，绿树成荫花果香，清清渠水绕人家，与村民口中昔日的“田不平，路不平，亩产只有二百零”的贫困村形成了鲜明对比。村党委书记傅企平介绍，早在1993年,村里就成立了村级环境保护委员会,上任何项目都先由环保委把关。这些年，村里环境好了，村民环保意识也提升了，大家自发保护花草树木，全村绿化覆盖率近70%。习近平听着，有感而发：一个人如果家里很整洁、环境很好，做人做事的信心也会提高。人改变环境，环境反过来也能影响人。

一次次深入基层后,习近平找到了生态省建设的有效载体和城乡统筹发展的重要突破口，他指出：“建设生态省，打造‘绿色浙江’，农村是重点，是难

◎ 赤松镇北山口村佛手文化节

点，也是主战场。”“新农村必须有新面貌。要坚持以人为本，推进村庄整治建设，加快传统农村社区向现代农村社区转变。”一张全省的生态建设蓝图，徐徐展开。

省委书记亲自抓农村环境整治，而且力度空前。这事，浙江的干部之前没听说过，更没碰到过。经过周详的调研和讨论后，省委提出了“万村整治”计划，打算花五年时间整治一万个村，改变脏、乱、散、小的农村面貌。习近平肯定了这一方案，同时提出三条重要的意见：一是怎么整治、整治成什么样，要有一批示范村；二是由政府引导、农民自愿、社会主体参与，公共财政向农村倾斜；三是成立领导小组，主要工作他这个省委书记亲自挂帅，明确这是一把手工程。2003年6月5日,在习近平的倡导和主持下，浙江全省启动“千村示范、万村整治”工程。这个工程，推动了全省的新农村建设，统筹了城乡“三农”协调发展，更造福了千万农民的美好生活，让更多的村庄成为充满生机和活力、彰显特色和魅力的富丽乡村。“千万工程”深刻改变了浙江农村的面貌，造就了数以万计的美丽乡村，成为美丽中国的建设样板。

2018年9月27日上午，浙江“千村示范、万村整治”工程被联合国授予最高环保荣誉“地球卫士奖”。安吉鲁家村村委会主任裘丽琴在领奖台上深情地说：“15年前，我每天都要拎着满满的一桶脏水，走到很远的地方去倒。当时，我家厨房没有排污水管，村里没有垃圾箱，河道受污染，又黑又臭。今天，习近平主席亲自倡导和推动的‘千村示范、万村整治’工程，使我们村庄变成了一张亮丽的明信片。”

“千万工程”不是解决一个村、一个乡的问题，甚至不是解决一个市、一个省的问题，它是一种思维、一种境界，一个站在全球视野下，破解世界环境难题的办法，一个福荫子孙万代的人类命题。

“千万工程”造就了万千气象，更造福了万民众生。廖丽军说，在金东，每个村都这样干净整洁，生态保护得到了全面落实，每个村都开发出了各具特色的绿色经济。这些都得益于二十年来全省上下一以贯之的“千万工程”。

四

走进赤松镇职工食堂，廖丽军兴奋地说，佛手不单是香料、盆景、名贵药材，还是最好的食疗养生品。百年传承，诞生了很多独特的菜肴，像佛手醉甲鱼、佛手虾仁、佛手炖雪梨等，这些都是“传承之宴”。还有一些创新的佳品，像佛手熏鱼、佛手炖土鸡、佛手南瓜、佛手素包等是“发展之宴”，特别是佛手两头乌猪肉，不油不腻，奇香无比，早已成为游客必尝的珍馐。他还骄傲地告诉我们，佛手宴不但延伸了产业链，更让一种文化理念浸润到大家的内心。

品尝了几道“发展之宴”，的确有着与众不同的清香，当了解了每道菜品的功效，使得我们每一次咀嚼，都有了非凡的意义，味蕾也更加勤奋起来。

饭后，我决定留在赤松镇，跟着叶小林，去看一下他家在北山口村的佛手种植基地。

车子行进中，路过一片林地，每一株林木都造型别致，或风姿绰约似长袖善舞，或挺拔粗壮如罗汉护法。小林说，这是专门种植和销售景观树的，好一点的罗汉树，有几万十几万还有几十万一棵的。他握着方向盘，熟视无睹，正视前方。这么昂贵足令我惊愕的价格，在他的舌尖上，就像在谈一棵白菜，十几或者几十块的价值。

车子上坡，朝右拐进几座连在一起的大棚，开车的小林依然目不斜视，淡淡地说，这是我的地盘，有80多亩地，大部分土地都是流转来的。

车子停在地头的一幢砖瓦房前，他带我走进路边的大棚里，盆栽的佛手密密麻麻挤满地面，绿丛中一个女子弓着腰，正用红绸带吊起一颗佛手果，以免压断枝杈。见我们进来，她羞涩地笑了笑，又低头干活了。小林说，自己大部分时间都在忙村里的事，大棚种植主要由爱人杜娟俏在管理。他家有四个大棚，占地16亩，两个棚种佛手，两个棚种金橘、柠檬和一些盆景林木。我问每个棚的收入，他毫不掩饰内心的喜悦，现在佛手价格很好，每斤收购价都到了40元，直播电商都卖到60元以上了。每亩能产出1800盆，每盆70元左右，按照四年的培育周期，两个棚每年能出3600盆，有20多万的收入。另外两个盆景种植大棚，一年也能销售1200盆左右，按照每盆80元到150元的价格，也能收入20来万元。

我正赞叹他家的收入，廖丽军指着低头干活的杜娟俏说，小林的媳妇特别能干，他家的收入可不止这些，目前养着400多只两头乌土猪，每年出栏数可达上千头，至少也有30万的收入，猪粪还是盆栽佛手的优质肥料。

走进地头的房间，屋角堆着几只袋子，小林从里面抓出一些，泡到水杯里，递给我说，这是佛手花茶，润肺祛咳，还降血压。我们刚坐定，杜娟俏就端着一盘火龙果进来，说是自家地里刚摘的，我迫不及待地尝了一个，果然清香、甘甜、果汁多。小林告诉我，这几间房子是农忙时，他和妻子临时居住的。经常是天还没亮，身边就没人了，到大棚里一看，妻子早已经在给林木浇水了。杜娟俏笑着说："我总结的经验，凌晨四五点浇水，果子就长得特别好。每天看着它们在慢慢变大，心情就特别快乐。它们就像我的孩子，有时候，特别喜欢的某一株被客户挑走了，都会难过好几天的。"

说到种植和销售佛手的历史，小林和妻子都有很多的感触。在小林的记忆里，20世纪70年代中期，他刚懂事，就知道村里一户冯家和一户邢家在种佛手。到了80年代初期，冯家就成了远近闻名的"万元户"，村民们就纷纷向他们求教种植经验，购买种子苗木，到了90年代，已经形成大面积发展的态势。那时候的果子，能卖到五六元一斤，盆景也能卖到七八十元一盆，每户每天能收入500多元，1998年北山口村被评为"中国佛手之乡"。见有利可图，周围几个乡镇的村民都开始一窝蜂地种植佛手，由于他们经验不足，管理不善，果品质量差，造成了相互压价，不当竞争，价格一跌再跌，2002年竟然降至每斤八毛钱，远远跌破了成本价。为了少赔钱，小林和妻子每周都要挑着两担佛手，坐火车赶到上海，走街串巷地叫卖，睡着一晚十块钱的大通铺，吃着一顿两块钱的榨菜馒头，既要受别人的白眼，还要躲城管的追赶。说起这些苦日子，小林摇着头，眼圈竟有些红了。

到了2003年以后，金东开始了"万村整治"，不但要改变村容村貌，还要

◎ 金东区第五届佛手文化节

大力推进绿色经济，要求“一村一品”，找准自己的优势，不能一股脑地干一件事，造成产品过剩，形成恶性竞争。说到这里，笑容渐渐回到小林的脸上：“我们村种植佛手的传统优势，一下就凸显出来了，价格也慢慢恢复到了正常的水平。尤其是这十年，我们聚焦特色产业发展和美丽乡村建设，成效非常显著，拆除和改造了上百间危旧房屋，建设了十余公里的彩虹柏油路，安装了三百多盏特色佛手灯，统一修建了全村排污系统，设立了垃圾回收站，实行了垃圾分类管理，农村人居环境得到极大提升。我可以自豪地说，现在村民就像生活在盆景里，干净、漂亮、卫生、文明。”

我问小林：“看你们现在山清水秀的，以前的环境也不会太差吧？”

他连忙摆着手：“和现在没法比。边说边掏出手机，打开后递给我说，幸亏整治前，找人录了一段视频，你看看就知道了。”

首先映入眼帘的是空中的电线，蛛网一样密布，杂乱无章。很多地面泥坑污水，杂草丛生。特别是池塘的水面，浑浊不堪，漂浮着枯枝败叶，各色塑料袋、饭盒、易拉罐。塘边坑坑洼洼的泥地上堆放着破砖烂瓦、建筑垃圾、旧木箱、铁丝网、形态各异的几摞瓦盆，几只鸡蹲在上面，涂满褐色的鸡粪，一条狗侧卧在墙面脱落的礼堂前。几十年的风雨，让村民经常聚会的礼堂，看上去更像一位行将就木的老者，破败、昏暗、腐朽、奄奄一息。如果不是有池塘边上那棵百年樟树为标识，我是根本无法把视频里的景象与眼前这个村庄对接在一起的。

那些杂乱的电线呢？我这才醒悟过来，巡看整个村子时，竟没有发现一条电线，当然也没有遇到一根线杆。所有的墙体，不是漂亮的画作，就是光洁的墙面，甚至连一道污痕都没有。

“所有电线都埋在地下了，影响美观的一切缺陷，都是我们整治的目标。所以，在我们村，不，在我们整个金华，你都找不到一个脏乱差的村庄。我们每个人，都是美丽乡村的受益者，也是让它持续美丽的守护者。”

小林说这些话的时候，坐在旁边的杜娟俏不住地点头，眼神里充满了崇敬和爱意。

五

在村委会门口，碰到了前来办事的村民邢迎晓，叶小林向我介绍，他也是村里的佛手大户，是个“80后”，年收入上百万的。邢迎晓大笑着拍着廖丽军的肩膀说，这都得感谢乡领导和村干部带领得好，让我们老百姓有了奔头。

听说我想了解佛手产业的发展，坐在我对面的邢迎晓沉吟了一会儿，喝了口茶，慢慢讲述起来。

“我是家里最小的，上面有两个姐姐，家里对我管得比较宽松，小时候光知道玩了，没好好学习，十六岁初中毕业，就没再上学了，开始跟着父亲学种佛手。当时我们家只有两亩地。前面几年价格还马马虎虎，到了2001年底，就慢慢不行了，没有客户来收购了。我们只好自己挑着担子到杭州去卖，在剑桥附近的地摊，半米的位置，每天就收15块的摊位费，我们一斤佛手才卖2块钱，去掉人工成本和路费，几乎不挣钱。后来听说上海在开世博会，我们就挑着担子到那里去卖，还没卖出去几斤，就被城管抓到了，没收了担子，我们只好灰溜溜地回来了。我一生气，甩手不干了，跑到金华市区，给别人打工去了。刚开始给别人开出租车，每月开800元，后来又去帮人架电线，每月能挣1000元。父母亲留在家里，靠两亩地的佛手，苦苦支撑着，我每月都要省下四五百块，寄给他们，渡过难关。到了2008年，佛手价格慢慢有了起色，每斤可以卖到五六块钱了，品相好的，可以卖到八九块钱，我就回来了。没想到订货量越来越大，价格也越来越高，我们就从别人手里流转来土地，五亩十亩，依然不够卖的，现在已经种植了六十多亩地。按照现在的价格，每亩收入八九万元，一点问题都没有。”

说到这儿，邢迎晓再次大笑起来：“去年，雇我架线的那个工头还问我，每天开300元，继续给他打工去。我笑着告诉他，就算不吃不喝，干一年也没有在家乡种一亩佛手的收入多。尤其是现在，我们根本不担心产品卖不掉，村里的公司给我们兜底价，有多少收多少，我们只需要把产量和质量搞好，再没有后顾之忧了，挑着担子叫卖的日子，永远成为历史了。”

廖丽军告诉我，为了保护产业的良性发展，2021年春，北山口村就成立了强村公司，我们之前看到的各类佛手产品，都是强村公司研发出来的产品。他们给全村的种植户兜底，凡是卖不出去的，一律每斤不低于10元回购，让村民们放心种植。

正聊得高兴，小林带着一位年轻娇小的女孩进来，让她坐在我旁边。小林说：“你可不要小瞧这个‘90后’，她可是我村电商带货直播的佼佼者，生意好的时候，每天有超过500单的订货，一年的收入，比你10年的工资都高呢！”

这让我不得不重新审视旁边这个皮肤白皙、戴着金丝边眼镜、体型偏瘦的女子。她安静地坐着，微低着头，不说话，看上去更像一支高出水面的荷花，只是偶尔抬起头，望向大家的时候，眼睛是清澈而明亮的，有水晶的色泽。

在小林的再三鼓励下，她才轻轻谈起，眼睛却盯着窗外。天空很蓝，几只鸟雀倏忽飞过，落在翠绿的柳枝上，传来清脆的鸣叫。

“我叫邢雪芹，1992年出生在这个村子，2014年毕业于中南林业科技大学，是学国际经济与贸易的。很小的时候，就看见爷爷在种佛手，后来父亲也回到农村，和泥土打交道。我打心眼里不想回农村种地。毕业后，和所有的女孩子一样，都有去大城市发展实现人生价值的梦想。就到了上海，在报关行工作了两年，除却租房和吃饭，几乎没剩什么钱，生存的压力非常大。2016年就回到了省内，在义乌的一个外贸公司，做纺织品海外贸易，主要面向欧美和东南亚，一直做到2018年秋天，收入其实还挺不错的。但是父母亲打电话告诉我，佛手非常好卖，村里已经有人开了电商和直播，网上的价格要高出一倍多，让我赶紧回来协助他们销售。年底我就回来了。刚开直播售货，一天就能卖出二三十单，靠近元旦、春节了，可以卖出50多单。到了2019年，销售量就翻了一番。特别是2020年央视频道来我村，做了佛手种植的专题报道，还采访了我的直播室，我成了带货直播的网红了，销量出现了爆发式增长，现在每天在200单左右，等到过节前，出货量恐怕又要翻倍了。”

当问到下单者的属地时，她自豪地说：“早就覆盖全国了，包括万里之遥的乌鲁木齐，都有我的客户。”

再问她收入情况怎么样，她笑着犹豫了片刻说，每个月十万八万还是有的。

叶小林笑着打断了她的话：“雪芹只说了一小半，隐藏了大部分，我给你们透个底，”说着伸出两个指头，“去年她最少挣了这个数。”

我吃惊地看着这个娇小的女子，她笑而不答。看大家都望向她，才谦虚地说，不是我有多大能耐，关键是国家的政策好，佛手的产业好，干部的引领好，才有了百姓的好生活。

六

廖丽军亲自驾车把我拉到村南端的山坡上，这是村里的最高点，能俯瞰整个北山口村的全貌。新铺的柏油路边是一排紫薇树，枝头挂满了粉红色的小花。站在树下，有暗香缭绕，远处是深陷在苍翠之中的村庄，楼房错落有致，色调墙白瓦红。看得久了，霍然就产生了幻觉：那环绕的群山，成了两位对弈者，村子变成了一盘棋局，每一幢房屋都是一枚棋子，千百年来，是谁在用时间之手，下这盘与命运的对决之棋？直到今天，才分出了胜负。

在我们身后，上下建了两个占地30亩的佛手大棚，小林介绍，这是村集体的资产。之前也是粗放型管理，传统的种植模式，每年能带来七八十万元的收入。前年进行了科学改良，投入800多万元引进全自动设备，浇水间隔、施肥浓度、温湿度控制、土壤养分的调控，全部实现了自动化，村委会还专门聘任了果林技术员，对大棚管理人员进行科技培训。这些投入的成效十分显著，2022年产量增加了50%，收入也达到了历史新高的120万元。

进到大棚里，果然气势恢宏，上方空间是钢结构的管子，纵横交错，果木的顶端，都安装了浴霸灯。地面铺着滴灌带，每株果木的边上，都深插着一根黑管。小林说，头上的浴霸灯是加温用的，确保树木在常温下健康生长。地面的细管是滴水施肥用的，确保养分进入到每株树的根须里。

眼前的苗木显然要比我之前看到的都粗大很多。这里的一棵树，要比普通农户的多一倍的果子，小林说完，就饶有兴趣地环着一棵树数佛手果，大大小小竟有56个之多。廖丽军笑着说，去年最大的一棵，结了208颗果，可谓“劳模之树”。看今年的长势，年底的收入，可以超过180万的。

绝对没问题！小林也是信心满满。下一步我们准备进行土壤的改良和品种的提升，通过科学种植和精细化管理，力争明年的村集体收入突破300万，让我们的佛手产业，朝着3.0的版本发展。小林又把我们带到户外，指着山坡上正在修建的木栈道说，我们还准备把这座小山打造成游客徒步和观景的平台，将购物、采摘、健身、旅游、美食融为一体，让绿水青山的含金量更高，让每一寸土地的价值更大。

在回城的路上，车窗外，山野间，到处都是欣欣向荣的景象，到处都有笑逐颜开的脸庞。同样是这片土地，同样是这群村民，相较于历史而言，二十

◎ 第二十一届中国（金华）花卉苗木博览会暨首届全国花园植物资材展销会

年只是弹指一挥间，却已经改变了整个山村的走向，也改变了人们对未来的向往。

我想，北山口村的共富之路，是“千万工程”在金东区的一个缩影。二十年，同一个村庄，从“单方仰慕”的乡望城，到“双向奔赴”的游与乐。从村里纷纷“走出去”的打工者，到外地不断“涌进来”的创业客。二十年，金东让绿水青山长出了金山银山，让“环境美、生活美、产业美、人文美、治理美”的理念，孕育出了全省获评数第一的“最美庭院”，一幅全域景观的乡村画卷，在金华大地，已然打开。

美丽中国正在长大，在村里种下一棵树，在省里长成一片林。这是思想的伟力，更是时代的光芒。土地之幸，莫过于长出了林木想要的果实；人民之幸，莫过于过上了自己想要的生活。

作者简介 熊红久，中国作协第十届全委会委员，新疆文联党组成员、副主席，新疆作协副主席。先后在《人民 日报》《当代》《诗刊》《青年文学》等报刊发表作品150多万字。出版文学作品集《记忆 的河流》《天赐草原》《叩拜天山》等八部。

花木情缘

山　哈

引子：澧浦的澧

澧，又通作醴。《列子·汤问篇》：甘露降，澧泉涌。

初识澧浦，还得先起底一下地名，“澧”字带水，据考，有湖南的澧水，河南、河北的澧河，于是乎，衍生出澧县、澧州、澧阳等地名。

但金华并无澧水、澧河，为何平白多出一个“澧浦”？

原来，澧浦，背靠东阳江，自古商埠繁华，有古街为证：宋以来，是金华至义乌最重要的商贾递铺之一。

历史上，澧浦李姓为大姓，所以叫“李铺”。据《澧浦王氏宗谱》记载：“考之古，先有李铺居此……今名澧浦，盖因李铺谐音也。”

“澧”，喻甘露之美；“浦”，则喻水边沃土丰盈。李铺改澧浦，同音不同字，但这一改，却是绝妙、惊艳。

却说澧浦很小，只是个小镇，这样的镇，中国有19531个；澧浦面积也不大，只有区区98.5平方公里；人口呢，更不多，大约3.6万人。但澧浦却有2万多人从事着与花卉苗木相关的产业，孕育着华东地区最大、最有影响力的花木市场。

不说别的，且说澧浦人的花木情缘。

夏六高，肖飞眼里的乡土专家

第一次听肖飞说乡土专家时，我忍不住好奇地问了一句：什么是乡土专家啊？

肖飞是澧浦花木城副总经理，衣着得体，高大白净，脸上架着副无框近视眼镜。他是我在澧浦认识的第一位花木人。

肖飞说，澧浦的花木专家大多是泥腿子上岸，喝墨水，他们当然比不过洋专家、洋教授，但论经验、论实践，却是实打实的专家。说完，还伸出个大拇指。看来，肖飞是打心眼里佩服澧浦的乡土专家。

这些泥腿子专家，他们干着一辈子的花木营生，也不在乎有没有人给他们颁这证那证，却干了许多连洋专家、洋教授都惊诧万分的壮举。

夏六高，就是肖飞眼里的乡土专家。

直到半个月后写这篇稿子，还觉得我和夏六高真的有缘，不仅仅是他和我同庚，却因为他这么一个充满神奇色彩的人物，恰恰在我有限的采访时间里不期而遇。

其实，那天要采访的并非夏六高。

我对肖飞说，一定要帮我找个乡土专家聊聊啊，肖飞说好啊，说完便带我去天越园艺。天越园艺的店铺气场很大，进门，一眼望去，尽是巨大的罗汉松假山地盆，每一株，都构思巧妙，充满了奇思妙想，价格呢，自然不菲，光门口的两株翅展七八米的“大鹏展翅”罗汉松，每株就报价800万。

只可惜天越园艺的“乡土专家”不在，我有点失望，肖飞放下电话说，没关系，去隔壁的华夏园艺，看看夏六高老夏在不在。

夏六高在。夏六高顶着一顶破了个洞的大草帽，右手拎着一把大号修枝剪，左手握着手机，正急匆匆地从盆景堆里跑出来。已近正午了，阳光正烈，

◎ 澧浦花木城全景照

又是伏天，他粉红的保罗衫皱巴巴的湿了一片。

因为姓夏，所以取名“华夏园艺”。在二楼，夏六高落座后，他那影子一样的婆娘，在一旁忙不迭地开空调、递水，又搬出一只花皮大西瓜，当桌剖了，汁水流了一桌。

风凉，渐渐收去夏六高和我满脸的热汗，舒适了，话匣子也渐渐打了开来。

“我是花木城唯一土生土长的澧浦本地人，但我很骄傲，澧浦花木城能成为大家的花木城。”夏六高说。

事实上，夏六高可能还是金华最老资格的园艺师傅。

1980年，高中毕业的夏六高，遇见奶兄弟（由夏六高母亲奶大，并无血缘关系）的父亲，奶兄弟的父亲在金华园林处工作，他问夏六高：有没有兴趣到园林处做工？那是1980年，高中毕业相当于高学历了，招工录取走点人情也不算违规。

就这样，高中生夏六高，一脚刚跨出学校，另一脚就懵懵懂懂跨进了金华市园林处。园林处是公家单位，有事业编和工勤编，夏六高是工勤编，做绿化，做园林，搞施工，日落日出，跟着师傅东奔西走，渐渐的心也就安定下来，看着手里的草地绿了，大树活了，假山和盆景漂亮了，有说不出的开心。

难怪都说园艺师是城市的美容师呢，夏六高想。

如果没有后面的改制，或许夏六高和师傅一样，会一直在园林处做到退休。

整个20世纪80年代，市场经济大潮翻滚，将计划经济旧体制冲撞得支离破碎，园林处也不例外，改制了，三十多岁的夏六高意外下岗，心里有点空落落，但他不担心，在园林处那些年，他已经学会了园艺技术，瞧准了这行的商机。举个例，当时，一株3～5厘米粗的罗汉松，园林处上门做绿化，要收上百元，而当时，一个民工一天的工资还不到5块钱呢。

夏六高打算自己种苗木，先是租了二三亩地，后来又租了十几亩地，种桃、种梅、种紫薇、紫荆、红叶李、雪松、黑松、龙柏、罗汉松、女贞、香樟、广玉兰、桂花、菊花、兰花、一串红、美人蕉……跟着市场走，什么好卖就种什么。

也是赶上了个好时代，改革开放经济腾飞，政府有钱了，企业富了，都舍得投钱搞城市绿化，搞企业美化。正是那些年，夏六高花卉苗木卖得风生水起，攒下了第一桶金。

接下来，不安分的夏六高又开了公司做园艺，凭着手艺，成了金华第一批做假山庭院的老板，人民医院、饼干厂、金华市粮校……金华几十处单位至今都还留着他当年的作品。当然，他也靠勤劳致富，提前当上了“万元户”。

兜里有钱，胆子就大。90年代后期，别人都在做最热门的山茶花嫁接，而夏六高却瞄上了做大树，他知道罗汉松金贵，就做罗汉松盆景，四处收购罗汉松桩。

直到今天，夏六高还自豪地说：在金华，搞罗汉松盆景，我说第二人，绝对没人敢说第一人。

老夏说的没错，他是金华第一个吃螃蟹的人，也是第一个被螃蟹咬痛的人。

1996年，夏六高来到丽水遂昌寻找罗汉松，也该机遇巧合，山沟沟里遇见一株十几米高的罗汉松。当地正搞基建，要砍了这颗“松树”，夏六高见状，连忙上前递烟，2000块就盘下这株85厘米树径的大罗汉。但树是盘下了，怎么运回来？运回来又怎么养活？夏六高心里全然没有一点谱。

终究是摸着石头过河，夏六高决定：先砍去半棵树干，只留3米树桩。说干就干，出土、打包、雇车。那天，他费尽吃奶的力气，终于把一棵金华园艺人从来没见过也没人养过的巨大罗汉松搬了回来，消息传开来，园艺圈炸了，大家纷纷上门看个稀罕。

“老夏，这么大的树，你要能养活，我李姓倒着写。”

“这么大棵树，做电线杆太粗，当柱子又太短，还真没见过！”

“六高啊，能养活吗？这可不是茶树桂花树啊，罗汉松，娇贵着呢。”

……

那天，关心的、担心的、说风凉话的、看笑话的，啥人都有。夏六高围着地里的罗汉松转了一圈又一圈，到最后，甚至连自己都有点怀疑能不能养活了。

但怀疑很快被事实打破，夏六高的罗汉松真的活了，隔年，被杭州老板几万块钱买了去。

这下，金华园艺圈沸腾了，大家仿佛一下看到了天空飞舞的钞票。

那年头，金华做苗木的，一年能赚二三万就是大款了，夏六高没想到自己搏了一棵罗汉松，轻松赚了好几万，心一横，打算继续做“大树”。

但接下来的一幕，却被无情地泼了一大盆冷水。

1998年，有人对夏六高说，福建南平有两棵十几米高、树径有一米的罗汉松，树好，要价也高，15万一棵。

夏六高一听，眼都放光了，15万，在当时是他全部的原始积累，经验告诉他，这么大棵树，说贵不贵，没几百年根本长不了这么大，值啊！值！他和夫人一商量，扛着半麻袋钞票就上路了。

到了南平，果然有两棵树径有88厘米的大罗汉松，夏六高抚摸着，心里好一阵激动，抱了又抱，亲了又亲，他说，这是对兄弟树，哪棵都不能落下。

钱出去了，树呢？经过九九八十一难，这对罗汉松终于也平安从福建南平运回了金华。

剃了头的罗汉松看起来无精打采。树种下了，遮阳网也拉了，补液瓶也吊了，但夏六高的心却提到了嗓子眼，他知道，这回是他这辈子最大的一次赌博，输赢，却要假以时日才能决出胜负。

有了遂昌大罗汉松的移植经验，加上夏六高日日照料，两株罗汉松终于返了青，夏六高不安的心也渐渐宽了下来。

但意外总是出其不意，那天，夏六高正午睡，听到离树十米开外正在修路，压路的震荡机一声声巨响打得震天动地，也摇醒了夏六高。夏六高大叫一声不好，翻身下床，鞋带都没系，冲向震荡机，一路奔跑一路摆手让师傅停下来，到了跟前，他和师傅说，不能用震荡机啊，他两树罗汉松刚刚生根长须，根须还不牢固，经不住这般震荡。

果然，三个月后，两棵活泛开来的罗汉松，枝枝叶叶渐渐萎缩了，枯黄了……夏六高心痛得要命，轻轻扒开根土，只见几个月前白生生的新须黄了，干了。

如挨当头一棒，夏六高一屁股坐在地上，默默抹着眼泪，他几十年的积蓄，几十年的拼搏奋斗，随着两株罗汉松的枯萎已付之东流。

……

故事说到这里，夏六高擦了擦眼睛，给我倒茶时水溢出了杯。她婆娘嗓子有点尖，在一旁又补充着老夏回忆中丢失的一些细节。

尽管过去很多年了，那种几十年财富一夜尽失的痛楚还写在老夏的脸上。

“老夏，肖飞说你是乡土专家，做盆景，你有什么绝活？”老夏眼睛明显地亮了，“在花木城，谁都知道我老夏从来不带徒弟，但只要从我老夏这里出去的工人，换个地方做园艺，工资没有不涨一倍的。最好的一个工人，四川的，从我这出去，一年赚四五十万没问题。当初他来我这做工，就是学技术，他说，夏师傅，你肯带我，我免费都来，我当然不会让他免费。”

我没问老夏为什么不带徒弟，不过心里还是过着那句老话：教会徒弟饿死师傅。老夏明显是看出了我的心思，淡淡地说：“这行，一般只有老板和做工的，但我从来没把自己当过老板，我就是喜欢亲自做，所以，你看到我家的假山盆景，每一件，都是我和老太婆一剪剪修出来的，一刀刀嫁接出来的。”

我想现场看看老夏的手艺，听他说说怎么做假山盆景。下得楼，阳光照在身上，浑身又热辣起来。老夏走到一棵盆景前，蹲下，指着枝叶和树根说：“这些罗汉松，快七八年了吧，来我家时，只剩下差不多就是个没头没脑的树桩，我要先把它种到盆里，让它先安心住下，一年半载后，再开始上接枝条，下接根须，像人一样，筋络血脉通了，树就能活下来。”

老夏比画得吃力，我是外行，还是看着累。老夏围着罗汉松指了一圈，我愣是没看出嫁接的刀口疤痕，是我眼拙？老夏笑笑，都是三五年前嫁接的，肉长厚了，刀口埋啦。

原来如此，做花木盆景就是和时间做朋友，和树木花卉谈恋爱。

老夏说，在金华，华夏园艺是技术的风向标，他做什么，别人马上跟风，当年，他出大本钱买大罗汉松，别人也就跟着买大罗汉松，最后弄得国家禁止采伐。后来，他做假山地盆，养活后整体打包出售，别人看着钱好赚，也跟着做假山地盆。

我见过老夏的假山地盆，首先是假山，太湖石、灵璧石、虎皮石，几乎都是整石，几吨、几十吨、上百吨的都有，然后是罗汉松，二三米大小，一株或者几株，罗汉松培植在假山之中，三年五年养护下来，树成型了，罗汉松和假山浑然天成，被客户相中，直接来吊车装走。一棵树，准确地说，一座假山地盆，便宜的卖几十万，贵的能卖几百万，真正实现了高附加值。

近些年，普通绿植内卷得厉害，加上市场逐渐饱和，老夏他们渐渐退出了普通绿植花卉的种植和交易，开始做庭院和附加值更高的假山花木地盆，尽管价格高，却也不愁销路，老夏婆娘快人快语："老头子不愿发微信，我是天天发，一有好的树就发，经常一发出去，树就被订走了。"

前几年，老夏还在做庭院，但老夏说这几年庭院也不太想接了，累。

老夏做庭院和别人不同，别人都会出效果图让东家审定，确定后签合同打款施工一气呵成，但老夏只会施工，不会画效果图，好在他有口碑，认识的熟悉的都很放心。

东阳一家木雕厂，园区有26亩大，分厂区、经营区、展示区，要按功能分区做景观绿化，还要做五六亩的庭院。老板熟悉，和老夏聊了个大概，就放手让老夏做去了，全程根本没什么监督，老夏呢，当然做得更用心了，项目做成，皆大欢喜，接着熟人推荐，老夏又能接到新的活。

老夏坦言："老了，快做不动了，考虑要把华夏园艺传给儿子。"

老夏儿女双全，是个福人。儿子呢，也愿意接班。看来，老夏的这份产业传承有望。

临别的时候，老夏拉我到大门口一片假山地盆说："你是文化人，帮我这座盆景取个名吧。"

我握了握老夏厚实粗粝、满是汗水的手，略一思考：山有数峰，高低错落，奇树几株，陈杂其间，面宽五六米，高大而辽远。

就叫“江山千里”吧，我脱口而出。

肖飞，陆新亮眼里的“潮”老板

陆新亮是江苏人，35岁，是澧浦花木城为数不多、靠直播卖货走红的网红。一般来说，网红都是女的，而且有几分姿色，偏偏陆新亮是男的，还长着一副黑旋风李逵一般的身板，黑旋风李逵一般的黑脸。

说起肖飞，陆新亮说，我挺佩服他的。他说肖飞是个“潮”老板。

陆新亮说，他就是被肖飞从江苏“哄骗”到金华的，不但来了，还一来就是五年，把半个家都搬到了澧浦。

澧浦花木城是澧浦的奇迹。十年前，这块地还是一大片间杂着坟地、荒地的地方，只是十年，就成了金华炙手可热，华东最具规模、最具影响力的花木市场。

那么，这些，是怎么做到的？

肖飞是园区的副总，但他不太愿意谈自己，却更愿意谈澧浦花木城的天时地利人和。

肖飞说，世上十年，只是弹指一挥间，看到澧浦花木城有今天的规模和成就，自己和团队所有的辛苦和付出都觉得值了。

说天时，金华地处浙江中部，自古就有“浙江之心”一说。

澧浦镇属亚热带季风气候，温暖湿润，光照充足，年平均气温17.3℃，最冷在一月份平均气温5℃，最热在八月份平均气温29.4℃。全年日照2060小时左右，无霜期约240天，年平均降水1405.2毫米。加上四面环山，灾害性气候极少。放眼全国，澧浦又是南北交汇点，成为南花北移、北花南迁的绝佳中转枢纽。

我不太明白南花北移、北花南迁的概念。

◎ 金东盆景

肖飞解释，比如，云南广西的花卉要在北方栽种，成活率很低，假如先在澧浦养护一段时间，再往北迁，成活率就成倍增长，反之也一样。

说地利，澧浦农民有从事花卉苗木生产的历史，20世纪60年代末，老百姓自发开展花卉苗木生产，起初，规模很小，苗木也是做些繁育籽播苦楝树、黄花菜，扦插梧桐、水杉、茉莉花、嫁接桃苗等，直到1993年，改革春风吹遍大江南北，澧浦花卉苗木生产才遍地开花，苗木种植遍布全镇50余个村，生产用地达8000多亩，品种有橘苗、桃苗、板栗苗、桑苗为主，年果苗数量超亿株，成了农民致富的主要手段。

历经几十年的发展，澧浦现有3.6万人，其中2万多人直接或者间接从事花卉苗木的生产、管理、销售、养护等产业各环节工作。

再说人和，自从澧浦有了几十年花卉苗木种植的产业基础后，政府顺势出台了一系列相关扶持政策，政策红利加上市场催生，2012年，一期170亩花木城顺利开园，紧接着，二期花卉生态示范园用地面积550亩开园，三期1000亩又紧锣密鼓准备中。

2012年，肖飞正热火朝天地做着一片大好的房地产业，受邀考察澧浦花木城规划后，敏锐察觉到花木市场的春天来了，断然一头扎进澧浦这块热土。

从空中看，澧浦花木城就像一只巨大的彩色蝴蝶，振翅东飞，一期，是它的右翼，二期，是它的左翼，那只彩蝶扇动着翅膀，高高飞翔在金义大地上。金义公路呢，穿镇而过，再往北，是高铁金华南站，也是中欧班列的起点，正是它们，连接起金华和义乌、华东和华北、东方和西方、中国和世界的脉络。

但当时，真的站在澧浦的土地上，肖飞忽然有一种失重的无力感，用老农民的话来讲，花木城这块地，就是块生地，啥也没有，除了杂草。

一切，都从零开始，三通一平，园区规划，花房搭建……好在澧浦有花木赶集的习惯，每年春节一过，逢初一、初四、初七，澧浦四周十里八乡的花农、苗农纷纷往澧浦赶集，他们沿着澧浦的金义公路摆放花木，天才蒙蒙亮，吆喝声就此起彼伏，一阵盖过一阵，客人呢，有骑电驴的、有骑摩托的、有开三轮的，纷纷涌进澧浦，没多一会儿，就把个澧浦镇挤得水泄不通。

赶集的那股热闹劲儿，不一会儿就蔓延到了一期花木城。

大伙听说政府搭了个花木城，又紧挨着金义公路，便纷纷把花卉苗木搬进了市场，一时间，市场里花枝摇曳，人声鼎沸，肖飞呢，盼的就是这股热闹劲儿，索性敞开了大门，让大伙进场自由交易，头个春季下来，市场便吸引了八方来客。

新建园区最艰难的招商工作，没想到竟然如此轻松地迎面破题。

花木城一期9万平方米的市场，被分割成地被植物、色块苗木、花灌木、中大乔木、果苗细分区域，600个铺位一销而空，最后竟一铺难求，成了商贾眼里的香饽饽。

筑巢引凤，没几年，澧浦花木城就吸引了沪、皖、苏、鲁、豫、赣、湘、鄂、闽、粤、桂、贵、云、川、台等20多个省份和地区的800余家客户入驻，3000多个品种进场经营，还吸引了来自日本、西班牙、意大利、美国、英国、加拿大等的20余个国外品种进场销售。外销网络遍及全国，外销份额占比高达80%，年交易额达到空前的15亿元。

一期的成功，让肖飞真的飞了起来。

2017年12月，第十五届中国（金华）花卉苗木交易会暨中国园林生态发展论坛在金华澧浦花木城举行，主题为“绿满中国，花开万家——园艺让生活更美好”的展会，吸引了行业上下游300余位领军人物参加。

开幕式上，省市领导和行业专家为二期开园揭开了红盖头。总投资8亿元，占地515亩的二期，没过几年就成为华东地区最大的一站式花卉苗木集散中心、全国性花卉集散地和4A级旅游景区。

2020年，短视频、直播正火遍大江南北。肖飞与时俱进，打算把澧浦花木城打造成数字花木博览中心、农业电商产业基地、花木产业创新服务综合体、花卉苗木科技应用推广中心、私家园林工程中心等一批创新项目，拓展新业态，延伸产业链，建立全行业生态圈，走产业化的发展之路。

想象力是翅膀，但没有人才，翅膀却怎么也无法迎风飞舞。肖飞就四处寻找人才，特别是具有创新意识的网络销售人才。

在江苏溧阳，肖飞遇见了陆新亮，也是那一年，陆新亮刚从新疆回来，皮肤被大漠太阳晒得黝黑，他正打算回家重新开始创业，见老婆在做抖音直播卖多肉植物，生意好到爆，于是也想做直播带货，正巧遇上肖飞，两人是越聊越兴奋，大腿一拍，就跟肖飞去了千里之外的金华澧浦。

陆新亮，我眼里的直播网红

初见陆新亮，我们就加了微信，粉了抖音。抖音上，陆新亮不叫陆新亮，有个网名，叫“园艺小路。”

一边聊，我一边打开他的抖音账号，数了数，从2020年7月第一个短视频算起，他前后做了74期花卉栽培、养护知识、技巧短视频，一共获得13.9万个点赞，5.7万个粉丝，这粉丝量，妥妥的网红。

“我也很意外，可能当时正是抖音爆发期吧，半年不到，我就攒下了5万多粉丝，再后来，由于忙于线下生意，没怎么维护平台，所以这几年都没怎么涨粉，如果还是保持2020年的那股拼劲，现在，少说也有几十万粉了。”小陆说。

小陆不时往我小杯里倒铁观音，我呢，也算是老茶客了，来者不拒，只是不太习惯工夫茶那小杯子，不够半口嘬的。

直播带货也像赶潮，近一年，潮水渐渐退去了，昔日网红打卡地，至今尚存三家直播。

小陆的直播，还是向老婆学的，北方人普通话好，字正腔圆，小陆做视频也不做作，别看他五大三粗的，做起视频来却慢声细语，条理清晰，我翻了他十来条短视频，感觉一是实诚，二是知识点讲得透彻，三是镜头感好，后期剪辑也很到位。

小陆就像值得信任的邻家大哥，在“园艺小路”上一路奔走。

来澧浦五年，从举目无亲到如今的事业有成，小陆迈过了所有初创者艰辛的日子。如今，他线上线下共振，花木年销售额高达一百多万元，年均收入突破40余万元，生意做得风生水起。

小陆说，以前做直播都是在市场里拿货，不是一手货，不但贵，质量还未必有保证。花木比较特殊，不是自己亲手养的，上手都感觉生分，所以，后来他也做线下，直接到苗农地里收苗，收进后，自己开盘、栽培、养护、修剪、嫁接、造型，几年下来，渐渐攒下几百盆罗汉松等珍贵花木。

小陆说，做直播带货，其实还是做的人情、人脉，凡是来看你直播的，都是花木爱好者，古人行商，诚不我欺，直播拉近天南地北的卖家买家，一来二去，以心交心。

凡是直播买过货的粉丝，最后都成了小陆的好朋友。

这几年做直播，货卖得挺顺，也收到不少粉丝的礼物，有两个粉丝印象最深。一回，他在直播间说，要重新布置拍摄间了。看直播的，有位大哥是做灯具生意的，二话没说，直接给他寄了两大箱灯具，只可惜，大多是射灯一类，无法在直播间用。另一位是云南的粉丝，悄没声给他寄了几大箱云南特产，打开，尽是各种辣货。江苏人口味清淡，但小陆又好奇，于是开了包尝鲜，辣得他满头大汗……

直播带货也遇到过闹心的事，小陆的盆景大多精致小巧，分量轻，适合打包物流，但做得顺了，也渐渐上了些大货。一回，一盆大杜鹃花被熟悉的粉丝买走了，货发到手里，却傻了眼，原来，物流暴力运输，把好端端的杜鹃花头给整没了。买家开包视频发给他，他连忙协助投诉，物流呢，赔是赔了，却赔了个寂寞。小陆挺不好意思的，主动要给买家补偿个盆景，买家呢，因为早处成朋友了，不好意思收，客气地摆摆手：小陆，你也不容易，这事就算啦！

小陆在我对面，搓着手，讲最后一个粉丝故事的时候，眼里分明写着愧疚，而在我看来，那分明是卖花人的良心。

这个夏天，肖飞，夏六高，陆新亮，怀揣着他们各自的梦想踏浪而行，而我呢，只是记录了他们的片段。

我用他们的故事，尽量拼图出一个叫澧浦的地方，拼图出一些园艺匠人，用汗水、用花卉苗木装扮我们这个美好的世界。

琐园牧歌

陆　原

琐园，是江南乡村历史文化的缩影；

琐园，承载着中国美丽厚重的乡愁；

琐园，唱出新时代独特的田园牧歌。

因此，人们喜欢来到八婺大地的琐园村，在时光里寻找江南软糯糯的山水烟雨风光，在花海里欣赏美人心际的万紫千红，在古宅里感受“三雕”表现的四维八德，在作坊里领略麦芽糖、铜钱八怪的“非遗”韵味……人们钟情恬静、素简、淳朴、温情的田园牧歌式的乡村生活，是融化在血脉里的基因。

勇立潮头的浙江，20年来以“望得见山，看得见水，记得住乡愁”的美好愿景，实施“千村示范、万村整治”工程，一个个生态宜居的美丽乡村脱颖而出。

金华市金东区澧浦镇琐园村，就是这样一个华丽蜕变的村庄。昔日养猪、养牛的专业村，摇身一变成为名闻遐迩的旅游特色村，成为享誉海内外的“国际研学村”。他们干在实处，奋勇前行，书写着乡村振兴、百姓共富的新篇章。

一、护佑乡愁的文化自觉

2014年的春天，琐园村丰腴艳丽的桃花开了，清纯可人的李花也开了。桃李争妍，花团锦簇，古村奇香四溢，到处飘扬着春的芬芳。

在这充满生机的春日里，46岁的严红星带着琐园村“两委”班子成员，巡查村里古建筑的保护情况。

严红星于2013年11月28日当选琐园村党支部书记。能当上近500户、1200多人口的村书记，他可谓是踌躇满志，并雄心勃勃想为琐园村做出一番事业。

琐园大部分村民是东汉隐士严子陵的后裔。迁居此处400多年来，严氏和各氏族村民，在“七星拱月”的地理环境里，建成了不一样的江南乡村，他们高唱“头顶灵岳山，脚踏金鞍桥，口食西湖水，两手披麒麟”的傲骄歌谣，勤劳、质朴地生活着。

时代在发展，社会在进步。严红星知道，自从2003年浙江省委、省政府开始实施“千村示范、万村整治”工程以来，琐园村历届“两委”班子，以“八八战略”为指引，大力整治环境卫生，着力拆除村里的露天粪坑、养猪场和养牛场。于是，琐园村环境变美了，空气清新了，道路通畅了，村民的笑脸透着幸福生活的惬意。

当时还没有当上村干部的严红星，也不顾损失，主动拆除了2000平方米的大型奶牛场，受到村民的好评。

严红星想，现在自己当上琐园村党支部书记，在美丽乡村建设中还能做哪些事？他走访群众，听取民意。党员和群众呼声最高的是，希望村“两委”加强对村里古建筑的保护。

琐园村有浙江省最大的严氏宗祠，有中国最大的女祠，还有务本堂、两面厅、怀德堂、集义堂、关帝庙、黄氏旌节牌坊等24座古建筑，是金华地区面积最大的婺派古建筑群。

严红星知道，琐园村这些古建筑能完好地保护下来，实属不易。

20世纪60年代，在“破四旧”（即：破除旧思想、旧文化、旧风俗、旧习惯）运动中，村里有的人要把古建筑上雕刻的帝王将相、才子佳人、花卉走兽的木雕拆除掉，但也有人认为这些雕梁画栋既不会损害大家的生产，又不会影响大家的生活，再说把老祖宗留下来的这些精美的建筑破坏掉，是对老祖宗的不尊重，是对历史文化的严重破坏。于是，许多村民在抵制人们毁坏古建筑的同时，采用泥浆拌稻草糊封的办法，把古建筑上撑拱、雀替等雕刻的构件保护下来。

为保护严氏宗祠和女祠，村里把这两座祠堂辟为粮食仓库。仓库重地，谁敢闯入“破四旧”？

为保住旌节牌坊，老百姓也发挥出聪明才智。

建于清乾隆五十二年（1787年）的旌节牌坊，是乾隆皇帝下旨兴建的，以旌表琐园村严锡佩之妻黄氏的慈孝美德。这座石头牌坊五层三重檐结构，建筑恢宏，石雕精美。

在“破四旧”的特殊时期，如何保住这座旌节牌坊？村民集思广益，采用空酒刁垒叠遮盖整座牌坊的办法。这样一来，谁也不敢搬掉这座“酒刁山”捣毁牌坊。因为，若是损毁了酒刁，便是破坏集体财产，这个罪名谁也承担不起。

严红星更知道，改革开放后，历届村干部和村民，都十分重视村里古建筑的保护。

2000年4月，怀德堂里的住户自筹6000元资金，对房屋进行抢救性修缮；

2002年下半年，两面厅内的住户自筹资金，村里也向上级争取了资金，由村集体牵头对两面厅进行修缮；

2003年，村里组织人员对严氏宗祠进行修复；

2010年10月，村里又对务本堂进行及时修缮。

琐园村干部群众奋力保护古建筑的辛劳没有白费。2011年，琐园村被列入浙江省乡土建筑保护单位。于是，村“两委”更是高度重视古民居的保护，更加重视古建筑的消防安全，每座民居设立“堂长”负责制，加强古建筑防火、防盗和防霉烂的监管。

严红星当选村党支部书记后，他知道历经数百年风雨侵蚀的木头建筑，如果不及时予以维修，极易损毁。

这一天上午，严红星带着村干部来到永思堂检查。

永思堂建于清嘉庆二十年（1815年），坐东朝西，五开间三进结构，总占地面积达841平方米，是中国最大的供奉女性灵位的祠堂，俗称“女祠”。中国仅有两座“女祠”，还有一座女祠在安徽歙县棠樾村，名叫清懿堂，比琐园的永思堂早建10年，但是面积比永思堂少23平方米。

许多人对琐园村为什么建女祠很好奇。严红星从小便听村民讲述建造女祠的故事。说的是清朝乾隆年间，琐园村严氏第七世孙严秉璲娶妻郑氏，生有4个儿子。严秉璲过早亡故，郑氏和公公第二任妻子，还有公公的妾，也就是自己的亲婆婆相依为命。两位婆婆亡故后，她们由于身份特殊，神灵牌位进不了严氏祠堂。郑氏一气之下倾其家产，在嘉庆二十年建造了永思堂，专门供奉两位婆婆的神灵牌位，以怀念两位婆婆的恩德。

郑氏建起专供女性神灵牌位的家庙，石破天惊，给琐园村严氏族人以极大的心灵震撼。于是，严氏族人经过商议，废除了不合理的有关族规。郑氏两位婆婆的牌位被接进严氏宗祠。此后，这座象征着女权斗争胜利的女祠，一直保存下来，成为古代琐园妇女争取女性权益、体现婆媳深厚感情的有力见证。

这座女祠梁柱上撑拱、雀替的雕刻，可与严氏宗祠相媲美，目前保存较为完好，严红星深感欣慰。

接着，严红星一行走进怀德堂。

怀德堂是清乾隆年间由琐园村第六代严氏孙严元良所建。这是两进三间面宽、二层楼砖木结构的四合院，厅堂高透，气势非凡，梁柱、撑拱、雀替上透雕的凤凰牡丹栩栩如生，令人百看不厌。

严红星看到怀德堂里还住着三四户人家，公用的厅堂筑有灶台，堆着各种杂物，厅堂的三根柱子和桁梁已经开始霉烂。

这时，一位精神矍铄的70多岁白发老人，从怀德堂第二进的一角走到严红星跟前，和蔼地问道：“请问您是村里的书记吗？”

严红星客气地回答这位陌生的老人说：“我是村里的‘班长’，我叫严红星。”

“那您就是村书记了！”老人握着严红星的手说，“严书记，严氏家族在村里造了这么多古建筑，你们要好好保护啊！您看怀德堂腐烂得这么严重，再不抓紧修理，就要倒毁了。您能听见吗？你们老祖宗在天上哭了！”

严红星听了老人的话，浑身都起了鸡皮疙瘩。他感到一个外地人都如此重视琐园古建筑的保护，而自己作为村书记，如果不保护好古建筑，便对不起干部群众对自己的信任，对不起祖先的在天之灵。

第二天上午，严红星就牵头召开村“两委”会议。

严红星对大家说：“这些年，我们琐园村通过‘千村示范、万村整治’，环境卫生得以提升，村容村貌得以改观，而且我们村保护了老祖宗留下来的这么多古建筑，这很了不起。我们这一届村‘两委’班子，要担负起继续保护这些古建筑的责任。”

会上，严红星听取大家对古村落保护的意见，决定对村里古建筑进行定期检查，发现破败及时进行修复，并决定首先对怀德堂进行修复。会议还决定由原任村党支部书记、现任村党支部副书记严根月，分管古建筑的保护和修复工作。

1963出生的严根月，于2007年当选村党支部书记，2011年换届时当选村党支部副书记、村监会主任。他一直分管村里古建筑的保护和修复工作，2009年务本堂古民居修复就是他负责的，他对古建筑修复积累了不少经验。

村“两委”会议后，严红星组织党员和干部，开展了地毯式清扫古建筑里的垃圾。他知道，如果不及时清扫这些老房子里的垃圾，木头房子便会容易霉烂，也容易滋生蚁虫。

这次义务大清扫活动，也是一次保护村里古建筑的良好宣传，受到村民的好评。

一天，主管古建筑保护和修复工作的严根月，请来了一位懂古建筑修复的专业人士，商讨怀德堂修复方案。

这位专业人士看了怀德堂建筑破损状况后便提出，琐园村出资80万元，他们把怀德堂的古建筑全部拆走，按照原样重新建造一座怀德堂。

严根月认为新建的怀德堂会彻底丧失它的历史文化价值。于是，他一口否定了这个方案。

经过多方比选，严根月决定村里自己请木工修复怀德堂。2014年8月，怀德堂修复工程启动。由于怀德堂修复需要更换3根大屋柱以及桁梁，工程量大，整整花了4个多月时间，才把怀德堂整修完毕。当时木工、泥水工每天工资高达350元，人工工资和原材料共花了40多万元。

各级领导和专家看到“修旧如旧”的怀德堂，都给予了肯定。

大家认为，正是琐园村干部群众有着保护古建筑的文化自觉，琐园村规模宏大的古建筑群才得以保存下来，才有这些闪耀着历史文化价值、审美价值和精神价值的乡愁。

事实上，乡村古建筑保护一直是一个痛点。大家觉得，老祖宗留下来的古建筑如果不保护，于心不忍；如果保护，精力、物力和财力又耗不起。

2015年2月19日是农历正月初一，严红星在村办公楼一楼会议室主持召开村“两委”会议，他和干部们一起商讨解决古村落保护的痛点。他想让村里古建筑保护与开发利用结合起来，走旅游开发这条路。他认为这也是“千村示范、万村整治”工程的题中之义。

正当大家在热烈讨论之时，只见一个人在窗外探头张望。

严红星仔细一看，发现是金义都市新区旅游分局局长王森。于是，他连忙把王森局长请进会议室。

原来，王森利用到琐园邻村走亲戚拜年的机会，就近来琐园村看古建筑。在大年初一民俗节日里，村“两委”班子放弃休息研究旅游发展，这种推进乡村振兴的积极性让他很感动，他表示会全力支持琐园村旅游开发。

常言道：“成功，是给那些努力奋斗的人！”

琐园村“两委”重视古建筑保护的文化自觉，以及发展古村落乡村旅游的积极性，给琐园村带来历史性的发展机遇。

二、“国际研学村”诞生记

王森来琐园村走访一个月后，金华市外事办主任章宏带着一批人来到琐园村考察。

严红星得知章宏此次考察是为金华市开展海外名校学子走进古城研学活动寻找承办的村庄。2015年6月中旬，将有14个国家24所高校的42名大学生，来金华以“家+”模式开展24天研学活动。

章宏在考察后问严红星说：“琐园村愿不愿意承办这次国际研学活动？”

严红星内心很是高兴，但是“国际研学”是一次重大的旅游活动，这对还没有搞过旅游的琐园村来说，是一件大事。

为了慎重起见，严红星回答说：“我跟村‘两委’干部商量一下，明天再回复您。”

当天晚上，严红星跟村“两委”干部商量了此事，大家都同意承办这次“国际研学”活动。

第二天一早，严红星便和时任村委会主任的严志君兴致勃勃地来到金华市外事办章宏主任的办公室，把承办国际研学活动的事一口答应下来。

于是，章宏要求琐园村“两委”落实好接待农户，安排42名海外学子和志愿者食宿，届时补助给农户每人每天100元的食宿费用。

严红星和严志君回到村里后，马上部署各项工作，高标准搞好民居古宅环境卫生，向村民租用古宅里闲置的房屋，落实有能力接待学生居住生活的农户16家。

从来没有搞过旅游接待的琐园村干部群众，像新媳妇上花轿，有些紧张。好在金华市以及金东区有关部门和澧浦镇党委、政府给予大力支持，各项活动的筹备工作准时完成。

2015年6月21日晚，琐园村男女老少兴奋地等候在严氏宗祠前的场地上，迎候海外学子们到来。

当晚，从18时开始，一辆辆大巴车从上海和常州两个机场载着一批批海外学子来到琐园村。来自14个国家的42名高校学子，以抽签的方式分配到琐园村16户农家入住。

这一天，正是农历“夏至”节气。江南有“夏至馄饨冬至团，四季安康人团圆”的谚语，琐园村的民间风俗，夏至日也吃馄饨。这一晚，村民们煮起馄饨招待海外学子。

海外学子到琐园村吃的第一餐，就体验到琐园村的民风民俗，有的学子还兴趣盎然地与住户一起包馄饨，细细品尝中国的饮食文化，大家兴奋不已。

来自埃塞俄比亚的男生福法，来自越南的男生波，还有两名来自意大利的女生莎拉和索利亚，抽签落实到严红星家居住。他们亲热地叫严红星夫妇“爸爸”“妈妈”，一下子拉近了大家心与心的距离。

第二天，福法、波、莎拉和索利亚吃过早饭，在志愿者带领下兴冲冲前往严氏宗祠，参加金华市政府在这里举行的“国际研学”活动欢迎仪式。

他们来到严氏宗祠前，只见已来了许多海外学子，大家在看宗祠大门上高挂的“山高水长”匾额，向志愿者了解其中的含意。

志愿者介绍说，北宋时期杰出的政治家、文学家范仲淹，对东汉时期严子陵“洁身自好、隐逸不仕”的品格高度赞赏，他写下了“云山苍苍，江水泱泱，先生之风，山高水长”的褒词。“山高水长”的意思是，像山一样高耸，如水一般长流，比喻人的风范或声誉像高山流水一样永远存在。清乾隆二十五年（1760年），琐园村严氏宗祠建成时，严氏后裔用范仲淹“山高水长”的评语，制成匾额，高挂于宗祠的大门上，以表达对祖先“恩德深厚”的崇敬。

一块四个字的匾额，蕴含着这么多的历史文化，海外学子感叹不已。

学子们走进四进结构、规模宏大的严氏宗祠，看到厅堂柱梁上的撑拱、斗拱、雀替等木构件，雕着狮子、麒麟、花卉等图案，精美得让人叹为观止。

志愿者告诉海外学子，中国的氏族宗祠，又叫“祠堂”“家庙”，具有珍藏《宗谱》、供设祖先牌位、举行祭祖活动、议事和教化等功能和作用。

海外学子们看着这座建筑工艺精湛的严氏宗祠，了解到宗祠的功能和作用，大家觉得长了很多知识。

10时许，首季“国际研学”活动欢迎仪式隆重举行。金华市、金东区、澧浦镇等各级各部门领导与会，海外学子们真切感受到当地政府的关怀和温暖。

这些海外学子对琐园村的民居古宅特别感兴趣。

他们在女祠参观时了解到，100多年前，一位姓郑的女性为争取妇女权益兴建了专门存放女性神灵牌位的祠堂，大家对这位姓郑的女性肃然起敬，对古代中国乡村女性争取妇女平等地位的精神和勇气给予极高的赞赏，对女祠呈现的历史社会文化价值和建筑美学予以高度评价。

接着，海外学子来到“两面厅”参观。

“两面厅”是琐园村民的通俗叫法。因为，这一座古民居由忠恕堂和继述堂相背而建，建筑结构一模一样，只是形制反向，一堵板壁相隔的两面是各自的厅堂，所以人们称之为“两面厅”。这种独特的建筑格局，在中国十分罕见。

海外学子还参观了务本堂、怀德堂等民居古宅，惊叹琐园村竟有如此出类拔萃的古建筑，大家感到中国的建筑文化真是博大精深。

他们还发现琐园古建筑有许多共同的特征，如房屋都有二进三进的格局，规模宏大，厅堂都有三间两层楼高，木雕、石雕、砖雕都很精美，马头墙都是对称的五层花檐。

解说员便给大家科普了婺派建筑的特色。

现在的金华市地域，隋朝时属于婺州，元末改为金华府，别称“婺”，所属八县称为“八婺”。有“优秀民族建筑工作者”之称的金华东阳人洪铁城，曾任金华市文物局党组书记、金华市国土规划局总工程师，他是中国建筑学会资深建筑师，他把金华一带的古建筑称为“婺派建筑”，是中国婺派建筑学说的创立者。他认为婺派建筑有这样几种特征：一是宅院建筑面积大。二是都有气势恢宏的三间大厅堂。三是内置一个或数个天井，四周主房、厢房众多。四是跌落式山墙都是五花马头墙。五是木雕、砖雕、石雕、壁画、彩绘、灰塑、瓦雕等百工装修特别精美。

海外学子们听了介绍，对中国婺派建筑有了一个感性和理性的认识，也对中国古代的能工巧匠油然而生敬意。

每天吃饭时，福法、波、莎拉、索利亚跟志愿者兴高采烈地谈论参观考察古民居的收获：

学习做草鞋、踩古老水车、推独轮车，感受古时中国乡村的农耕生产方式的快乐；

学习磨豆腐、学习陶艺、唱道情、剪纸、写毛笔字、舞龙、吃长凳宴，体验乡村独特的生活方式的趣味；

参观金华建筑艺术公园、艺术学校、体育馆、古子城，观看婺剧表演，领略金华地域丰富而古老的文化艺术和古建筑的魅力。

他们感到这次研学收获不少，是书本里看不到、学不到的。严红星听了他们参加研学活动的感受，很是高兴。

严红星的妻子了解到，住在自己家的四位海外学子喜欢吃西红柿炒鸡蛋、炒土豆丝、炒牛肉和拌干面，便经常烧这些菜肴给他们吃。

学子们都高兴地说："吃撑了，吃胖了。"

入住严根月家的两位女生，是来自意大利的桑特和阿里安娜。

一天，严根月得知过几天便是阿里安娜的生日。于是，他在阿里安娜生日这一天，早早买来牛肉、羊肉、鸡和鱼以及蛋糕，烧了16个菜肴，为她举办了一个中国式的生日宴。

阿里安娜没有想到在异国他乡的琐园村能享受到村民这样热情、淳朴、友好的情谊，很是高兴，感动不已。

欢乐幸福的时光，总是过得飞快。

24天的研学活动一晃结束了。离别时，村民和海外学子都相拥而泣。依依不舍之情，令人动容。

"国之交在于民相亲，民相亲在于心相通。"这次"国际研学"活动，增进了中国与世界各国的民间交流，播下了友谊的种子。

这次"研学活动"的成功举办，使严红星看到琐园村发展乡村旅游的灿烂前景。更令他感到兴奋的是，村"两委"班子形成了发展乡村旅游的共识，

◎ 澧浦镇琐园村严子陵钓台

村民也看到发展乡村旅游是一条致富的好路子。

为此，严红星带领村“两委”班子，以“千村示范、万村整治”美丽乡村建设为抓手，以发展乡村古村落特色旅游为目标，强化古村落保护，美丽乡村建设取得了突出的成果：琐园村被浙江省人民政府授予“社区文化示范村”“森林人家特色村”荣誉称号。2016年6月18日，中央电视台《焦点访谈》栏目以《农村垃圾如何突破重围》为题，播发了琐园村垃圾分类处理的先进经验。2016年9月，琐园村被评为国家3A级旅游景区。

前外交部部长李肇星、浙江省市各级领导，都相继来琐园村视察，对琐园村发展乡村旅游给予了鼓励和肯定。

于是，严红星和村“两委”班子工作劲头更足了，成立了琐园村古村落旅游开发公司。公司于2016年10月1日开始营业，向每位游客收取门票30元。

当时，有的村民担心收门票后大家不愿意来琐园村游览，但想不到，买门票游览琐园古村制度实施后，游客反而急剧增加，当年就达到8万人次。看到琐园乡村旅游业的火爆，村民们开心地笑了。

2017年6月29日，金华市第五季海外名校学子研学活动又落实到琐园村，严红星更高兴了，村民也欣喜雀跃。

第五季“国际研学”活动，来自21个国家的36名海外学子，以“家+”的模式在琐园村研学21天。

在这21天里，这些学子不光领略了琐园古建筑的特色和农耕文化，还了解到金华市金东区是著名诗人艾青、著名音乐家施光南的故乡，金华山是道教神仙黄大仙的成仙之地。大家爱上了地灵人杰的琐园和金华这片土地。

在琐园村举办的第五季“国际研学”活动又获得成功，琐园村便成为名闻遐迩的“国际研学村”，受到大家的追捧。

2017年10月的一天，严红星接到福法的一条短信，他说想念琐园了，他的女朋友，还有他的爸爸也很想来琐园看看。

严红星代表一家人，高兴地回复了福法的短信，欢迎他们来琐园走一走、看一看。他还给福发汇去10000元人民币，资助他们来中国。

严红星一家的热情和淳朴，让福法非常感动。

秋高气爽，金桂飘香。

福法和父亲以及女朋友分外高兴地来到琐园严红星家。他们给严红星带来了一个埃塞俄比亚有名的特色木雕面具和一件特色长袍，表达了他们对严红星一家热情接待的感激之情。

福法的父亲和福法的女朋友对琐园乡村古建筑也很着迷，直夸中国工匠技艺高超。看到琐园村清洁、美丽的环境，看到淳厚、质朴的村民和睦地相处，他们感到琐园乡村田园生活十分恬美惬意。

福法一家在琐园游玩了两天后，便启程去名闻世界的横店影视城游玩。他们离开时，都表现出对琐园、对严红星一家的留恋之情。

2019年11月11日，“海外名校学子走进金华古村落”专场活动，又在琐园村举办。这次活动是以推动“一带一路”框架下中国与非洲的交流、促进金华中非经贸文化交流合作示范区建设为主题。参加研学的是在金华各高校就读的35名非洲留学生，他们入住琐园村农家6天，开展“中国传统文化日”“新城市体验日”“新农村体验日”“中非文化交流日”等丰富多彩的研学活动。

此次活动，又一次扩大了琐园村旅游的影响力，琐园“国际研学村”的品牌树立起来了。琐园乡村旅游发展红红火火，光是旅游门票年收入就达100多万元。琐园村干部群众真切地尝到了发展乡村旅游的甜头。

三、后疫情时期的琐园突围

从2020年初开始，在新冠疫情影响下，琐园村自驾游的客人少了，大巴车的旅游团也少了。

有的村民遇到严红星，担忧地说：“严书记，我们村的旅游可能要黄了。”

作为新一届村党支部书记兼村委员会主任的严红星，深知自己肩上承担的责任重大。他知道，琐园乡村旅游如果这样发展下去，村集体每年100多万元的门票收入就会减少，村民的民宿和苗木销售收入也会下降，这会影响琐园乡村振兴和共同富裕事业的发展。

乡村发展、村民共富，时不我待。于是，严红星和村“两委”班子一起，群策群力，另辟蹊径壮大村集体经济。首先，盘活村集体资产，采取出租村集体厂房、发包村沙石场等各种措施，使琐园村集体经济收入得以逐年提升，从2020年收入35万多元，到2021年收入91万多元，再到2022年收入192万多元，村集体经济的壮大，促进了村集体事业的发展。

严红星在壮大集体经济的同时，号召从事苗木培植的村民，从原来以培植工程苗木为主，转向工程苗木和庭院景观、家居及办公室观赏花卉并重栽培，让琐园村的苗木花卉产业得以健康发展。同时，鼓励其他村民种植蔬菜、水果。因此，村民经济收入也不断提升，2022年琐园村民人均收入达到60000元。

但是，严红星还是心心念念要把琐园乡村旅游发展新的路径开拓出来。他知道，琐园村的发展，还是要发挥独具特色的古村落优势，走出一条有特色的乡村振兴之路。

有人好心地劝他说，在新冠疫情影响下，乡村旅游业的衰退是普遍现象，振兴琐园村旅游业发展急不得，要顺其自然，不要太执着。

但严红星认为，老祖宗严子陵的可贵精神品质，就是“执着”，自己老父亲的可贵精神也是“执着”。

严红星知道父亲从新中国成立之初就担任琐园村的大队长、党支部书记，直到1985年他在村党支部书记职位上退下来。几十年来，他为村里办事，经常不记误工的工分，村民称赞他思想境界高；几十年来，他尽心尽责为村里事业谋发展，为百姓谋幸福，推荐了村里数十名年轻人到金华各厂矿工作，却没有送四个儿子去工厂当工人。

严红星和三个兄弟曾怨恨过父亲，怪父亲不为他们的前途着想。

直到严红星当了村党支部书记后，他才理解父亲做得对。他切实感受到，当村干部就要一心为公，这样才能得到大家的拥护，才能把村里的事业发展起来。他感受到，正是有了父亲大公无私的品德，自己才能当选村书记、主任。因为他听村民们说：“严红星有这样一个好父亲，他也不会差到哪里去！”

严红星感到，父亲给自己留下了宝贵的精神财富，他立志做一个像父亲一样有好口碑的村干部。他知道当农民最辛苦，他要让村民走上一条稳定的致富之路，这是他的一种情结。因此，他把微信的昵称设为“做一个有担当的人”，以此激励自己。

曾担任过琐园村党支部书记的严言寅和严根月等老干部，看到严红星一心为琐园村发展不辞辛劳奔波，因此他们也乐意协助严红星承担村里的工作。

严红星为了重振琐园乡村旅游发展，早在2022年初新冠疫情还在游荡的时候，便与村“两委”干部研究决定，开发鲁兵故居名人文化，丰富琐园村古民居旅游项目。

严红星知道，鲁兵原名叫严光化，1924年出生在琐园村润泽堂，是村里走出去的一位文化名人。他是中国作家协会会员、中国出版协会幼儿读物研究会会长、上海市作协理事、少年儿童出版社的编审，是当代著名的儿童文学作家。他主编的《365夜故事》等儿童读物影响广泛，他创作的《小蝌蚪找妈妈》等儿童文学作品深受人们的喜爱。

鲁兵故居润泽堂坐落在怀德堂北面，这是一座建于民国初年的四合院，二进式二层重檐砖木结构，占地面积达400多平方米，一楼有正房、厢房十多间。

2023年5月，由金东区委宣传部指导、澧浦镇人民政府出资改造的鲁兵故居润泽堂，修建成为“鲁兵儿童文学馆”。馆内陈列了鲁兵生前物品和资料，介绍了鲁兵的创作成果，还汇聚了叶圣陶、冰心、艾青、圣野、蒋风等众多国内文学界大家的儿童文学作品。

2023年5月29日，琐园村名家云集，鲁兵儿童文学馆开馆仪式暨新时代中国儿童文学研讨活动，在鲁兵故居隆重举行。在开馆仪式上，有关单位宣布设立“小蝌蚪成长助学基金”，发布了“鲁兵杯”儿童文学剧本征集大赛公告，启动了金东区儿童文学研学季。

鲁兵儿童文学馆开馆后，着力打造集教育研学、亲子旅游、学术交流、创作采风等于一体的儿童文学展示交流平台。

严红星希望通过这一平台，激发少年儿童来琐园游览的热情。

严红星知道，发展乡村旅游，其中的学问很深奥。于是，他在2023年初新冠疫情过去后，便四处求索重振琐园乡村旅游的良策。

一天，严红星经人介绍，认识了金华市金磐开发区中精网络科技有限公司总经理叶旭升。

1975年出生的叶旭升是金华人，他于2003年创办了一家网络技术服务公司，致力于互联网旅游开发服务。多年来，公司在与横店影视城、兰溪地下长河、金华双龙洞等各大景区合作中积累了许多旅游开发经验。

这些年，叶旭升了解琐园乡村旅游发展，也了解琐园村发展乡村旅游的优势。琐园村“景在村中，村在景中”，有烟火气，这是琐园旅游开发的第一大优势。第二大优势是琐园村离金华城区以及义乌、永康、横店都不远，是一个消费不高的闹中取静的地方，具有区位优势。第三个优势，就是人的优势。一切的成功，人是最大的因素。琐园村有严子陵“礼让为先、以德服人”处世之道的传承，民风淳朴，厚德馨远。村“两委”班子团结，能干实事。严红星当书记没有私心，一心发展乡村旅游，这让他很感动。

“琐园村虽然有这些优势，但也存在低频、非刚需旅游景区普遍存在的问题。”叶旭升说。

所谓“低频、非刚需旅游景区”，就是游客一辈子只来玩一次，或者来不来玩都无所谓的景区，这与餐饮店、水果店、理发店等高频、刚需的实体店有很大不同。

“低频的旅游景区搞传统的广告宣传吸引游客，这种传统促销方式已行不通了。”叶旭升坦率地跟琐园村干部们说。

那么，琐园村旅游业如何突围?

叶旭升提出开展“赋能百行千店”活动，以此来提升游客的人流量，让琐园旅游快速复苏。

这个项目的核心内容是：摒弃过去以景区门票赚钱的陈旧观念，让景区丰富的旅游业态来赚钱。通过给高频、刚需的实体店以优惠的琐园景区门票，以此引流实体店的游客来琐园村游玩，实体店又能以赠送琐园村的景区门票吸引顾客。低频景区和高频的实体店合理构建平台，也可以帮助实体店转型升级、促进消费，实现景区、店老板、消费者、供应商多赢，推动共同富裕。

叶旭升跟琐园村干部说，琐园村有精美的古建筑群，有成熟的苗木花卉栽培产业，有青山绿水的田园风光，有“国际研学村”的金名片，要把这些优势发挥好、利用好。比如，充分利用鲁兵《小蝌蚪找妈妈》名人名作的效应，开展“小蝌蚪去哪里了”的儿童游乐活动，丰富景区业态项目，让琐园的乡村旅游留得住人，让游客能够一来再来。

叶旭升笑着跟严红星说：“我愿意带着公司团队进驻琐园村，开展‘赋能百行千店’项目实施，我们现在不要琐园村一分钱的报酬和投资。”

严红星惊讶了：“这样我们村能赚不赔，而你们投资风险大。你们冒这么大的风险，图的是什么？”

叶旭升真诚地说：“我创办公司这么多年，老早解决了温饱问题。我现在的欲望不是说要赚多少钱，也不是说有钱了就光想着自己吃吃玩玩，享乐人生。我是将近50岁的人了，我是想用我20多年积累的互联网旅游开发经验，为琐园村的旅游业态赋能，也为其他乡村旅游振兴创造可复制的经验。”

严红星听了叶旭升的话，深受感动。

2023年6月8日，严红星和村“两委”班子以开明开放的博大胸怀，欢迎叶旭升团队进驻琐园村，聘任不拿工资报酬的叶旭升担任琐园村旅游发展公司总经理。

这是严红星和琐园村“两委”干部的一个重大决策，是琐园村促进乡村旅游振兴的一次大胆尝试。

严红星坚定地认为：路是开拓者走出来的，幸福是奋斗出来的！

“高楼晓见一花开，便觉春光四面来。”

琐园村干部群众对叶旭升的团队充满期待！

村民也相信严红星带领村“两委”干部，会唱出琐园村淳朴优美的田园牧歌，开创琐园乡村振兴新辉煌！

作者简介　陆原，中国作家协会会员、中国报告文学学会会员、中国散文学会会员、浙江省作家协会报告文学委员会副主任、浙江省散文学会理事、台州市文史研究馆馆员。历任中国散文学会第二届和第三届理事、台州市作家协会副主席兼报告文学委员会主任、仙居县文联主席、仙居县作家协会主席。出版中短篇小说集《苍鹰在天》、散文集《心灵的风景》、长篇报告文学《谁为翘楚》《万里长歌》等，主编文艺作品二十多部，有小说、散文、诗歌、报告文学、文学评论在《人民文学》《中国作家》《青年文学》《人民日报》《光明日报》《文艺报》《文学报》《中华散文》《散文》《报告文学》《读者》《江南》《星星》等报刊上发表或转载，曾获冰心散文奖、中国当代散文奖和报告文学奖等奖项，有作品被收入《中国散文年度排行榜》、多种报告文学集和中专语文课本等。

八仙溪畔的岁月嬗变

李　英

八仙溪是一条风光旖旎的河流，积道山是一座文化底蕴深厚的山峰。如今，“八仙积道”共富带项目，把河流、山川、田野、阡陌融为一体，一树树樱花，一片片绿地，一处处美景，将八仙溪畔勾勒出了诗情画意。

时光荏苒，岁月如梭。改革开放40多年后的今天，“千万工程”20年后的今天，中国农村正在发生翻天覆地的山乡巨变，乡村振兴和共同富裕正在引领着中国农村走向振兴之路。

“八仙积道”共富带项目，为岭下这个千年古镇注入了新的活力。八仙溪畔，春晖似海，绿色铺陈，白鹭翩翩，生机盎然，又一次迎来了新时代中国乡村振兴的岁月嬗变。

一

雨天走在坡阳古街，滴滴答答的雨声打在庭院的芭蕉叶上，发出一阵阵清脆悦耳的声响。街道路面铺了青石板，两边用鹅卵石镶嵌，走在上面仿佛走进了千年往事。两旁是各有特色的店铺、五颜六色的招牌、芬芳诱人的美食香味，都让游人驻足，流连忘返。

坡阳古街有着“浙中第一古街”的美誉，旧时是一条上通丽水、台州、温州，下达金华、衢州、严州的陆路交通要道，这里曾经客栈、茶楼、商号鳞

◎ 八仙溪露营基地

次栉比，这里曾经车水马龙，川流不息，成为旅人、客商的集聚地，满街散发着人间烟火气。坡阳老街的古民居建筑，具有十分明显的婺派建筑风味，白墙黛瓦，古色古香，可追溯到明末清初。

2023年，金东区将“八仙积道”共富带列入年度十大重点项目，项目涉及岭下镇岭五、釜章、诗后山三个行政村，涵盖人口2461人，农户1010户，区域面积7077亩。共富带项目是区域承载能力和深化“千万工程”的重点项目。

“八仙积道”共富带，一头连着坡阳古街，一头连着积道山，八仙溪就在他们中间汩汩流淌。八仙溪发源于武义八仙山，上游有一个方坑水库，水库下来就是八仙溪，全长有28公里，流经岭下镇新亭村、河口村、釜章村、王溪村，在江东镇横店村右岸注入武义江，在金东境内有14.7公里。

八仙溪在金华名闻遐迩，传说婺剧名剧《僧尼会》的故事就发生在八仙溪的相遇桥上。这个故事讲述了一个小和尚与小尼姑之间的爱情故事。数百年前，山上的寺庙与山下的尼姑庵隔河相望，也萌生了小和尚和小尼姑的情爱。他们因各种原因不得不从小出家，身为菩提树，心却在凡尘。一日，趁着寺庙住持外出的机缘，小和尚和小尼姑凡心思动，他们在下山途中相遇，一来二去，有问有答，诙谐成趣，情愫顿生，结伴下山，双双还俗，从此在八仙溪畔过上了幸福生活。尽管《僧尼会》故事在金华有各种各样的版本，但积道山的寺庙，八仙溪的美景，还真是演绎爱情故事的绝佳之处。

积道山是金东区境内的一座孤山，平地而起，山势雄奇，同样孕育了丰富多彩的积道山文化。清《金华府志》记载，积道山“连屏拥翠，石磴萦行，绝顶坦平如掌”。山上有规模盛大的通惠阁，山腰有形态各异的马鞍石，还有“龙潭”泉孔，旧时逢干旱之年，附近村民经常到积道山祈雨。以积道山为原发地，衍生出许多山、水、人物、动物、花草的传说和故事，还有“金华人看不到积道山要哭”的谚语，把积道山看成金华的标识和乡愁。甚至连金华斗牛文化也因积道山而产生。相传黄大仙在山之巅观天象地貌，发现积道山与尖峰山遥遥相对，南北呼应，形成斗牛之势，遂用斗牛之法破解，于是就产生了金华斗牛这一独特的传统文化。

“八仙积道”共富带把地域文化元素融入各种景观，从坡阳古街开始打造一条产业共富带，坡阳古街再一次浴火重生，凤凰涅槃。从2004年开始，坡阳老街保护走过了近二十个年头，2018年招商引进了首批6个业态，丰富了古街的文化元素。共富带项目把古街风貌提升作为重要节点，共涉及100多户的41栋民居需要收储，由于共富建设项目早已深入人心，项目推进势如破竹，20个子项目同步施工，初具雏形。

吕佳月1995年出生，研究生毕业后，作为选调生担任岭五村书记助理，全程参加了房屋收储工作，向村民讲解政策，耐心细致地做村民工作。有一位房主家里兄弟多，还有一个老母亲，情况比较复杂，迟迟没有答应。那几天，她几乎天天缠着这位房主，不厌其烦地做思想工作，又请来镇里的退休干部一起帮助协调，为这位房主落实了政策，终于愉快地签订了收储协议书。

朱奶奶70多岁，患有眼疾，吕佳月留了她的电话，平时经常帮朱奶奶跑腿，混得像孙女一样熟。朱奶奶家在老街上的房子有43.58平方米，建筑面积94.8平方米。吕佳月上门说明来意，老奶奶只和女儿通了电话，就当场签约。朱奶奶说："老街提升改造是好事，咱得支持！"

这些年，坡阳老街不断引进各种业态，既有街庐民俗、觉悟艺术等一批艺术馆，也有充满生活气息的坡阳豆腐宴。业主朱惠娟曾经在机关食堂做过饭，做得一手好菜，她从坡阳老街看到了商机，毅然决定在老街上租了200多平方米的店面，开了一家坡阳豆腐宴。

2022年10月4日，坡阳豆腐宴开张，婺剧坐唱班在门口街上演奏传统剧目《花头台》，在城里做淘宝的女儿赶来帮忙，12岁的外甥女姜清鹊在店里弹古筝助兴，一时顾客盈门，热闹非凡，很多游客慕名而来。

朱惠娟还细心研究豆腐特色菜谱，虽说以前在食堂做过饭，但烧的都是大锅菜。豆腐宴必须做出以豆腐为主的特色菜，因而她向老人们请教豆腐宴的传统技艺。

朱惠娟敏锐地发现，坡阳豆腐制作其实是一项活态非遗传承技艺，穿越了很长的时光，经历了一代又一代人的坚守与传承，直到今天依然遵循古老的方法，从豆子的挑选、浸泡、烧火、磨豆、沥浆、锅煮、沥渣到点豆腐，最后舀入榨架使其成形，每一个步骤都浸透着辛劳与汗水，浸透着对古老文明的尊重与保护。也因此，坡阳豆腐所散发出的香气和味道，都传递着工业机器无法给予人们的温度、记忆和情感。朱惠娟根据坡阳豆腐的技艺，精心制作了以豆腐用材为主的招牌菜，比如坡阳豆腐，将五花肉切丝煸香，豆腐煎至两面金黄，放入辣椒、葱蒜等佐料，再加入清水焖煮调味，豆腐托于手晃动而不散塌，掷于汤中久煮而不碎沉，入口鲜香嫩滑，口感细若凝脂。又比如灰膛豆，头一天就要做好各项准备工作，将洗净浸泡的黄豆和各种调料放入土罐，放置在灰膛温火焖煮，待第二天上桌，黄豆熟而不烂，味鲜而不腻。她还细心研究制作了玫瑰豆腐糕、坡阳豆腐丸、豆腐有机鱼、香辣豆腐乳等十多种特色菜，成为店里的招牌菜，让顾客闻香而来，来了还想来。

朱惠娟脸上整日笑盈盈的，像阿庆嫂那样笑迎八方客。开业那段时间，也是她最繁忙的日子，10月20日，11月20日老街连续举行了两场豆腐宴。尤其是11月20日那场坡阳豆腐宴成为老街的盛宴，坡阳老街从西头到东头，摆了40桌板凳宴，400多人把老街挤得水泄不通，周边金华、义乌、丽水的客人慕名而来，把坡阳豆腐宴美名带向四面八方。

诗后山村是“八仙积道”共富带的第一门户，村民们忙着整修入口景观，修建大型停车场。近年来，诗后山村开展退耕还林工作，整治了280亩土地，建造了老年公寓，家家户户开通了天然气，告别了烧柴和煤气时代，村民们过上了幸福的生活，是“八仙积道”共富带上一颗闪耀的明珠。

浙江天星调良马术俱乐部入驻岭下镇，让当地村民们感到既新鲜又惊奇。《调良图》是赵孟頫所画人马图中很有名的一幅，调良马术即得名于《调良图》。该马术场馆是2022年浙江省第十七届运动会新建的运动场馆之一，马术馆项目对金东区文化、体育、旅游的产业融合发展意义重大，影响深远。金东专门引进国内顶级马术俱乐部，主打成人及青少年马术培训、国际考试认证，举办国际级、国家级、地区性赛事，开发马术文化，实现场馆的可持续发展。

◎ 八仙溪露营基地

这座位于乡村的马术馆，占地37.5亩，场馆内建有92个马厩，有38匹马，配有专业教练，于2022年5月正式运营，是省运会主场馆，杭州亚运会备用场馆，先后承办了省运会、省青少年马术锦标赛、长三角马术联赛等一系列赛事。除了作为省运会马术比赛、训练场地，还面向游客开放骑马体验、马术培训等特色项目，成为游客打卡新地标，极大地激活了岭下镇文旅产业发展。许多市民在马术馆体验驰骋追风的乐趣，村民们可以在家门口看到顶级马术赛事。

“八仙积道”共富带项目建设，给坡阳老街带来更旺的人气。在古街的修缮现场，我们看到老师傅们俯身雕琢的身影，他们拿着刻刀展示着“绣花功夫”。来自中国美院的设计现场代表王文滔被这里的自然环境和布局所吸引，他的设计理念是尽量保留原有的格局，因此，在古街修缮中，很多细节都是按“一比一”复刻，把古人的智慧沉淀下来，然后结合现代的功能，按现代人的生活方式加以梳理，整条古街空间打造有松有紧，展现一种舒适的状态。

◎ 2023年浙江省青少年马术锦标赛

二

从露营基地出来拐个弯，就到了久负盛名的釜章村，展现在我们面前的是八仙溪畔的一片田野，这正是村里人称为“过溪畈”的数百亩溪滩田。时值当地“双夏”，田里刚刚割了稻子，水汪汪的一片，准备播种，一望无际，辽阔壮美。稻田里赫然立着“八仙积道　共同富裕”八个大字，在阳光下熠熠生辉，表达着村民们的喜悦心情和美好向往。

村民说起釜章村名的来历。据《章氏总谱》记载，明朝嘉靖年间，章姓村祖从永康易练润村迁居到此，村名因姓氏而得，称雅章村，清朝光绪年间改成下章村。由于村庄在积道山下，积道山又名覆釜山，由此，最终以釜章为村名。

谁能想到，几十年前，从村里通往这片过溪畈的是一座3.5米宽的石拱桥，釜章村入口也只有一条不足6米宽的小路。二十年前，在“八八战略”“千万工程”的引领下，一任又一任的村“两委”班子成员，带领村民们开展“康庄工程”“美丽乡村”建设，终于走出了一条共同富裕之路，使釜章村变了样，成为新农村共富的典范。

都说“要致富，先修路”，釜章村正是从建桥铺路开始的。1976年麦收时节，风华正茂的黄忠益从部队复员回村，再没有离开过这片生他养他的土地。1982年，他开始挑起村党支部书记的担子，第一件事就是建桥。村民们每天都要过八仙溪，到对面的几百亩“过溪畈”干活。村民在六七根木桩上铺了几块杉木板，只能容一个人通行，村民们经常用手推车拉稻谷过桥，一不小心就连人带车倒在河里。每到冬季下雪天，上学的孩子们只能爬着过桥。耕牛过河劳作要蹚过寒冷的河水，牛的身子皮毛都在发抖。每次大水来了，木桥就被冲毁，几块木板漂流而下，既不方便也不安全。每年汛期洪水泛滥，村民们只能望洋兴叹。建一座石拱桥是村民多年期盼已久的梦想。

和村民们一样，黄忠益做梦都在想着石拱桥的样子，坚实的桥墩，漂亮的圆拱，路面铺上石砂子，上面不仅能走人拉车，还能开拖拉机。可是，那时村里连买红纸的钱都没有，哪有钱修桥呢？他发动村民以义务工为主，开始了选址、设计工作。

为了建桥，黄忠益专门去县里跑了一趟，一位曾经在岭下镇当过书记的老领导，已经是县里一个局的一把手。这位老领导一听说村里要建桥，很热心地给他出点子、想办法。这位领导对他说，要争取县里的支持，就必须要有决心，见行动，摆开阵势。

黄忠益连连点头，心里踏实了许多。他回村后召集村班子开会商议，加快了选址、设计进程，又到县里批了炸药，溪滩地摆满了从村采石场拉来的石头，村民们义务投工，挖基、整石，干得热火朝天。

终于，有一天盼来了县领导来村里检查工作。那天，黄忠益在田里割稻子，就听村广播里说："黄忠益快回来，县领导徐正接来看建桥的事了。"

黄忠益抑制不住激动的心情，立即放下手中的活，一路飞也似的奔跑来到村口。身材魁梧的徐正接是金华县委副书记，他带着交通、水利等部门人员已经到了施工现场。

听了黄忠益的汇报，徐正接对村里自力更生建桥给予充分肯定，并建议要建5米宽的桥面。

黄忠益面露难色说："建这座桥造价5万元，我们义务工集资还是缺口很大。"

徐正接当即拍板，先给村里拨款1万元，让建桥工程先动起来。20世纪80年代初，1万元已经是一笔巨资。县领导的支持让村民们兴奋不已。村里建桥的速度快马加鞭，工程很快有了雏形，但最大的问题还是资金缺口。

黄忠益和村干部又跑到县里，直接找徐正接请求支持，这样县里又给村里拨了6000元。

建桥工地上，全村上下几百号男女老少齐上阵，一耙一耙地耙，一锹一锹地锹，一锤一锤地锤，一担一担地挑。这年10月，村民们终于把桥建好了。这是一座全长50多米、宽4米、2墩3拱的石拱桥。村民把桥取名为复春桥，寓意釜章村告别贫困，迎来春天。这天，整个山村彩旗飘扬，锣鼓喧天，歌声回荡，村民们举行了简朴而又隆重的剪彩仪式，徐正接亲自到场剪彩祝贺。接着，村里又举行了古老的游桥仪式，80岁的寿星章金松坐上了县领导的吉普车，从村口驶向田畈，风光无限，喜笑颜开。徐正接举着扩音喇叭讲话，鼓动村民们开展两个“千村万户”活动，即千村万户发展种养业，千村万户发展社队企业，改变落后的生产方式，走出一条百姓致富新路子。

紧接着，黄忠益又带领村民们改造村里的自来水管网，打了一口深井，建了水塔。家家户户都装上了自来水接口，水龙头一拧，白花花的水就流了出来，村民们再也不用到八仙溪里挑水了。

黄忠益得知金华水泥制品厂需要砂子，就主动上门联系，达成合作意向，并商议联合办一家做水泥板的预制场企业。村集体把杨梅峡山上的杉树卖掉，将4000元作为村集体投入，发动村民400元一户入股，集了21户，这样，村里的第一家预制场企业办起来了。两年以后，村里又将杂草丛生的荒滩进行改造，溪滩畈增加了33亩农田。

如今，黄忠益说起这些创业历程和发展变化，他的思路和心情还和当年一样清晰、一样明亮、一样振奋。

2013年，年轻的章金元担任了釜章村党支部书记。他曾经在20世纪80年代承包村里的预制场，是村里发展经济的能手，30岁时就担任村委主任，连续干了6届村主任。他赶上了好时代，在“千万工程”的引领下，从修路、建桥开始，釜章村得到飞速发展。

当年建桥，县领导徐正接建议他们桥面要建成5米宽，但那时村里资金紧张，最后建成的桥只有4米宽，早已不适应村民出行的需求。章金元和村“两委”一起决定将过溪桥拓宽到6米。接着又开始修路，他们联合王溪村、河口村等5个自然村一起修建一条7米宽的“岭河机耕路”，后来又铺上了水泥路面，彻底改变了村里的交通条件。

釜章村和其他农村一样，村里的电网像蜘蛛网在空中遍布，横七竖八，侧挂的、下垂的、穿墙的，既影响村容，也容易引发安全事故。村里开始“美丽乡村”建设时，率先启动了弱电下地工程，将原本在空中的弱电线缆全部集中埋设到地下管网，成为当时全镇第一个弱电下地的村庄。

釜章村村民的理念很朴素，他们要用勤劳的双手把家园建设得更加美丽，多花心思少花钱，不搞样子工程。村里持续深化人居环境整治，不断盘活闲置资源资产。

章金元和村“两委”考虑更多的是，釜章村虽然旅游资源较为丰富，但是该如何吸引更多游客？如何让游客留得住，住得下？如何将“美丽乡村”转化成实实在在的经济效益，带领村民走向共同富裕之路？

“八仙积道”共富带项目为釜章村带来了新的发展机遇。釜章村相继实施了“积道里”民宿、露营基地等项目。

釜章村在积道山脚下，“积道里”依山而建，傍水而居，村里将闲置的老房子收储，建成占地2000余平方米的36间高端民宿，还配套露天游泳池，封闭式后花园，既留住乡愁，又融入时尚，为久居城市的游客提供远离世俗的诗意栖居。

八仙溪南侧王溪湿地，规划建造1676亩的露营基地，计划配套热带水果种植区、乡土作坊、研学中心、水岸餐厅、无动力乐园，还设有沙滩营地、花海、剧场帐篷营地、集市营地等景点，形成种植、生产、旅游联动基地，将成为农文旅发展、农业科技加持“联动聚富”的生动案例。

2023年2月15日，釜章村召开党员大会，举行“八仙积道”共富带项目坟墓搬迁集中签约仪式，镇干部用通俗易懂的话，将坟墓搬迁政策逐条进行解释，会上还邀请中国美院设计团队的项目设计师为大家讲解“八仙积道”共富带项目。村书记章金元第一个在坟墓搬迁协议上签字，接着44名党员纷纷签约。

“村看村，户看户，群众看干部”，党员干部带头签约，辐射带动了全镇坟墓搬迁“加速度”。坟墓搬迁工作不再成为难事，共富带区域内的坟墓72户249穴在清明节前全部完成搬迁。

回望釜章村的岁月嬗变，40多年前那场影响中国前途命运的大包干极大地释放了农村生产力；20年前，在“八八战略”“千村万户”的鼓舞下，釜章村一步步破茧成蝶，用“生态”“文化”“产业”将这个小山村塑造成了世外桃源般的美丽画卷。

三

八仙溪畔，积道山下，“白色森林·生日小镇”就掩映在那绿水青山之中。

主人王平把蛋糕车间设在公园里，让员工们在花园里面上班，面包从森林里走出来，游客可以在漫步观光的同时，感受甜蜜的烘焙文化。

作为金华人再熟悉不过的烘焙品牌，“山山家”伴随了一代人的成长，而主人公王平也从一名卖面包的农家少女，成长为金华商界女强人。

王平，年轻时从没想过以后自己能办企业，初中毕业后她在一家蛋糕房做工，不想竟和烘焙事业结下了不解之缘。

2003年，是王平人生的重大转折点，这一年，她在师傅黄志祥的提议下众筹创业，真正开始打拼属于自己的一番天地。她的第一家蛋糕房选在金华闹市区八一路上，还建了一个600多平方米的工厂。创业之初，她经受过各种各样的挫折，但她从不气馁，从不放弃，不断研发新产品，积累客户，终于迎来了蛋糕房的新生。她虚心向同行学习，请教企业管理经验，还花6年时间参加了浙师大的MBA培训班。她如饥似渴地在知识的海洋里汲取营养，而社会商界的阅历增长也让她迅速成长。几年以后，她建立了一个5000平方米的新工厂。好事多磨，建厂不久就有居民反映，生产车间距离居民楼不到6米，对居民生活造成了一定影响。王平带着员工第一时间挨家挨户上门道歉，并对车间进行整改，赢得了居民的理解。

◎ 乡土大地稻田公园

从创业伊始，王平一直怀揣着一份对美好未来的憧憬，凭着自己的勤奋和执着，凭着团队的协作和成长，经过近20年的不懈努力，专注专业，终于获得成功。如今，山山家烘焙拥有600多名员工和100多家加盟店，成为品牌覆盖全国的一家知名连锁公司。王平并不满足于现状，心中一直有一个梦想，那就是做个花园式的工厂，让“山山家”成为国内烘焙行业的标杆。

2018年，是王平人生中的又一个转折点，这一年她回金东老家，在风光秀丽的积道山下谋划“白色森林·生日小镇”建设，开始了她第二次创业的逐梦之旅。她带领团队精心打造，从小镇的构思、策划到建设，不放过一个微小的细节。为了打造特色小镇，王平一次次带领员工外出考察学习，借鉴国内外优秀成功案例，融合自身优势，探索符合自己的基因，最终定了“小而美，小而精”的风格基调。经过两年多的打磨，建成了这座融合众多创新休闲元素的“白色森林·生日小镇”，成为积道山脚下的一道靓丽风景，也是国内首家生日主题文化休闲小镇，并迎来了预期的开门红。

“山山家，我的家”。王平一直心怀感恩，她认为，一个企业家，成就员工，才能成就自己。如果说，“创中国烘焙百年企业”是王平的愿景，那么，弘扬传统文化，带领山山家全体员工共同发展更是她不懈的追求。回忆创业之初，筚路蓝缕，举步维艰，初来乍到的员工们却给了她无限的鼓励和支持，那份诚心和信任深深感动了她。从那时起，王平就把员工视为家人，把山山家视为一个大家庭。王平说：“家有多温馨，山山家就有多温馨。”

作为大家长，让家人们生活幸福，是王平赋予自己的责任，并以此自勉。伴随着山山家的成功，很多跟随自己的员工也实现了当初的愿望，有房有车，生活逐渐富裕起来，但王平想要的不仅仅是这些，她不但要让员工的物质丰富起来，还要让他们的精神富有起来。于是，王平想到了博大精深的中华传统文化，“万善德为本,百行孝为先”，为此，王平成立了“孝”基金，针对工作满三年以上的优秀员工，每个月会给其父母的账户里额外发放330元钱，以山山家的名义孝敬员工父母，进一步延伸家的概念。感动员工和家人的同时，也形成了大家和小家之间的良性互动，极大助力了公司的发展。

仁者爱人，有礼者敬人。王平以孝文化为切入口，引导山山家全体家人进一步学习阳明心学、《论语》、《道德经》、古诗词等中华优秀传统文化，每日一课，学思感悟。通过弘扬传统文化，打造企业核心文化，让员工们接受优秀传统文化的熏陶和洗礼，增强爱国主义情感，提高人文素养，升华思想，拓展境界，常怀感恩之心，永葆进取之志，坚持谋正事、务正业、走正道，行稳致远，敬天爱人，实现人生长红，基业长青。

2020年5月18日，“白色森林·生日小镇”正式开园。让人没想到的是，王平把雷锋文化馆安在“白色森林·生日小镇”，并在开园当天开放。近二十年来，王平跟随曹荣安老人学雷锋，帮助他开展雷锋馆一系列活动，也因此和这位全国知名的雷锋传人结下了深厚的友谊。王平担任了金华市雷锋文化事迹馆副馆长，金华市慈善总会义工分会常务副会长，曾获全国商业“诚实守信”道德模范、浙江省“百姓学习之星”、金华市道德模范，受到过全国学雷锋“两会”表彰，还入选了“发现最美浙江人——浙江好人榜”。

开园前夕，他们举办了“携手山山家·聚力创文明·与雷锋同行”诗歌朗诵会，83岁的“雷锋老人”曹荣安朗诵起他为山山家写的诗歌《山山家学雷锋》，并将自制的38块“山山家与雷锋精神同行8周年”展板交给王平。这些展板，呈现的是王平漫长的公益路，也是一位老公益人对她的肯定和鼓励。

“奉献、感恩、服务”。曹荣安认为，山山家是雷锋精神融入企业文化的先例。38块展板，展示的是从2007年开始，所有关于王平的报道还有她做公益时的照片。

“这些照片，我自己都没留存，没想到曹老这么有心。”2007年，王平和曹荣安相识于一场颁奖典礼，王平得的是“创业奖”，而曹荣安得的是“环保奖”。听完曹荣安的事迹后，王平深受感动。7年后，她兼任了由曹荣安个人创办的金华雷锋文化事迹馆副馆长。

王平跟随曹荣安走访过雷锋生前的战友，专程赴辽宁、湖南各大雷锋馆交流学习。4年前，她又随曹荣安赴内蒙古朱日和参加全国雷锋主题联展，结识了全国雷锋主题藏友，更深地了解雷锋藏品在传承弘扬雷锋精神中的作用。对于雷锋，她从《学习雷锋好榜样》这首歌，发展到了解雷锋、认知雷锋。多年后，她偶然发现，山山家开业纪念日和雷锋诞辰日是同一天，王平觉得，这是冥冥之中的缘分。

要让更多人学习雷锋，少不了宣传推广。王平知道，每一场大型活动都需要很多力量支持，单靠民间志愿者没办法实现。所以，她愿意做雷锋馆的后盾。

2016年5月8日，金华雷锋事迹馆6周年生日，来自全国11个省市的34位藏友和志愿者齐聚金华雷锋事迹馆，雷锋生前所在连队的连长虞仁昌、战友冷宽中将和乔安山共同为雷锋事迹馆庆生。这次全国性的学雷锋活动，王平不仅在资金方面给予支持，还调动公司里所有高管出动，确保活动“有序”“有爱”开展。

2020年10月18日是雷锋诞辰80周年纪念日，也是山山家18周岁生日，山山家筹备8年之久的“白色森林·生日小镇”也将开园。考虑到开园当天会有很大的人流量，王平最先想到的是当天同步开放雷锋文化馆。除了曹老送来的38块展板，一对雷锋主题花瓶外，还展出了一批雷锋主题的藏品。王平就是想让更多游客来体验甜蜜的同时，也能来学学雷锋精神。

8月，正是“白色森林·生日小镇”最美的时节。走进景区，绿树成荫、碧草萋萋，如同一幅绿色绸缎，蜿蜒铺开，周围点缀着应景的鲜花，犹如置身在童话森林，不经意间还能嗅到烘焙麦香，使人陶醉。景区有迷你农场、户外营地、3000平方米大草坪的帐篷，天幕下聚集着许多前来休憩的游客，泡泡音乐广场上随处是大人带着孩子嬉戏玩耍的身影。

面包不仅可以果腹，更可带动村民致富。目前，“白色森林·生日小镇”年旅游接待10万人次，年产值达1.2亿元，带动周边村民就业百余人，并实现土地流转200余亩。“白色森林·生日小镇”还和岭下镇一起设立了“共富工坊”，不仅为周边村民提供稳定的工作，让“造血式”的帮扶带给村民稳稳的幸福，也让企业用工变得更加稳定有保障。

山山家与多个村庄进行了农产品采购合作，江东的草莓、八仙溪的鸡蛋、摩诃村的毛芋、湖北村的腌菜都成为山山家的特供产品，公司还与市交投公交集团客运金东公司联合开通了D33“山山家白色森林”定制专线。随着大量游客的到来，该旅游景区的“流量”外溢到了周边乡村，更好地促进了周边村民增收致富。

“白色森林·生日小镇”是山山家事业新的起点，也是王平实现修身、齐家、报国理想的新舞台。在这里，王平将再次扬帆起航，逐梦前行，继续播撒爱的芬芳，将小镇之旅变成文化之旅、心灵之旅、美食和养生之旅。

八仙溪畔的岁月嬗变，给了我们深深的启示，如今的乡村蝶变和40年前、20年前相比，可谓判若霄壤。“八仙积道”共富带建设，经过近一年时间的实施，已经初具雏形，在杭州亚运会期间靓丽绽放，成为金东“千万工程”升级版的典范，成为共同富裕示范区建设的案例。我们相信，八仙溪畔将会有更多的巨变，更多的精彩，更深的变革。

作者简介 李英，浙江金华人，系中国作家协会会员、中国报告文学学会理事、中国散文学会会员、中国诗歌学会会员、中国电影文学学会会员、浙江省作家协会主席团成员、浙江省作家协会报告文学创委会副主任、金华文史馆馆员、金华市作家协会原主席、浙江理工大学文化传播学院特聘教授。长期从事文学创作和文学组织工作。在《中国作家》《北京文学》《散文选刊》《江南》《中国报告文学》《海外文摘》《电影文学》《人民日报》《光明日报》等发表作品多部（篇）。著有《孟祥斌，一个人感动一座城》《感动之城》《第三种权力》《大国治村》《群山回响》等16部长篇报告文学作品。作品曾获中国报告文学奖、北京文学奖、徐迟报告文学奖、浙江省“五个一”工程奖、浙江省优秀文学奖等重要奖项。

雅里向未来

王晓武

荷月风暖，骄阳似火。

沿着美丽的小高线盆景大道，走进浙江省金华市金东区曹宅镇雅里村，只见房舍井然，绿树成荫，庭前花开，池水清冽，两朵粉荷亭亭立于水上，几只蜻蜓在水面翩翩起舞，池塘边一老叟正在怡然垂钓，好一幅江南水乡消夏图!

迎面走来一群年轻的外国人，说着一口流利的汉语，一问，才知道是浙师大和金职院的十多名外国留学生到雅里村来游学。

“雅里村太漂亮了！这里的每幢房子前后都有盆景和鲜花，池塘里的水也很清凉。”来自莫桑比克的女大学生莫雅文开心地说。

“是的，我们那里农村的房子都是用木头和稻草盖的，不像这里，白墙黑瓦，还有檐角，真好看！我希望我的家乡也能变得这么美丽！”尼泊尔小伙子艾利克也抢着说。

2003年，“千村示范、万村整治”工程在浙江全面铺开，雅里村干部带头，党员示范，抢占时机，从一个人心涣散的后进村凤凰涅槃，浴火重生，精彩蝶变为引领乡村和美风尚的省级美丽宜居示范村，倾注了基层党员干部大量的心血，展现了金东区“听党话、会干事、讲公道、肯吃亏、守规矩”的新时代村干部精神，生动演绎了一曲乡村振兴的时代之歌。

一

“榆柳荫后檐，桃李罗堂前。暖暖远人村，依依墟里烟。”

雅里村是南宋著名的藏书家、书画家王柏后裔聚居地。王柏，字会之，号鲁斋，曾受聘丽泽、上蔡等书院，著述繁富，有《诗疑》《书疑》《鲁斋清风录》等800册书卷，与理学大家何基、金履祥、许谦递相传授，自成金华学派，被后世尊为“北山四先生”。王柏的曾孙从义乌凤林迁到金华老城区，明代时又从城区迁到雅里村定居至今。

沿着雅里村中大道向东行走，两边庭院错落，地上纤尘不染，江南水韵，一步一景，宛若画中游。

雅里村是以种植粮食果蔬和盆景绿植为主的乡村，家家户户的门前都摆放着罗汉松、杜鹃、滴水观音等造型各异的盆景，屋后栽着石榴、香橼等果树。此时三角梅开得正艳，络石藤爬满了老年活动室的外墙，上面挂着累累的木莲；雅湖塘和门口塘波光粼粼，塘中心一簇水葫芦摇曳着艳丽的黄花；见证了几百年世事变迁的王氏祠堂修缮一新，门口一对抱鼓石古拙稳当；村干部精神陈列馆内展示了近年来金东区美丽新农村的建设成果，以及各村涌现出来的优秀村干部的典型事迹，生动诠释了新时代金东村干部的奉献精神；建于20世纪70年代的群力渠高高架起，至今还用潺潺清水灌溉着村里的低丘缓坡；崇理公园内开满了星星点点的蓝草花，金华学派的“北山四先生”肃然伫立；知青文化馆真实再现了知识青年当年下放的工作和生活场景，让后人感受那个年代知识青年支援农村并接受贫下中农再教育热火朝天的气氛。

再往上走，是村里的居家养老照料中心。此时正是中午开饭时分，几位老年人还在窗口打饭，有几位已经坐在整洁的餐桌前开吃了。今天中午食堂供应的是红烧肉炖兰花干、清炒丝瓜和番茄汤，83岁的王森启老人正端着满满一大碗雪白的米饭在吃，我笑着打趣道：“大伯，胃口不错啊，这么一大碗饭，我都可以吃四餐了！”“好吃！我们食堂菜新鲜，吃的都是优质米，而且食堂阿姨手艺也不错，我餐餐吃这么一大碗，只要一元钱呢！”老人满脸的皱纹都带着笑意，说话中气十足，幸福满满。

“现在政府好！政策好！我们村里的老年人每天都喜欢来这里聚聚，聊聊天，喝喝茶，你看，这里连Wi-Fi都装上了！我有时就坐在这里用手机听金华戏！”

“如果下雨下雪，或者身体不好，村里还会安排专门人员送饭上门，服务很周到的！”边上几个老人纷纷说道。

金东区自2012年开始尝试在农村推广居家养老服务模式，将其作为重大民生实事、重要民生工程来抓，较好解决了农村老人基本养老问题，多次被《人民日报》、《浙江日报》、中央电视台、浙江卫视等众多知名媒体报道，并入选全国典型经验加以推广。

十多年时间过去了，看到老人脸上幸福和满足的笑容，正好印证了金东区“日间集中照料、夜间分散居住”农村居家养老服务模式的成功。

照料中心的隔壁是由原小学改造而成的老年公寓，有三家没有住房的老年人居住在这里。王宗平和方翠仙夫妻俩去年搬过来居住，今天丈夫王宗平出门去了，方翠仙一个人坐在门口剥豆子，边上躺着一条小狗，她说：“我们家的老房子成了危房，为了安全起见，村委按建筑面积补助给我们一定的钱，收回去修缮后用于旅游参观，然后让我们搬到老年公寓来住，不收取任何租金，而且减免了我们的水电费。没有想到，我们年纪大了，还能够享受到这么好的政策，书记和村干部对我们都很关心。”

老年公寓东侧的操场上，还垒有十个“共富灶”，摆着十张简易餐桌，这是给前来参观旅游的客人提供自助式野炊服务，让游客享受久违了的农家柴火锅巴饭和儿时的农家菜。

穿过老年公寓的角门，是2022年雅里村刚刚建成的“金田共富”区。现在，田里的西瓜已经采摘得差不多了，辣椒却像红灯笼一样挂满枝头，玉米长得如一只只胖胖的山羊角，两只白鹭突然张开雪白的翅膀从田野里飞向池塘。

往回走的路上，意外碰到多年未见的妇产科老同事王医师，她看我纳闷，就笑着告诉我：“我和老公都是雅里人，前些年回家造了房子，现在村里又干净又美丽，我退休后就回来居住了，每天像住在一个大花园里，空气特别清新。”

坐在自家门前摘花生的王宗矿老人，热情地招呼我们坐下。他今年75岁，但看起来只有60多岁的样子，是1969年的老兵，女儿嫁到鞋塘金家，儿子在金华一家公司搞设计，自己有3000多元退休费，他说：“现在党的政策好，书记又能干，日子很舒心呢！”

孟子说：“老吾老，以及人之老；幼吾幼，以及人之幼，天下可运于掌。”在雅里，在金东，一老一小都享受到了党和政府无微不至的关爱，每个人脸上都洋溢着发自内心的满足和怡然。

这就是我们的新农村，一个温暖而又幸福的大家庭。

二

然而，2000年的雅里，却是一个矛盾多多的问题村。

那时的雅里村实在太落后了，用老百姓的话说，就是“晴天一身灰，雨天一身泥，夜里一片黑”。村里有大大小小的池塘七口之多，农户家的污水直接排到池塘，水面上经常漂浮着死猪死鸡，池塘边垃圾遍布，蚊蝇乱飞，臭气熏天。村里所有的通道都是泥巴路，不仅高低不平，灰尘满天，一到雨天直接就成了泥潭，不穿上高帮的雨鞋根本没办法行走，农户在低丘缓坡上种些经济作物，想运出去变点现钱，可是一车葡萄运到村口，已经被颠簸得又破又烂不成串了，根本无法出售。一到晚上，整个雅里村一片漆黑，伸手不见五指，多次发生村民摔倒摔伤的事故，上了年纪的人天一黑就不敢出门了。

“我嫁到雅里村不久，有个很要好的小姐妹远嫁萧山，有一次我到她家玩，看到她们那边的村庄都是水泥路，又干净又平坦，心里那个羡慕啊！当时就想，什么时候雅里村也能有这样的路就好了！”回想起当年，村书记宋小如对老一辈党员干部充满敬意：“是‘千万工程’造福了雅里，也是老一辈村干部，特别是王永芳老书记，不等不靠、敢于争先的拼搏精神造福了雅里。”

王永芳出生于50年代末期，是一个有着6年军龄的坦克兵，退伍后种过庄稼，经过商，办过企业，2000年左右因为身体原因工厂停办后回家休息。2002年，村支部换届，考虑到雅里村需要一个敢挑重担的领头人，曹宅镇党委就上门动员他担任村支部书记。

当时王永芳才四十多岁，有一股不畏艰难的韧劲，就答应挑起这个重任，并暗暗发誓一定要改变村里的落后面貌。

但那个时代农村普遍条件不好，各级政府的财政资金都非常困难，村集体没有钱，想做点事情非常不容易。

机会总是给有准备的人。2003年6月，时任浙江省委书记的习近平同志提出了实施“千村示范、万村整治”工程，决定从治理“脏、乱、差、散”入手，加大村庄环境整治的力度，完善农村基础设施，加强农村基层组织和民主建设。

可是，因为资金有限，加上以前的村班子凝聚力不强，雅里村并没有被上级纳入第一批整治的范围，王永芳听到消息后，急了。他灵机一动，特意在一个雨天邀请镇党委书记和镇人大主任到村里走访，结果小车开进村里，两位领导根本没有办法下车行走。王永芳向镇领导提出了整治村庄的请求，他俩当场就同意了，当即拍板拨给雅里村5000元用于村庄整治。

资金虽少，但至少可以先行动起来，王永芳相信办法总比困难多，万事开头难，只有先干起来，雅里村才能打赢翻身仗。于是，他一边自己带头，和党员干部一起对村里的污水管道进行改造，清理池塘的淤泥和垃圾，把村里的主要道路用水泥进行硬化，一边积极筹集资金，动员村民有钱出钱，有力出力，为建造美丽家园尽最大努力。

王永芳和村“两委”、村民的决心和努力感动了时任金东区“千村示范、万村整治”工作领导小组组长的一位区领导，虽然雅里村不在整治村庄的目录里，但她决定从自己每年八万元的工作经费里挤出两万元，帮助他们进行旧村改造，真心希望雅里村早日变美变好。

经过一年努力，雅里村的面貌终于焕然一新：村里的主要道路都铺上了水泥，晴天不起灰，下雨天也不用穿着雨鞋走路了；污水改道后进行集中处理，池塘彻底清淤，池水清澈见底，妇女们可以在池塘里洗洗涮涮了；村里在重要路口装了三十多盏路灯，村民们晚上可以放心串门了！

在村庄整治验收过程中，浙江省委副书记周国富同志走访雅里村之后，对雅里村破茧重生、化茧成蝶的巨变和村干部不等不靠的精神给予了充分肯定，并作为先进典型向省委作了报告。

2004年，在浙江省“千村示范、万村整治”工作现场会上，时任浙江省委书记习近平充分肯定了雅里村：“通过村庄整治使原来‘脏乱差’的村庄变成了一个‘水清、路平、灯明’的文明村。”

2005年，王永芳作为金东区的两个代表之一，参加了浙江省村官峰会，受到了时任省委书记习近平的接见和表彰，并获得了一枚特别有价值的浙江省优秀“村官”纪念章。

为此，镇党委书记非常高兴，特意邀请了几个村书记，在家里给他摆了庆功宴，并亲自下厨烧了几个特色菜，向王永芳敬酒致贺。

“书记烧的那个猪头肉，是我这辈子吃过最好吃的肉！”王永芳笑得一双长长的寿眉抖动着，明亮的眼睛眯成了一条缝，开心地说，“其实，我儿子非常阳光，浙江大学毕业后，分配到电业局，现在已经是武义县供电局的党委书记，我自己也有退休金，日子真是越过越舒坦。现在，宋小如书记带着全村村民往致富路上奔，我虽然年纪大了，但身体不错，能为村集体的‘金田共富’项目贡献一点余热，还是挺高兴的。”

三

宋小如出生于1971年7月，原来是曹宅镇上目宋人，因家里兄弟姐妹四个，条件不好，初中毕业就辍学在家务农了，1995年经人介绍嫁到邻村雅里，老公王建设是个老实巴交的泥水老师（水泥工），两个人感情很好，结婚当年就生了一个女儿，后来又添了一个儿子，一家人安安分分过日子，像农村里大

◎ 曹宅镇雅里村

部分家庭一样，没有什么过多的要求。

1999年，因工程款不容易结账，宋小如夫妻俩决定转行，就到义乌小商品市场联系业务，开启了十多年来料加工代理人的生涯。

20世纪90年代末，随着农村富余劳动力的不断增加，男性外出打工者越来越多，可妇女要照顾老人孩子却离不开农村的家。也正是这个时期，义乌小商品市场迅速崛起，大批小商品需要纯手工成品，属于劳动密集型的产业，来料加工业务应运而生。该项业务就是由代理人到市场取到活计，比如串珠、扎

花、粘水晶、装拉链等手工活，由市场批发商提供原料，由代理人委托家庭妇女，按要求完成任务后支付一定的手工劳务费。因无须太多工作经验、不受时间限制、不受场地限制，而且能让妇女居家创造一定的劳动价值，在2000年左右深受广大农村妇女的欢迎。

宋小如夫妻诚实勤劳，认真负责，出活率高，出错率少，很快就得到了义乌小商品市场老板的普遍信任，接单的业务量越来越大，而当地前来取活的妇女也越来越多，最多的时候要排上一两个小时的队才能拿到活计，宋小如因此多次被评为“金东区来料加工十佳经纪人”，获得“巾帼岗位能手”等称号。

到了2006年，在带领本村和周边妇女致富的同时，宋小如家也有了一定的经济基础，头脑活络的她和丈夫一合计，就在义乌小商品市场买了摊位，开始自己当老板，这一干就到了2012年的夏天。

自家的条件好了，热心善良的宋小如没有忘记家乡的父老乡亲，她知道知识才是真正能够改变命运的有力武器，自己就是吃文化水平太低的亏，所以，她决定对全村好学向上的孩子进行奖励。从2008年开始，她向全村宣布：考上大学每人奖200元，三好学生奖100元，积极分子奖50元，有特殊困难的学生视情况另定，孩子们只要凭奖状或录取通知书就可以到她家里领取奖金。

这个奖励政策到今年已经延续了整整15年，钱虽不多，但表达了自己的一份心意，对青少年的鼓励意义很大，有效培养了崇学向上的村风，她觉得这是非常有益的事情，最多一年她曾经奖励了学生将近一万元，奖得越多，她心里越高兴。现在，最早拿到奖金的学生都参加工作了，他们经常利用假期回到村里，给学生免费补课，村里的年轻人大都热心公益事业，这让宋小如特别欣慰。

为了生意，那些年宋小如基本住在义乌，很少回村里。

最后促使宋小如放下义乌的生意回到雅里村，其实是因为儿子的一句话。

由于忙于生计，宋小如的女儿中小学期间一直都寄宿在别人家里，儿子在金华环城小学读书，也是寄宿在老师家里，她自己最多一个星期回来一次。小学毕业时，一向重视教育的她和儿子谈心，希望儿子能够更加努力，向好的同学看齐。谁知一向乖巧的儿子却委屈地说："妈妈，别人家的孩子父母都是每天接送，可你呢？一个星期一次都不能保证！"

是啊，对于孩子来说，最好的奖赏就是父母的陪伴，自己赚再多的钱，如果孩子不能得到好的教育和成长，那又有什么意义呢？

2012年下半年，宋小如终于下定决心，留下丈夫王建设一人在义乌守摊，自己回到雅里村继续接单，和妇女们一起做来料加工生意，同时把儿子转回曹宅初中上学，自己每天接送陪伴，尽量做到工作生活两不误。

宋小如是一个有爱心有热心有情怀的女同志，她回到雅里村后，一如既往地关心公益，乐于助人，在村里人缘特别好，村"两委"开始有意识地培养她，2013年，宋小如光荣地加入了中国共产党。

2017年村党支部换届时，她高票当选村支委委员，并被上级任命为支部书记。

村支部书记的任命有些出乎意料，但是，既然上任了，不服输的宋小如就下定决心，必须为村里多做事，做好事、这样才对得起党、对得起上级的嘱托、对得起党员干部和村民的信任。

这时的雅里村虽然有了较好的硬件基础，但随着物质条件的不断提升，人民群众对精神文明的需求和对美好生活的向往也逐年增高，这些年村里又开始出现了新的问题和困难，宋小如决定从老百姓反应最强烈的问题着手解决。

雅里村王氏族人是王柏的后裔，在清朝康熙年间就修建了王氏宗祠，民国时期又进行了一次重修，为三进三开间两厢房，早年是供奉祖先、祭祀议事的场所，新中国成立以后做过学堂，办过碾米厂，是祖祖辈辈的精神家园和儿时念想。如今，因年久失修，其中有一间已经倒塌，村民们对重修祠堂的呼声很高，但因为资金问题一直得不到解决。

宋小如头脑灵活，思维敏捷，特别善于把握机遇。上任后，她就从这件群众呼声最高的历史遗留问题着手，抓住创建美丽乡村的契机，开始修建王氏宗祠，保持原来清代祠堂的风貌，保留了民国时重修的石头圆柱，同时收集了大量的历史资料，增加了名家字画楹联等内容，并专门开辟一处学习角供孩子们读书学习。

祠堂修缮一新，村两委的形象也焕然一新，村民们看到了新一届班子干事的决心和信心，接下来的工作一件件有条不紊地展开，就如同展开一幅美好的江南乡村风景画。

村里的饮用水工程是2005年建造的，十多年时间过去了，许多管道已经开始破损，漏水现象非常严重，村里的水费损耗越来越大，因此引起了不少纠纷，导致个别村民不肯交水费，水网管道修建已经迫在眉睫。正巧，2018年开始在农村试行推广安装天然气管道，使用天然气不仅能够节约能源，而且价格便宜、安全性能高，是一件利国利民的大好事，但是因为天然气公司要收取管道初装费，许多老百姓不愿意接受。为此，宋小如分别召开了党员会议和村民代表会议，听取多方意见，最后统一思想，研究实施方案。既然两个都是需要开膛破肚的地下工程，村委就决定把自来水管道改造和天然气安装一起实施，同时出台由村集体补助农户天然气初装费每家500元、自己出资3000元的优惠政策，接下来，宋小如和几位老党员挨家挨户上门做工作。终于，自来水管道改造好了，204户村民家里装上了天然气管道或预留了安装接头，雅里村民率先用上了价廉物美的天然气。

为了由内而外拓展“和美乡村”的内涵，借助美丽庭院建设的东风，2018年雅里村开始不留死角地进行全面整治。宋小如在家人的支持下，身先士卒，投资5万余元，在自家门口堆砌了假山鱼池，扒掉了围墙，购买了盆景绿植，自创美丽庭院与大家共享，邻居和村民们纷纷效仿，美丽庭院工作顺利开展。

接下来，村里房前屋后的违章建房需要拆除，大量的赤膊墙需要粉刷，为此，在镇党委和镇政府的支持下，村“两委”发起了“发动一百人、清运一百车、百日换新颜”的“三百”行动，将村庄划分为三个区块，每个区块由“两委”班子领衔，党员带着群众干，逐步激发起全村人参与村庄整治的积极性，纵深推进整治攻坚。通过三个月地毯式的清理，共清出各类垃圾、杂物1000余车，拆除私搭乱建2450平方米，平整裸土荒地4000平方米，粉刷1.3万平方米赤膊墙，建造了灯光球场、生态洗衣房、崇理公园、幸福小广场……

这些工作听起来简单，做起来却十分艰难。不要说拆除多年的违章建房，就是村里出资粉刷赤膊房，也会碰到很多实际困难。有户村民平时邻里关系紧张，和周边三户邻居都吵过架，还和其中一家打过官司，对方赔了二十多万元钱，连他自己都认为邻居不可能让他家搭架粉刷，宋小如就是凭着一股韧劲，走访调解几十次，晓之以理，动之以情，终于啃下这块硬骨头。村民们也从原先的不理解、不支持转变为主动整治房前屋后，自觉拆除违建。村庄面貌的快速变化给了村民信心，也让村民对村干部有了更深的信任。

随着雅里村变得越来越美丽，知名度也越来越高，金东区“新时代村干部精神展览馆”、金华婺文化（王柏）研究馆、金东区知青文化展览馆、金东区居家养老展馆等多个展馆入户雅里，2021年雅里村成功入选金华市党史学习教育基地。

近年来，雅里村先后接待了近1000批次的团队前来学习参观，已经成为党员干部永葆初心的网红打卡地，这让村民们倍感自豪。

四

“这就是我们的初心石。”宋小如指着游客中心门口大樟树下的一块粉红色心形石碑说。

石碑上刻着的，正是2004年“千村示范、万村整治”工作现场会上，习近平同志给雅里村点赞的话：“金华市金东区雅里村通过村庄整治使原来‘脏乱差’的村庄变成了一个‘水清、路平、灯明’的文明村，使原来比较紧张的干群关系变得比较融洽。许多群众深有感触地说，这是村班子近年来带领我们干的最大的一件好事善事。办了我们早就想办而又没有办成的一件难事实事，这样的村班子我们信得过。”

20年前总书记的鼓励和嘱托刻在石碑上，也深深刻在干部群众的心里，他们时刻牢记，倍感鼓舞，村班子一任接着一任干，坚持一张蓝图绘到底，努力带领村民走好共富路。

为了让更多的人走进雅里，雅里村依托果蔬产业园、盆景长廊等产业基础，应用数字技术，创新管理方式，持续推进高标准农田建设，推动传统农业向现代农业、高效农业转变，规划引领“党建+农业+文旅”融合发展。

宋小如是一个会干事能干事的女同志。2021年全区开展“非粮化”“非农化”整治期间，村里盘活了大量优质土地用于退林还田。针对村里还剩余部分无法进行机械化生产的山坡地，以及部分年龄超过60岁的种地能手无法外出打工，她开动脑筋，勇于创新，在区发改局的牵头下，率先依托党建联建机制，探索镇村校企结对共建，统筹剩余农田和劳动力，将部分可利用的小块状农田共享给企业、学校、城镇居民，通过出资认筹、合作入股等方式，2022年4月，雅里村成功打造了“金田共富”特色项目，主要做法就是盘活村里的闲置土地，企业认领、农民种地，实现低收入农民家门口就业。该项目平均每亩认领筹资1.5万元，首批40多亩土地被认领，村集体增收72万元，有效带动周边村合力盘活土地480亩，带动就业20余人。

乡村美味、美景的吸引力正逐步转变成生产力。雅里村共有327户880人，人均收入已从2016年的8000元增长到2022年的4万元。2022年雅里村首推“金田共富”项目，共有13家企业来认领共富田，2023年增加到了19家，为此，村里组建了‘金田共富’耕种管理队，热心的老书记王永芳担任队长，每位队员劳动一天可以领到120元工资，这样六七十岁的种田好手不离家门就能获得一定的收入，学校和企业等认领单位则不仅能把共富田作为学生和员工的劳动基地，而且还能吃上健康有机的瓜果蔬菜。

宋小如作为一名女支书，工作做得再到位，也免不了受委屈，免不了流眼泪，但是她觉得和其他地方的村支书相比，自己已经非常幸运了，雅里村不仅有老一辈党员干部创下的良好基础，有上级领导的大力支持，有一个团结协作的村领导班子，还有一群特别勤劳善良的好村民，而且丈夫和家人都十分支持她的工作。其实，哪一个农村的支部书记没有受过委屈没有流过眼泪？看着雅里村一天比一天美好，村民日子一天比一天幸福，宋小如觉得一切付出都值得，有时睡梦中都会笑出声来！

但她心里清楚，成绩属于过去，如何进一步发展村集体经济，是村两委需要更多思考和创新的问题。前些日子，她和金东区几位女支书一起到其他地区的先进乡村学习，受到很大启发，她已经在构思一个个新的蓝图，并将逐步演变为更加美好的现实图景。

中国是农业大国，乡村是绝大多数中国人挥之不去的乡愁和梦想。从“千村示范、万村整治”引领起步，到“千村精品、万村美丽”深化提升，再到“千村未来、万村共富”的迭代升级，雅里村始终坚持“绿水青山就是金山银山”的发展理念，在“水清、路平、灯明”的基础上，拓展外延、深化内涵，促进美丽生态、美丽经济、美好生活的有机融合。

就像雅里夜空中的一盏盏明灯，照亮着前行的步伐，温暖着村民的梦乡，也吸引着游子不断回归。

雅里向未来，未来已来，未来可期。

作者简介 王晓武，笔名醉红自暖，中国诗歌学会会员、浙江省作家协会会员、金华市作家协会主席团成员、金东区作家协会主席。工作之余写点散文、诗歌等，出版有散文集《手有余香》。

中国式社区养老

——多湖里未来社区养老纪实

黄立轩

2023年7月19—21日，金华金义新区为交出“八八战略”走深走实示范引领的高分答卷，举办“八八战略”“千万工程”20周年暨金华金义新区三周年全国知名作家创作采风活动。为搞好这次创作采风活动，金义新区从改革开放、优化服务、科技创新、产业发展、城市建设、文化传承、“八八战略”再实践、“千万工程”再深化等选题中筛选了44个具有代表性的创作选题和采访点位，分两组进行采风。本来金华地处盆地，河网密布，夏季炎热，但这几天天公作美，不是阴天就是小雨，我们是“春风得意马蹄疾，一日看尽长安花”。短短三天，我们既被金义新区的快速发展所震撼，也被金义人的孜孜追求所感动，更被金义这块热土烤得热情高涨，踩着风火轮采访，蘸着蜂蜜水创作。

我在采访中，特别觉得多湖里未来社区的创建对贯彻习总书记在浙江时所制定的“八八战略”中的打破二元结构，让城镇都市化、乡村花园化、未来社区化养老作了较好的诠释，也是最好的答卷。

从国家公布的人口普查数据可以看到，我国人口老龄化问题越来越严重，2022年，65岁及以上老年人口已达2.1亿，占总人口的14.9%。如何为老年人提供养老服务、增进老年人福祉，是我国面临的重要课题。我国政府为应对人口老龄化，积极推进基本养老服务体系建设，推动社会保险、社会救助、社会福利、慈善事业、老年优待等制度优化整合，如基本养老保险制度、医疗保障政策、养老服务体系、优待政策（公共交通优待、文化娱乐优待、法律援助优待）、家庭赡养政策、老年人权益保障、老年人精神关爱（开展老年文化活动、组织老年人参加志愿服务、推广老年教育）、老年人参与社会治理，等等，为老年人提供了日趋全面的保障。

但是，我国幅员辽阔，人口众多，地区差异巨大，势必形成不同地域、不同状态的老年群体。在根据当地老龄化现实情况，分步骤、分区域探索各具特色的养老模式方面，浙江走在先列，特别是金华市金义新区多湖里未来社区养老，作为浙江省第二批未来社区示范点，“智慧赋能，五新养老”，打造“浙里康养”新样板，打通居家养老服务“最后一公里”，让生活在社区内的老人老有所依、老有所养、老有所乐、老有所医，起到在金华、在浙江、在全国的示范引领作用，对服务全国2亿多65岁老年人乃至以后更多的老年人，具有重大的现实意义。

初访多湖里未来社区

多湖里未来社区位于金华中心城区三江口南岸的多湖中央商务区核心区域，有两块现代化的小区，每个小区耸立着20多幢20多层的住宅楼，蔚为壮观。据多湖里未来社区刘丽莉书记介绍，该小区规划单元面积约120公顷，实施单元面积约21.3公顷，包含金都美地、金都美苑两个小区，受益人口约7609人，是省级第四批未来社区试点建设项目。

这个小区的居民大多是附近7个村拆迁安置过来的，如何让日出而作、日落而息的村民们过上城里人的生活，同时又能体现《诗经》中描绘的“洽比其邻，婚姻孔云”的融洽和睦邻里关系，让城镇都市化、乡村花园化？小区的设计初衷，就以中国传统的邻里概念为基础，借鉴新加坡公共管理先进理念，以“社区商业发展”为核心，配套基础服务、政府公共服务、商业服务等功能，从“柴米油盐酱醋茶”到“衣食住行游乐闲”，为居民提供“一站式”服务，满足社区居民日常生活的各种需求，提升居民的幸福感、满足感、获得感。

走进多湖里未来社区，裙房一层设有便民服务中心、综保区自贸超市、爱心“悦读吧”、家政服务、理发服务、健康咨询等，功能较齐全。特别是爱心“悦读吧”的设计，虽然空间不大，但原木元素现代风格的空间设计，室内空间设有书桌、书架，台阶式和书桌式相互搭配的阅读休息区，书架摆满了各色各样的书籍，再配上绿色植物点缀，看起来生气蓬勃，使人在这里阅读像呼吸一样自然。

刘丽莉书记向我介绍道：“这是我们引进的市区第一个社区爱心‘悦读吧’，现有藏书1.2万册，可以和市内各大图书馆通借通还。‘悦读吧’是‘一老一小’互动交流的重要平台，社区除了1129名老年人，还有1905名学龄前儿童和学生（小学、初高中），这里就给‘一老一小’提供了一个活动场所。为了提升活动质量，我们常态开展‘老幼共读星火传’活动，发动了社区内的退休老师、退休干部，组建了11名‘小巷园丁’队伍，轮流在这里为孩子‘领学’，其中开设的‘论语课堂’，已经成为我们‘悦读吧’的一个主打品牌。”

多湖里未来社区“一老一小”近3000人，占比约26%，60岁以上的老年人1129人。针对老年人在全区率先推行半社会化运行的美地大食堂，为老人低偿服务和免费服务。同时二楼增设多福气颐养中心，老人们吃完饭后，可以到二楼一起听听婺剧和道情，聊聊天、按按摩，让老人们能享受幸福晚年。在“一小”配套增补方面，社区范围内有3家普惠性幼儿园和托育机构，托育就有93个托位，为0 ~ 3岁的婴幼儿提供优质的教育资源。同时，多福气颐养中心内也设置了婴幼儿成长驿站，方便老人看护孩子。社区内也增补了4组儿童娱乐设施，让孩子们在这里能幸福成长。

二层设置社区大党委架构，因为这里有在册党员206名，在职党员110名。整个社区非常合理地划分为20个网格，128个微网格，配备了“1+3+N”网格力量。在128名微网格长中，配备党员75名，居民代表36名，还有租客代表17名，推行“民呼我应”工作机制，打造了“有事找社区，就近找网格”的格局。移步走廊，有音乐排练厅、书画室、舞蹈室、幸福学堂、多湖里书房、新时代大讲堂等文娱空间，并设有幼托中心、儿童成长中心等服务空间。

参观后让人感觉到这个未来社区就是居民们的“理想生活乐园”。社区便民服务、夜间经济、网红打卡点、沉浸式体验、线上线下智慧化运营应有尽有。住在多湖里未来社区，真正享受到了浙江省规划的“一统三化九场景”管理模式和生活方式。

刘丽莉书记详细解释了“一统三化九场景”的内容，即“坚持党建统领，以人本化、生态化、数字化为价值导向，以和睦共治、绿色集约、智慧共享为基本内涵，构建未来邻里、教育、健康、创业、建筑、交通、低碳、服务和治理九大场景，打造具有归属感、舒适感和未来感的新型城市功能单元”。

我问：在“一统三化九场景”的要求下，多湖里未来社区有哪些特色？

她说：在“党统领”“问民需”“民共建”“文养心”“创共富”等方面金

◎ 东阳江航拍

华市做得很好，很有示范性。

在“问民需”时，充分尊重居民需求，召开多层面座谈会30余次，入户调查2436户，查找出社区创建中的各种痛点、难点和需求点，针对性打造多湖里卫生服务站、多福气颐养中心、架空层等契合居民需求的建设项目，有效解决社区道路破损、非机动车停车棚少、架空层乱停乱放等现象，切实改善了居民的居住环境和生活品质，为社区居民提供更好、更优质的健康管理服务。

在“民共建”创建过程中，完善网格化，建立了12支小巷小分队，有小巷榜样分队、小巷保育分队、小巷创客分队、小巷导师分队、小巷管家分队、小巷监事分队、小巷骑兵分队、小巷卫士分队、小巷医生分队、小巷银星分队、小巷园丁分队、小巷助理分队。充分挖掘社区中的达人力量、党员、志愿

者等力量，参与到未来社区的共建共治共享当中。

在“小巷管家”方面，社区通过整合治理和服务中坚力量资源，将“暖心”楼道长、“同诚”网格力量组合、红领巾小分队等队伍建立起来，把老张工作室、金点子议事会和“金名片”矛调工作站等志愿者纳入“小巷管家”，形成服务居民的“第一梯队”。

◎ 多湖里食堂

在“文养心”丰富居民文化生活中，特别关注1129名老人和139名0 ～ 3岁幼儿。为了使社区的老幼群体更好地享受优质生活和服务，社区依托党群服务中心打造幸福学堂、多湖里书房、新时代大讲堂等，设置书画室、舞蹈室，还在多福气颐养中心打造婺剧台、金东非遗展厅等，为社区提供多样化的精神文化空间。同时，社区还打造农耕文化展示馆、邻里会客厅，保留原有农耕文化和七村历史，留居民一份乡愁之地。目前社区还积极孵化6个社团，组织各项活动1267场，做到以活动凝聚人心，以文化浸润万家。

在“创共富”上，将创业资源融入社区。积极统筹共建单位的力量，包括万达集团、金华银行、工商银行等，组建由高校教师、创业人才、青年创客等组成的导师团队，成立“创客驿站”导师团，组建“小巷导师”队伍，在社区开展职业规划、职场技能、创业能力等实用培训课程。通过打造创业孵化基地、创富课堂、创富直播间等，为居民提供更多创业空间和创业指导。目前已成功孵化社区共富云仓和进口小商品超市2家社区商店，引入的狂狼直播间工作室已吸引92人参加培训，创富课堂先后培训1800多人，为社区提供了优质的就业创业服务。

边参观边倾听刘书记的介绍，让我感觉到这里的队伍建设，这里的“一统三化九场景”，在金东区工作人员的努力下，竟然做得如此周到。

我了解过日本的社区养老服务，日本作为老龄化问题非常严重的国家，其主推的是“小规模多机能的社区养老”，社区养老院床位一般在20 ~ 30张，提供有偿的养老“多机能”服务，可以是24小时的入住照顾，也可以是白天的日托服务或居家上门服务。

我了解过美国的生活自理型社区、生活协助型社区、特殊护理社区以及持续护理退休社区的“居家养老院”。

我也了解过瑞士的时间银行，让身体状况良好的自理型老人去照顾无法自理的、需要帮助的老人。养老责任机构负责将老人的服务时间统计出来，存入其社保系统的个人账户，并且为其颁发一张“时间银行卡”，当自己需要他人照顾时，可直接将卡取出使用。如果出现老人无法使用自己存储的“服务时间”的情况，“时间银行”便把义务服务的时间折合成一定的金钱或物质奖励，返还给老人。

无论古今中外，“安养–乐活–善终”都是养老三部曲，这也是老年生活的三个核心追求。目前，我国已经提出建设老年友好型城市和老年宜居型社区的目标，提升居家养老的社区支持能力、增加居家养老的社区资源供给是今后工作的着力点。同时，更需要在传统的社区中改善助老养老的功能，提高普通老年人居家养老的生活质量和生命质量，重视社区的医养护理功能和精神赡养功能。

我国社区养老模式包括居家式社区养老、公寓式社区养老和医护型社区养老三种。多数长者的养老模式属于居家式社区养老，生活在传统社区中，养老的照料和情感支持主要来自家人和朋友。我国由于20世纪70—90年代和21世纪初执行计划生育政策，家庭少子老龄化、老年空巢化、空巢失能化问题较严重，因此居家式社区养老是广大老年人的首选，老年人在自己熟悉的社区环境里既生活方便，又能找到安全感、归属感和亲切感，是最好的养老方式。

再访多湖里未来社区养老

如果说上面的采访内容，是在刘丽莉书记陪同下的所见所闻，那么，下面的采访，则是“避开”刘书记陪同的“便衣采访”。

老年人吃饭是第一要事。赶在中午用餐时候，我走进多湖里社区老年食堂，身着红马甲的工作人员正忙碌地为老人打饭打菜，而餐厅中已座无虚席。餐厅的大屏幕上显示：早餐有小笼包、馒头、菜包、小米粥、馄饨、豆浆、小菜等20多个品种；午餐是荤素搭配的套餐，分为18、20、23、28元4个标准；晚餐有饺子、炒饭、面条及荤素搭配的套餐等。

驿站站长孙女士过来向我介绍说：“驿站有集中就餐、社区配送和送餐入户三种助餐模式，平均每天服务集中用餐老人超过300人次以上。”

“老年大食堂是全区率先推行半社会化运行的，一方面财政提供补贴，为老人低偿服务和免费服务，75 ~ 79岁每餐3元，80 ~ 89岁每餐2元，90岁以上全免（75岁以上老人共223名）；另一方面，这里也纳入了“爱心卡”服务商家，老年人持卡就可以在这里刷卡就餐，所有菜价享受8.5折优惠，让老人吃得开心、舒心、放心。目前，老年人持“爱心卡”可以在全区497家老年食堂享受助餐服务。”

是的，我百度了一下，金华市出台了《关于提升养老助餐服务管理水平的实施意见》，意见提出“引导社会力量参与养老助餐服务”。此外，还强调“建立健全养老助餐服务补贴制度”，通过给予基本养老服务对象就餐补贴、养老助餐点运营补贴等方式，促进养老助餐点可持续运营。

出门时，我碰到了80多岁的李振汉老人，谈及这里的生活时，他竖起大拇指说：“很舒适！在家门口养老，彼此都很熟悉，大家在一起有聊不完的话题，而且孩子们来探视也很方便。”

多湖里社区有60岁以上老人1129人，其中80岁以上144人，根据社区工作人员对老年人的需求调查，发现老人最需要的是理发和健康方面的服务。

对生病的老年人如何做好及时就医及时护理，多湖里未来社区与多湖街道卫生院建立共建关系，卫生院每周二、四派医生过来免费提供量血压、基础检查等健康服务，深受老年群体的欢迎。出于这方面的考虑，社区主动与街道卫生院对接，腾出部分场地，设立社区卫生服务中心，对服务功能进行了迭代升级。

多湖里社区的理发店大多以高端新潮为主，大部分老年人是不怎么愿意走进去的，社区为此开设了“快剪吧”，每月1号和15号请人来这里为老年人理发，理一次5元～8元，有特殊需求的老年人可以通过预约提供上门服务。

……

循着音乐声，我来到多湖里社区排练厅，只见一支近20人的管乐队正在排练大合奏，已72岁的队长黄效杰，看上去像40多岁的年轻人一样，虽然精瘦，但精神抖擞，他说：“我们是一群爱音乐的老朋友，多湖里社区是我们的新社区。队员们都喜爱乐器、喜欢唱歌，因为年轻时工作繁忙，只能忙里偷闲玩玩音乐。如今退休了，大家闲下来了，重拾爱好，多湖里社区给我们提供了一个很好的平台。有场地，有表演演奏舞台，这在过去想都不敢想。”

乐队里的杨阿姨说，她不仅自己玩得开心，还把多年的琴友也拉进了乐队。“我们赶上了好时代，实现了年轻时的梦想，现在的美好生活，值得我们尽情歌唱！”

多湖里社区爱乐乐队自成立后，成员热情高涨，排练有素，玩出了专业水平，经常代表多湖里社区参加演出，每逢中秋、国庆、重阳等节日，爱乐乐队的成员都会在社区免费演出，为大家表演拿手节目，用音乐传播文化和快乐。今年还参加了金华市迎亚运音乐会，全员激情演奏，歌声、琴声、笑声，声声悦心。

在多福气颐养中心，有长者兴趣学堂、康复室、婴幼儿成长驿站等，中心功能齐全，空间丰富多样。社区的老人们每天在一楼美地大食堂（里面有隔间为居家养老食堂）吃完饭后，到二楼颐养中心一起听听婺剧与道情，聊聊天按按摩唱唱歌，再搞一些自己喜欢的活动。

61岁的高级退休记者张秀萍，是多湖里社区“五老”服务成员之一，也

◎ 多湖街道金都美地社区

是社区老年大学学员。这个暑期，她为小朋友开设亚运系列课程，免费为小孩们讲课。

65岁的路旭琴，利用自己擅长的插花技艺，开展“老有所乐，动手有‘艺’”主题插花活动，让社区的老人们老有所学，老有所乐。

66岁的苏雪英，在康复室帮助老人做康复运动；还有63岁的翁惠英，正在教社区居民包粽子……

多湖里未来社区开展了助餐服务、助浴服务、助洁服务、助行服务、助医服务、助为服务、助购服务、助急服务、助娱服务等十几个服务项目，这些健康的老人帮助失去健康的老人做一些力所能及的事情，可以存积分，可以在社区各个服务点消费积分。

积分制就像瑞士的时间银行一样，有爱心积分、公益积分、学习积分等，通过居家养老网络服务平台把它存起来，也可把社会上为老年人服务的各种项目盘活，通过积分设计，把各项资源像串珠子一样整合起来。同时联系了一些银行、超市、医院等单位，以共同点和发展增长点把这些单位嫁接串联起来，老年人通过花积分赚积分，轻松达到省钱省心。它激发了社会各方力量积极参与到养老服务行业当中，有效减轻了政府财政的压力，使养老产业从夕阳产业变为朝阳产业，实现可持续发展。

多湖里未来社区的老人们每天的生活都是崭新的，正如美国作家狄金森所言：“我们并非在年复一年地变老，而是日复一日地焕然一新。”

在全面小康、共同富裕的黄金时代，在环境优美、居住宜人的美丽中国，年龄不是问题，也不是限制，绽放生活的光芒可以和年龄无关。65岁重拾兴趣热爱，将会越来越普遍。愿长者们心中有热爱，生活有光亮。

作者简介 黄立轩，男，笔名轩歌，浙江玉环人。浙江大学研究员兼任浙江大学中国古村落修复研究中心副主任，系中国作家协会、中国摄影家协会、中国民间文艺家协会会员，浙江省海洋文化研究会常务理事、课题组导师。鲁迅文学院第24届作家高研班学员。著有《那海，那港》《沧桑正道》《生死界线》等12部文学作品。长篇纪实文学《筑梦大海》获2017中国影响力图书奖、第七届徐迟报告文学奖提名奖、宁波市“五个一工程奖”。田野调查学术著作《远古的桨声——浙江沿海渔俗文化研究》获中国山花奖学术著作奖、浙江省第十八届哲学社会科学二等奖。《海岛女医生》改编的越剧《娘姨啊娘姨》获第十三届精神文明建设“五个一工程奖”。

后记

2023年，是习近平总书记提出的“八八战略”“千万工程”实施20周年，也是金义新区设立三周年。为此，金东区开展了专题采风活动，由《中国作家》杂志社、浙江省作协报告文学创作委员会、金华市作协、中共金华市金东区委宣传部联合主办；由金东区改革办、金东区文联、金东区融媒体中心、金华市艾青文学院、金东区作协协办。以文学的形式，记录金义新区三年来发展的点点滴滴，献礼“八八战略”“千万工程”实施20周年，献礼金义新区设立三周年，是一项光荣的任务，意义重大。

7月，正值酷暑，我们在一个月的时间内进行策划、组团、采风、创作，可谓组织周密，成效显著。作家们深入基层、构思，创作了一批优秀的文学作品，真实表现勤奋开拓的建设者和创业者，生动展示新区人民昂扬奋斗的精神，体现了金义新区生机盎然的崭新气象。采风活动已经取得了丰硕成果，《中国作家》（纪实）2023年10月期推出了“金义新区采风”专辑，一批优秀作品将陆续在全国及省市报刊发表，《潮起金义——金义新区发展三周年纪实》完成汇编，即将付梓。

这次采风活动，得到《中国作家》杂志社、浙江省作协报告文学创作委员会和有关部门的大力支持，金东区文联、金东区摄影家协会组织了专题摄影活动，提供了一大批摄影作品，摄影者有孔明皓、王建生、王建华、王诗越、李方政、李玲添、宋明亮、张子燕、沈岳明、陈怡滢、胡文雅、胡向青、胡肖飞、胡赣昌、黄文龙、缪小芬等，在此一并致谢！由于时间短暂，篇幅有限，本次创作的作品只是新区发展的一个缩影，希望有更多的作家来金义新区采风，写出更多更好的优秀作品。

金义新区是我们的家园，承载着我们共同的希望，也寄托着我们共同的梦想。新的征程、新的发展、新的答卷，有待我们来用心感受和书写。同时也希望读者朋友提出宝贵的批评意见，更希望读者朋友通过此书了解金义新区，爱上这颗婺江之畔的瑰丽明珠。

编者

2023年8月28日

图书在版编目（CIP）数据

潮起金义：金义新区发展三周年纪实 / 李英主编.
-- 北京：中国市场出版社有限公司，2023.12
ISBN 978-7-5092-2483-0

Ⅰ.①潮… Ⅱ.①李… Ⅲ.①纪实文学-中国-当代
Ⅳ.①I25

中国国家版本馆CIP数据核字(2023)第193543号

潮起金义——金义新区发展三周年纪实

CHAOQI JINYI —— JINYI XINQU FAZHAN SAN ZHOUNIAN JISHI

主　　编：李　英
责任编辑：张再青
出版发行：中国市场出版社
社　　址：北京市西城区月坛北小街2号院3号楼（100837）
电　　话：（010）68024335/68022950
经　　销：新华书店
印　　刷：北京捷迅佳彩印刷有限公司
规　　格：170mm × 240mm　16开本
印　　张：16.5　　**字　　数**：235千字
版　　次：2023年12月第1版　　**印　　次**：2023年12月第1次印刷
书　　号：ISBN 978-7-5092-2483-0
定　　价：78.00元